# 마지막 이야기들

**LAST STORIES**
by William Trevor

세계문학전집
230

William Trevor : Last Stories

# 마지막 이야기들

윌리엄 트레버 소설
민승남 옮김

문학동네

## 일러두기

1. 번역 대본으로는 *Last Stories*(William Trevor, Viking, 2018)를 사용했다.
2. 주석은 모두 옮긴이주다.
3. 본문 중 고딕체는 원서에서 이탤릭체로 강조한 부분이다.

차례

# 피아노 선생님의
# 제자

"브람스? 우리 브람스에 도전해볼까?" 그녀가 말했다.

미스 나이팅게일에게 첫 레슨을 받고 있는 소년은 아무 말이 없었다. 하지만 조용한 메트로놈을 바라보며, 그 조용함이 기쁨을 주기라도 하듯 살짝 미소를 머금었다. 그러더니 피아노 건반을 누르기 시작했고, 첫 음들이 울렸을 때 미스 나이팅게일은 자신이 천재와 함께 있다는 걸 알 수 있었다.

* * *

이제 오십대 초반에 날씬한 몸매와 부드러운 말씨, 늘 변함없는 조용한 아름다움을 지닌 미스 엘리자베스 나이팅게일은 자신이 운좋은 사람이라고 여겼다. 아버지가 돌아가시면서 집을 물려주셨기에 피아노 레슨만으로도 궁색하지 않게 살 수 있었다. 사랑의 열정도 알았다.

결혼할 수도 있었지만 상황이 허락하지 않았다. 대신 한 남자가 십육 년 동안이나 찾아왔고, 그녀는 그 남자가 언젠가는 정 없는 아내에게서 벗어나게 되리라 믿었다. 하지만 그런 일은 일어나지 않았다. 연애가 끝난 후 아픈 회한에 시달렸으나, 결국 행복의 기억은 남았기에 연인에게 악의를 품지 않았다.

쇼콜라티에였던 아버지는 미스 나이팅게일이 태어날 때 아내와 사별한 후 혼자 힘으로 딸을 키웠다. 부녀는 삶의 동반자가 되었고 아버지가 세상을 떠날 때까지 서로에게 한결같았으나, 아버지는 자신이 매일 낮 집을 비운 사이에 벌어진 오랜 연애에 대해선 전혀 알지 못했다. 그 사랑과 아버지의 헌신은 지금 미스 나이팅게일의 고독에 힘이 되어주고 그녀의 인생에 모종의 형상을 부여하는 추억들이었다. 하지만 새로 들어온 제자가 그녀를 위해 연주할 때 그녀가 느끼는 흥분은 현재의 것이었으며, 신선하고 새롭고 강렬했다. 그녀는 지금껏 단 한 번도 어린아이에게서 천재성을 감지한 적이 없었다.

"조금 빠르구나." 그녀는 제안한 곡이 끝나자 의견을 말했다. "피아니시모 잊지 말고." 그러면서 악보의 해당 부분을 연필 끝으로 짚었다.

소년은 아무 대꾸 없이 아까처럼 미소를 지었다. 너무 짧게 자르지 않은 검은 머리칼에, 앞머리가 술 장식처럼 이마에 드리워 있었다. 얼굴 피부는 섬세하고, 티끌 하나 없었으며, 종이처럼 창백했다. 블레이저 가슴주머니에는 배지가 하나 달렸는데, 부리 긴 새가 새끼에게 먹이를 주는 문양이었다. 블레이저는 짙푸른색, 배지는 빨간색이었고 미스 나이팅게일의 생각으로는 전체적으로 좀 보기 흉했다.

"조금 더 천천히 연습하렴, 알겠지?" 그녀가 말했다.

그녀는 소년이 일어서서 악보대 위의 악보 쪽으로 손을 뻗는 걸 지켜보았다. 소년은 그걸 악보 케이스에 넣었다.

"또 금요일? 같은 시간?" 미스 나이팅게일이 몸을 일으키며 말했다.

소년은 열성적으로 고개를 끄덕였다. 그건 단순히 공손한 태도였을 수도 있지만 미스 나이팅게일은 그렇지 않다는 느낌을 받았다. 성가신 제자들의 그칠 줄 모르는 재잘거림과는 완전히 다른 소년의 수줍음이 그녀에게 기쁨을 주었다. 소년의 어머니는 아들이 음악 선생님을 몇 명이나 거쳤다고 주절주절 떠들어댔는데, 말이 너무 빨라서 소년이 이 선생 저 선생 옮겨 다닌 이유를 알아듣기가 어려웠다. 미스 나이팅게일은 전문가답게 그것에 대해 물었지만, 아무 대답도 듣지 못했다.

그녀는 앞장서서 현관으로 가 홀스탠드* 선반에 놓인 소년의 모자를 집어서 건넸다. 모자에도 똑같은 새 문양이 있었다. 그녀는 열린 문 가에 서서 소년이 대문을 닫고 나가는 걸 잠시 지켜보았다. 소년의 반바지를 보자 춥지 않을까 하는 생각이 들었다. 발목 테두리에 블레이저와 모자처럼 파랑과 빨강의 조합이 들어간 회색 양모 양말 위로 드러난 무릎이 가냘프고 연약해 보였다. 소년이 손을 흔들어 그녀도 마주 흔들었다.

미스 나이팅게일은 그날 저녁에 다른 레슨이 없어서 기뻤다. 그녀는 거실을 정리해, 주중에 방문객들을 맞이했던 그 방을 되찾았다. 월요일 아침 열시에 우둔한 프랜신 모퓨가 오기 전까지는 다시 그녀만의

* 옷이나 모자, 우산 등을 걸어두는 현관용 가구.

공간이 된 것이다. 거실 공간에는 피아노와 소파, 안락의자들이 가득 들어차 있었다. 스태퍼드셔 도자기 병정들이 벽난로 선반 위의 캐리지 클록* 양쪽에서 행진하고 있었다. 그리고 그녀의 아버지가 수집한 냄비 뚜껑들과 테두리 달린 쟁반 모양의 초콜릿 틀들이 수채화며 사진과 함께 벽을 장식하고 있었다. 소파 테이블과 문가 코너 선반에는 화병에 담긴 수선화가 놓여 있었다.

정리를 마친 미스 나이팅게일은 셰리주를 한 잔 따랐다. 소년의 어머니가 전화를 걸어와 아들이 수업을 잘 받고 있는지 물어도 아무것도 말해주지 않을 작정이었다. 그건 소년 본인을 제외하면 그 누구와도 나눌 수 없는 비밀이었으며, 그녀와 소년에겐 당연하게 여겨지고, 계속 떠들어댈 필요가 없는 일이었다. 소년의 어머니는 어리석은 부류의 여자였다.

미스 나이팅게일은 조금 더 오래 앉아 있느라 전기히터를 켰다. 지금은 4월의 저녁이라 쌀쌀했다. 따스하고 행복한 상태에 있으니,격려와 지도—대부분 재능이나 흥미가 없는 아이들에게 주었던—의 세월이 마침내 보상을 받는 듯했다. 너무도 겸손한 태도를 지닌 그 작은 소년 안에는 쓰이지 않은 교향곡이, 모음곡과 협주곡, 성가극이 있었다. 그녀는 알 수 있었다. 생각조차 필요치 않았다.

어둠이 짙어져가고 두 잔째 따라 홀짝이고 있는 셰리주가 거의 바닥을 보일 때까지 미스 나이팅게일은 몇 분 더 앉아 있었다. 그녀는 자신의 모든 삶이 이 방에 들어 있다는 생각을 자주 했다. 아버지가 어린

---

* 19세기 초 프랑스에서 개발된 귀족들의 휴대용 시계로, 손잡이 달린 상자에 담겨 있다.

그녀를 애지중지 키운 곳도, 딸이 질풍노도의 사춘기를 겪는 걸 지켜본 곳도, 저녁마다 가게 주방에서 딸을 위해 새로 개발한 초콜릿을 들고 들어온 곳도 이 방이었다. 연인이 그녀에게 몸을 밀착해오며 아름답다고, 당신 없이는 살 수 없다고 속삭인 곳도 이 방이었다. 그리고 지금 바로 이 방에서 경이로운 일이 일어난 것이다.

그녀는 어둠 속을 더듬거리며 문가의 전등 스위치를 향해 갔다. 메아리와 추억으로 풍성한 이 방은 분명 오늘 오후의 영향도 받게 될 터였다. 어떻게 전과 같을 수 있겠는가?

하지만 미스 나이팅게일이 전등을 켰을 때는 달라진 게 아무것도 없었다. 그녀는 커튼을 치면서 비로소 변화를 알아보았다. 누군가의 문장紋章이 새겨진 작은 코담뱃갑이 창가 테이블에서 사라진 것이다.

* * *

다음 금요일에는 백조 도자기가 사라졌고, 그다음엔 『위대한 유산』의 한 장면이 그려진 냄비 뚜껑이, 그다음엔 고리가 말썽이라 빼놓은 귀걸이가 자취를 감추었다. 소년이 사용하기엔 너무 하늘하늘한 스카프도 어느 토요일 아침에 찾아보니 더이상 홀스탠드 걸이에 걸려 있지 않았다. 스태퍼드셔 병정 인형 두 개도 사라졌다.

그녀는 소년이 어떻게 그랬는지 알 수가 없었다. 소년을 지켜보았지만 아무것도 보지 못했다. 그녀가 아무 말도 하지 않았기에 소년 자신도 그 일에 영향을 받지 않아서 자신의 행동에 대해 너무도 태연했고, 그래서 그녀는 자신이 잘못 짚은 건 아닌지, 손버릇이 나쁜 건 자신의 덜 매력적인 제자들 중 하나가 아닌지 의심하기 시작했다. 심지어 물건들이 오래전에 사라졌는데 그걸 이제야 알아채게 된 것일 수도 있다는 생각까지 들었다. 하지만 그런 의심은 말이 되지 않았고 그녀의 얄팍한 변명은 모두 무너져버렸다. 소년이 쇼팽의 프렐류드를 치기 시작했을 때만 해도 장미꽃잎 모양의 문진은 제자리에 있었다. 그런데 소년을 배웅하고 돌아와보니 사라지고 없었다.

그녀는 소년과 함께 있을 때 딱히 가르칠 게 없었기에 선생이라고 할 수도 없었지만, 소년이 그녀의 존재를 가치 있게 여긴다는 걸, 그녀가 말해주는 의견보다 관객으로서 그녀의 존재가 소년에게 더 큰 의미를 지닌다는 걸 알 수 있었다. 그녀는 혹시 소년이 자신의 공연 관람료로 물건들을 훔쳐간 건 아닐까 하는 생각까지 들었다. 그런 유아적 환상은 특이할 게 없었다. 그녀 자신도 어릴 때 그런 환상에 빠지지 않았던가. 하지만 그것 역시 진실이 아님을 느끼고 머릿속에서 떨쳐버렸다.

그녀는 밤에 잠을 이루지 못했고, 잠이 든 후에도 괴로움과 당혹감을 먹고 자란 생생한 꿈들에 시달렸다. 꿈속에서 소년은 불행했고 그녀는 소년을 위로하고 싶었다. 소년이 연주를 마친 후 자신에게 털어놓게 만들고 싶었다. 끝없이 반복되는 꿈 속에서 그녀 자신도 아버지의 특제품 상자에서 초콜릿을 훔친 적이 있다고 말하려 했지만 할 수가 없었다. 그러다 다시 잠이 깨면 어둠 속에 누워 전에는 해본 적이 없는 생각들의 제물이 된 자신을 발견했다. 그녀는 아버지가 자신에게 보인 모습이 전부였는지, 그녀가 그토록 오랜 세월 존경하고 사랑했던 남자가 그녀의 애정을 이용한 건 아닌지 의구심이 들었다. 아버지가 준 초콜릿은 딸이 그의 집에 남도록 만들려는 유인책, 가면을 쓴 이기심이었을까? 아내를 기만한 그 남자는, 기만이 그의 일부인데다 그의 열정엔 거짓말이 흩뿌려져 있었으니, 내연녀 또한 기만한 게 아닐까?

어둠 속에서 그녀는 그런 의구심이 어디에서 왔으며, 지금 일어나고 있는 일과 관계있는 것처럼 느껴지는 이유가 무엇인지 모르는 채 깡그리 밀어냈지만, 마치 그녀가 이해하지 못하는 진실이 과거에 그녀를 기만했던 그림자들 위로 빛을 던지듯 의구심은 늘 다시 찾아왔다. 그 도둑질은 별게 아니고, 없어진 물건은 겨우 몇 가지에 불과하며, 많은 것들이 남아 있지 않은가? 만일 그녀가 제자에게 말을 한다면, 그런 사소한 비행은 용서한다고 덧붙인다 해도, 소년은 다시는 오지 않을 터였다. 그녀는 아는 건 거의 없었지만 적어도 그런 확신은 있었고, 이번엔 무엇이 사라졌는지 대개는 확인해보지 않게 되었다.

그해의 봄이 여름에 자리를 내줬고, 가뭄과 폭염이 10월의 비가 내릴 때까지 이어졌다. 그 기간 내내 금요일 오후면 초인종이 울리고 소년이 거기 있었다. 그 조용한 소년은 홀스탠드 선반에 모자를 올려놓고 그녀의 피아노 앞에 앉아 그녀를 파라다이스로 데려갔다.

* * *

미스 나이팅게일의 다른 제자들도 오갔지만, 유일하게 그 소년만이 다른 날이나 다른 시간으로 레슨을 바꿔달라는 요청을 해오지 않았다. 소년은 쪽지 한 번 들고 온 적이 없고, 핑계 한 번 댄 적이 없으며, 그게 어떤 짓인지 인식조차 못하고 저지르는 한심한 행동 한 번 보인 적이 없었다. 그레이엄은 연습을 안 해온 걸 반려동물들 탓이라고 말했다. 다이애나는 울었고, 코린은 손가락이 아프다고 했고, 앤절라는 포기했다. 그러면서 시간은 물 흐르듯 흘렀고, 다시 금요일이 찾아와 미스 나이팅게일의 삶 한복판 평온한 오후로 자리를 잡았다. 하지만 소년이 떠날 때마다 희미하게 남아 있는 음악 속에는 조롱이 들어 있었다.

* * *

계절이 다시 바뀌고 또다시 바뀐 후, 어느 날 소년은 오지 않았다. 미스 나이팅게일의 음악 레슨을 받고 학교에 다니기엔 너무 커버린 소년은 다른 곳으로 떠났다.

미스 나이팅게일에겐 소년의 부재가 평온을 가져다주었고, 시간이 더 지나면서 그녀의 불안은 진정되었다. 설령 외로운 아버지가 계산적인 사람이었다 해도 그 생각이 날것이었을 때보다는 문제가 덜 되었다. 설령 사랑하는 연인이 사랑을 하찮게 만들었다 해도 마음을 달래주는 회상 속에서는 문제가 덜 되었다. 미스 나이팅게일은 그녀에게 다른 재주를 과시한 소년의 희생자이기도 했다. 그리고 그녀 자신, 그녀의 부주의하고 잘 속는 성격, 눈에 보이는 대로 믿고 싶어하는 마음의 희생자이기도 했다. 그녀는 그 모든 것이 진실임을 느낌으로 알 수 있었다. 그래도 여전히 무언가 마음에 걸리는 게 있었다. 조금 더 이해해야만 한다는 게 당연한 도리처럼 여겨졌다.

* * *

오랜 시간이 지난 후, 소년이 돌아왔다—볼품없는 사춘기에 이르러 더 거칠고, 키도 더 크고, 더 험해진 모습이었다. 그는 그녀의 물건들을 돌려주러 온 게 아니었고, 곧장 걸어들어와서 피아노 앞에 앉아 그녀를 위해 연주했다. 그 음악의 미스터리는 그가 연주를 마치고 그녀의 인정을 기다리며 지은 미소 속에 있었다. 그리고 미스 나이팅게일은 그를 바라보며 전에는 알지 못했던 걸 깨달았다. 그 미스터리 자체가 경이였다. 그녀는 거기서 아무런 권리가 없었다. 인간의 나약함이 사랑과, 혹은 천재가 가져다주는 아름다움과 어떤 관련이 있는지 이해하는 데만 너무 골몰했으니까. 균형이 이루어졌고, 그것으로 충분했다.

# 장애인

"뭐, 그러고 싶다면 그러지." 장애인이 말했다. "손볼 때가 한참 지났으니까. 모르타르도 손질이 필요하고."

농장집에 찾아온 두 남자는 서로 의견을 나눴는데, 말은 한마디도 안 하고 고개를 끄덕이거나 몸짓만 했다. 그러고 나서 그들은 집 외벽 페인트칠 비용을 제시했고, 장애인은 너무 비싸다고 말했다. 그는 더 낮은 금액을 부르며 지난번에 그 금액으로 칠했다고 했다. 일을 구하러 온 남자들은 아무 말도 하지 않았다. 키가 큰 쪽이 바지를 치켜올렸다.

"정 그렇다면, 서로 반씩 양보하지." 장애인이 말했다.

두 남자는 여전히 말은 하지 않고 고개를 저었다.

"그럼 그냥 가든지." 장애인이 말했다.

그들은 그 말을 못 알아들은 것처럼 가지 않았다. 상대의 말을 못 알아들은 척 찡그린 얼굴로 당황스러워하는 연기를 하는 건 그들의 술책이었는데, 어떤 대화든 가끔은 어쩔 줄 모르는 것처럼 보이는 게 편리하기 때문이었다.

"두 번 칠하는 거 맞지?" 장애인이 물었다.

키 큰 남자가 그렇다고 대답했다. 그는 같이 온 남자보다 연장자였고, 머리가 희끗희끗했지만 그건 새치였다. 둘 다 아직 젊은 이십대였다.

"서로 반씩 양보할까?" 장애인이 다시 제안했다. "두 번 칠에 반씩 양보?"

둘 중 나이가 어리고 달덩이 같은 둥근 얼굴에 금속테 안경을 쓴 남자가 다른 금액을 제시했다. 그는 부엌 바닥에 깔린 심하게 금이 간 회색 판석을 내려다보며 반응을 기다렸다. 키 큰 남자는 몸처럼 비쩍 마른 두 팔을 축 늘어뜨린 채 잇새로 숨을 들이켰는데, 그의 버릇이었다. 집에 페인트칠을 한 지 십구 년이 됐다면 그 금액은 싼 거라고 그가 말했다. 십구 년 되었다는 말을 알아들은 것이다.

"자네들 폴란드 사람인가?" 장애인이 물었다.

그들은 그렇다고 대답했다. 그들은 그 동네에 폴란드인이 사는지 미리 알아보고 그 결과에 따라 폴란드인이라고 말하기도 하고 아니라고도 했다. 그들은 형제처럼 보이지 않았지만 형제였다. 그리고 폴란드인이 아니었다.

검은 고양이 한 마리가 벌레나 쥐를 찾아 부엌 안을 살금살금 돌아다녔다. 그러다 간간이 장작에서 떨어진 나무껍질이나 그림자를 덮쳤다. 페인트칠은 십사 일이 걸리고 일요일에도 일할 거라고 더 어린 남자가 말했다. 그다음에 다시 비용 문제가 수면 위로 떠올랐다. 액수가 합의되었다.

"돈으로요." 키 큰 남자가 엄지와 검지를 맞비비며 말했다. "현금."

그것도 합의되었다.

* * *

마티나는 캐라에 갔다가 돌아올 때면 늘 그러듯 천천히 달렸다. 이 길에서 낡은 도지가 멈추는 바람에 커패트릭정비소까지 걸어가서 도움을 청한 게 한두 번이 아니었다. 그때마다 같은 정비공이 그 차는 골동품 축에 들며 사십 년 전에 이미 도로를 떠났어야 했다고 말했다. 하지만 고물 도지는 마티나가 처한 형편의 일부였고, 꼭 필요한 물건이라 참고 견뎌야 했다. 그리고 천천히 몰면 대개는 목적지까지 데려다주었다.

코스티건이 백 베이컨* 대신 스트리키** 두어 조각을 슬쩍 끼워주며 반 파운드는 될 거라고 말했지만, 돈은 백 베이컨 값으로 받았다. 그녀는 아무 말도 하지 않았다. 코스티건과는 말을 해본 적이 없었다. "창고에 가서 볼까." 그가 그렇게 말하면 함께 창고에 가서 냉동 돼지고기 스테이크나 닭다리를 골랐다. 그녀는 냉동장치가 된 창고에서 그것들을 구경하는 걸 좋아했고, 그때마다 코스티건의 손이 그녀의 온몸을 더듬었다. 이제 그는 더이상 그녀를 냉동창고로 초대하지 않았지만 둘 사이엔 늘 그날들이 있었고, 그녀는 돼지고기 스테이크나 닭다리를 먹

---

* 주로 돼지 등살로 만드는, 살코기가 많은 베이컨.

** 비계가 줄무늬를 이룬 베이컨.

을 때면 코스티건이 도로 찔러준 고깃값을 농장집으로 가져와 골드 플레이크* 깡통에 감추던 기억이 떠오르곤 했다.

크로스에서 팅커**들을 지나쳤는데, 누더기 차림의 까까머리 아이들이 맨발로 뛰어다니고 있었다. 도지의 소음에 늘 밖으로 나오는 여자가 냉담하게 쳐다봤다. 여자는 차가 지나가도 거기 그대로 서 있어서 백미러에 정지된 이미지가 비쳤다. "450 주세요." 마티나가 아직도 쇼윈도에 있는 전기 오븐 가격을 물었을 때 피널리 상점 남자가 부른 가격이었다. 어림없지, 하고 그녀는 생각했었다.

이제 쉰 살이 다 된데다 체중도 본인이 만족하는 정도보다 더 많이 불어가고 있는 마티나는 한때는 자신이 원하는 게 무엇인지 알았으나 이제 더이상 그것에 대해 큰 확신이 없었다. 젊었을 때 신중하지 못했던 결혼이 파탄에 이르면서 오갈 데 없는 신세가 되었다. 자식을 원했지만 결국 갖지 못했고, 자식들이 있어서 삶의 중심이 되어주었더라면 비록 키우느라 힘은 들었겠지만 그래도 더 나은 삶을 살았으리란 생각이 자주 들었다.

그녀는 토탄 늪지를 지났다. 보드 나 모나*** 기계가 채취장에 세워져 있고, 분리된 트레일러에는 그 자리에서 벗어나지 않도록 고정장치가 채워져 있었다. 아무것도 진행되지 않고 있었고, 채취장에 아무 변화가 없는 상태가 구 개월은 된 듯했다. 활기가 없는 건 우울한 일이다, 그녀는 지난번에 보았을 때와 똑같은 그곳을 다시 볼 때마다 그런

* 담배 상표명.

** 아일랜드의 집시.

*** 아일랜드의 토탄 개발 기업.

생각이 들었다.

로일에서 방향을 돌리자 아치를 이룬 가로수들 때문에 도로가 어두워졌다. 그녀는 이번 나들이에서 마지막으로 다른 차를 만난 게 언제였는지 기억이 나지 않았다. 굳이 기억하려고 애쓰지도 않았다. 상관없으니까.

* * *

두 남자는 일을 따내서 기분좋게 차를 몰고 떠나면서, 그들이 문을 두드렸을 때 들어오라고 외쳤던 남자에 대해 이야기했다. 그들이 거기 있는 동안 그 남자는 화덕 불 옆 의자를 떠나지 않았고, 금액이 합의된 후 그들에게 부엌방에 가서 위스키를 가져다달라고 말했다. 그들이 말귀를 알아듣지 못하자 그는 조바심을 내며 주먹을 입에 대고 고개를 뒤로 젖히는 몸짓을 해 보였고, 그제야 그들은 그의 뜻을 파악했다.

그러자 그는 신이 났다. 그들은 찬장 선반의 잔들을 발견했으며, 그가 잔들을 식탁에 꺼내놓는 걸 지켜보았다. 그들은 잠깐 주저했지만 이내 한 사람이 술병을 땄다.

"폴란드에 대해 들었는데." 장애인이 말했다. "가톨릭신자들이라고. 우리 일을 위해 건배할까, 응?"

그가 잔을 내밀자 그들은 위스키를 더 따라주었다. 그리고 집을 나서기 전에 자신들도 더 따라 마셨다.

* * *

"누가 왔었어요?"

마티나가 식료품 봉지를 식탁에 내려놓으며 말했다. 그의 손이 닿지 않는 곳에 위스키 병이 놓여 있고 그 옆에 빈 잔이 두 개 있으며, 그의 손에도 빈 잔이 들려 있었다. 그가 잔을 내밀었는데, 술을 더 따르라는 뜻이었다. 이쯤에서 그만 마실 리가 없지, 그녀는 생각했다. 술병이 빌 때까지 계속 마실 테고 그다음엔 안 딴 술이 남아 있는지 묻겠지만 그녀는 술이 있어도 없다고 대답할 것이다.

"파란 밴 말이에요." 말려봐야 소용없는 짓이라 술을 더 주며 그녀가 말했다.

"무슨 색인지 나야 모르지." 그가 말했다.

"길에서 파란 밴을 봤어요."

"쇼핑 목록 가져갔어?"

"가져갔어요."

손님들이 왔었다고 그가 말했다. 새로운 화제를 꺼내는 것처럼. "좋은 청년들이야, 마티나."

"누구예요?" 그녀가 다시 물었다.

그는 쇼핑 목록과 영수증을 달라고 했다. 그는 이런 용도를 위해 특별히 간직해둔 몽당연필로 그녀가 봉지에서 꺼내는 물건들의 이름을 지워나갔다. 코스티건이 더 활기 넘치던 시절에 그녀는 이층에 있는 골드 플레이크 깡통에 넣을 돈을 옷 속에 숨겨두고도 정확한 액수의 거스름돈을 식탁에 내려놓는 기만의 순간을 즐겼더랬다.

"폴란드 청년들이야. 우리집 외벽을 칠해줄 거야." 그는 두 번 칠할 거고 십사 일이 걸릴 거라고 말했다.

"제정신이에요?"

"착한 가톨릭 청년들이야. 우리 술도 한잔했어."

그녀가 돈이 어디서 났느냐고 묻자 그는 무슨 돈을 말하는 거냐고 되물었다. 그는 늘 그런 식이었고, 그녀도 그런 식으로 반드시 돈의 출처를 물었다. 돈 이야기는 일단 나오면 길어졌다.

"얼마를 뜯어갔는데요?" 그녀가 물었다.

그는 짐짓 인내심을 발휘하는 척하며 재료비만 줬다고 설명했다. 작업이 끝난 후 결과가 만족스러워야 대금을 지불하겠다고 했다.

마티나는 그것에 대해선 토를 달지 않았다. 그녀는 화가 나서 찬장에 달린 서랍 두 개 중 하나를 열고 서랍 뒤쪽을 더듬어 유로화 지폐 뭉치를 꺼냈다. 5유로와 10유로짜리 지폐들은 각각 고무줄로 묶여 있고, 낱장으로 20유로, 50유로짜리 지폐들이 있었으며, 100유로짜리 지폐는 한 장이었다. 그녀는 그가 얼마를 지불했는지 즉시 알 수 있었다. 그는 손이 닿지 않으니 칠장이들에게 돈을 꺼내달라고 했을 터였다. 그러니까 그들은 돈이 얼마나 남아 있는지 보았을 것이다.

"그냥 들어와서 돈을 훔쳐가면 되는데 뭐하러 집에 페인트칠을 하겠어요?"

그는 고개를 저었다. 칠장이들이 착한 가톨릭 청년이라고 다시 말했다. 그리고 여전히 꾹 눌러 참는 투로, 십사 일 내로 작업이 완료될 거라고 거듭 말했다. 그건 국가의 문제, 젊은 폴란드 청년들이 아일랜드에 들여온 기술의 문제라고 했다. 신의 일이라고 했다. 그들은 집에서 그녀 눈에 띄지도 않을 거라고 했다.

* * *

그들은 캐라에서 페인트를 사면서 집 외벽에 칠하기에 어떤 게 제일 좋을지 물었다. "메이슨리." 페인트가게 남자가 깡통의 글자를 가리키며 말했다. "옥외 작업에는 메이슨리지."

그들은 그 말을 알아들었다. 그들은 재료비를 선불로 받았다며 페인트가게 남자가 적어준 액수를 지불했다.

"폴란드인들이오?" 가게 남자가 물었다.

그들은 이력이 특이했다. 한때 카린티아*였던 곳의 산속에 살던 나라 없는 생존자들의 공동체에서 태어났고, 그들의 자연언어는 십여 개의 다른 언어들에서 나온 단어들로 생기를 얻은 하나의 방언이었으며, 이제 그들은 집시로 여겨질 때가 많았다. 그들은 이름 없는 장소들을 떠돌던 어린 시절과 천막생활, 밤중에 조용히 국경을 넘고 더 나은 곳을 끝없이 찾아다니던 일들을 기억했다. 가족과는 미련 없이 헤어졌는데 그들 기억으론 열세 살과 열네 살 때였다. 그후로는 되는대로 살아왔다. 무엇을 해야 하는지와 그걸 가장 잘하는 방법이 무엇인지 알고, 얻어야만 하는 걸 얻으며 그럭저럭 지내온 것이다. 그들은 어디를 가든 체제를 교묘히 피했는데, 체제라는 단어를 몰라서 그렇게 부르진 않았지만 그것이 어떤 의미를 갖는지를, 일시적으로라도 그 안으로 잘

* 알프스산맥 동쪽 오스트리아 남부에 위치한 케르텐주의 라틴어명.

못 발을 들이거나 그걸 받아들였다간 자유를 잃게 되리란 걸 알기 때문이었다. 생존이 그들의 당면 목표였고, 희망이라면 어딘가에 그들이 알고 있는 것보다 더 나은 삶이 존재할지도 모른다는 것이었다.

그들은 페인트뿐 아니라 붓도 사고, 페인트가게 남자가 필요하다고 말해준 백유도 사고, 모르타르도 손봐야 한다는 말을 들었기에 충전재도 샀다. 그들은 집 페인트칠은 해본 적이 없어서 모르타르가 뭔지도 몰랐다.

그들의 밴은 낡아빠지고, 원래 연청색인데 더 짙은 색으로 조금씩 덧칠을 했으며, 앞유리에 세금이나 보험의 흔한 증거를 붙이고 다녔지만 세금도 안 내고 보험도 들지 않은 상태였다. 그들은 그동안 손에 넣은 이런저런 연장과 머그잔, 접시, 대접, 냄비, 프라이팬, 음식과 함께 밴에서 잤다.

그들이 열심히 보금자리로 꾸미고 있는 폐허까지 갈 기름이 남아 있는지 형이 그들의 언어인 방언으로 물었다. 운전대를 잡은 동생이 고개를 끄덕였고 그들은 그곳으로 갔다.

* * *

마티나는 자신의 침실에서 골드 플레이크 깡통 뚜껑을 닫고 고무줄로 단단히 고정했다. 그녀는 옷장 거울에서 물러나 비판적으로 자신의 모습을 살펴보며 스스로를 방치해온 것에 부끄러움을 느꼈다. 그녀의 육중한 몸은 아직 비만은 아니지만 이제 거의 그렇다고 할 수 있었고, 연청색 눈—한때 그녀의 이목구비 중 가장 돋보이는 부분이었던—은

주름진 살에 반쯤 파묻혀 있었다. 그녀는 이 농장집에 처음 왔을 때 아직 삼십대였고 그때만 해도 외모와 옷차림에 까다로웠었다. 그녀는 몇 분 동안 가게에 코스티건과 단둘이 있게 되었을 때 그의 거친 포옹으로 얼룩진 립스틱을 닦아냈다. 그가 들쑤신 속옷도 바로 입었다. 몇 년 전에는 정육점 냄새—베이컨과 스프레이 파리약과 코스티건이 꼬챙이에 꿰어 굽는 닭고기 냄새가 뒤섞인—가 그의 옷에서 그녀 옷으로 묻어왔었다. "아, 그냥 정육점 냄새예요." 부엌에서 그것에 대한 질문을 받으면 그녀는 그렇게 대답하곤 했지만, 이제는 굳이 둘러댈 일도 없었다.

장애인과 마티나는 먼 친척이었고, 그의 어머니가 십이 년 전에 죽고 그의 아버지도 이듬해 겨울에 세상을 떠나면서 농장집에서 함께 살게 되었다. 마티나가 혼자서 변변한 일자리도 없이 사는 걸 보고 다른 친척이 한집살이를 제안했다. 그녀의 사촌—그들은 둘이 사촌뻘이라는 데 의견을 같이했으니까—은 안 그러면 시설에 들어가야 할 처지였고, 그녀 자신도 목초지는 사람들에게 나눠 임대해 매년 세를 받고 가끔 밭이 하나씩 팔리는 농장에 들어가서 손해볼 건 거의 없었다. 태어날 때부터 지금처럼 불편한 몸이었던 장애인 사촌은 마티나에게 법적 계약이라는 매력을 지니고 있었다. 조만간 그녀가 유산을 물려받는다는 계약. 사람들은 종종 그가 죽었다고 가정했다. 캐라 사람들이 그랬고, 농장집에 발걸음을 하지 않는 인근 사람들이 그랬다. 그들과 이야기를 나누어보면 그걸 느낄 수 있었다. 마티나 자신도 그에 대한 이야기가 나올 때를 제외하면 그를 입에 올리지 않았다. 그동안 달라진 게 없어서 언급할 게 없었기에 말할 것도 없었다.

그녀가 아래층으로 내려갔을 때 그는 위스키를 다 마신 후 잠이 들었다가, 여섯시 식사에 맞춰 접시를 덜걱거리고 음식을 굽는 소리에 깼다. 그녀는 그를 시간에 맞추는 걸, 시간이 하라는 대로 하는 걸 좋아했다. 그녀는 라디오로 분까지 정확히 맞춘 알람시계를 찬장에 두고 아침저녁으로 울리게 했다. 아침에 제일 먼저 하는 일은 간밤에 낳은 달걀을 수거하는 것이었다. 그리고 아침식사를 차리자마자 그를 안쪽 방에서 부엌으로 데리고 나왔다. 그가 아침을 먹는 동안 침대 두 개를 정리하고 설거지를 했다. 캐라에 가는 날은 두시 십오분에 집에서 나갔고, 그게 습관이 되었다. 그러면 그는 화덕 옆에서 잠이 들었고, 그녀와 말다툼을 벌이지 않을 때는 거의 대부분의 시간을 그렇게 보냈다. 말다툼이 시작되면 종일 갈 수도 있었다.

"그 폴란드인들이 말썽을 일으킬 거예요." 그녀는 프라이팬에 담긴 간이 지글거리는 소리 때문에 목청을 높여야 했다. 접시 부딪는 소리나 요리하는 소리, 주전자 뚜껑 덜그럭거리는 소리 같은 아주 작은 소음에도 그는 그녀의 말이 들리지 않는다고 했다. 하지만 그녀는 그가 다 듣는다는 걸 알았다.

지금도 그는 안 들린다고 했지만 그녀는 그 말을 무시했다. 그가 술을 한 잔 더 해야겠다고 했지만 그 말도 무시했다.

"말썽 안 피워, 그런 청년들은." 그가 말했다.

그는 그들이 깨끗하다고, 보면 안다고 말했다. 그녀에게 친구가 되어줄 거라고도 했다.

"마티나, 당신은 한 달이 가고 두 달이 가도 다른 사람 얼굴을 거의 못 보고 살잖아. 그럼, 나도 그걸 알지. 줄곧 알고 있었다고."

그녀는 프라이팬을 기울여 만든 기름 웅덩이에 첫번째 달걀을 깨서 넣었다. 그녀는 한 손으로 달걀을 깨 넣을 수 있었다. 달걀은 각자 두 개씩이었다.

"페인트칠이 필요해." 그가 말했다.

그녀는 토를 달지 않았다. 페인트칠이 필요하다는 걸 어떻게 아느냐는 말도 하지 않았다. 그녀가 더이상 마당으로 데리고 나갈 수가 없는데 그가 어떻게 알겠는가? 그를 마당에 데리고 나갈 수 없게 된 지 몇 년째였다.

"위스키 한잔이 도움이 되는군." 그가 말했다.

그녀가 라디오를 켰고 옛날 음악이 흘러나왔다.

"끔찍하군." 그가 말했다.

마티나는 그 말에도 토를 달지 않았다. 얇게 썬 간이 검게 구워지자 프라이팬에서 꺼내 달걀과 함께 접시에 담았다. 그녀는 그를 식탁으로 데려갔다. 그가 위스키를 더 달라고 하자 그녀는 이미 많이 마셨다고 말했고, 부엌에서 그 이야기는 더 오가지 않았다.

식사가 끝나자 그녀는 그를 침대로 데려다줬지만, 한 시간 후 그가 소리를 질러서 그에게로 갔다. 꿈을 꿔서 그러는 줄 알았는데 다리 때문이라고 했다. 그녀는 아스피린과 위스키를 줬다. 둘을 같이 먹으면 고통이 사라지곤 했던 것이다. "이리 와서 나 좀 따뜻하게 해줘." 그가 속삭였고, 그녀는 싫다고 말했다. 그녀는 고통 때문에 그가 실성한 건 아닌지, 몸의 다른 부분들처럼 뇌도 공격을 당한 건 아닌지 의심스러울 때가 많았다.

"사람들이 왜 당신을 마티나라고 부르지?" 그가 여전히 속삭이는 소리로 물었다. 남자 이름인데, 하고 그가 말했다. 왜 그러는 거지?

"왜 그러는지 말해줬잖아요."

"당신은 나한테 많은 걸 말해줬지."

"이제 자요."

"목초지 세는 들어왔나?"

"더 자요."

* * *

월요일에 줄곧 비가 내려서 페인트칠은 화요일에 시작되었다. 화요일은 날이 개어 햇살이 가득했고, 물기를 잘 말려주는 산들바람이 불었다. 칠장이들은 캐라에서 사다리 두 개를 빌려와 그날은 치장벽토가 떨어져나간 부분을 메우는 작업을 했다.

그들이 장애인의 아내일 거라고 짐작한 주부가 오전 중간에 소다 스콘과 차를 내왔고, 그녀가 오전과 오후 간식 시간으로 언제가 제일 좋은지 묻자 그들은 형의 손목시계로 열한시와 세시 반을 가리켰다. 그녀는 정확히 세시 반에 비스킷과 차를 갖다줬다. 그녀는 바로 집안으로 들어가지 않고 말을 걸었는데, 그들이 원하는 걸 캐라 어디에서 살 수 있는지 알려주고 그들에 대해서도 물었다. 지친 미소를 지었지만 그들이 말을 못 알아들어도 인내심을 보였다. 그들이 일하는 걸 지켜보았고, 어떻게 생각하는지 그들이 묻자 그 누구 못지않게 잘한다고 말해주었다. 저녁때쯤 되자 치장벽토 보수가 마무리되었다.

수요일엔 큰비가 내린다는 예보가 있었고, 오후 중간쯤에 서쪽에서 위협적인 폭풍이 비를 몰고 왔다. 작업을 계속할 수가 없어 칠장이들은 밴에 앉아 상황이 나아지기를 기다렸다. 아까 그들이 작업을 하는 동안 집안에서 큰소리가 났는데 언쟁이 간간이 침묵에 자리를 내줬다가 다시 시작되었다. 동생보다 영어 실력이 나은 형 칠장이가 돈과 땅의 상태에 대한 싸움이라고 전해주었다. 장애인은 거듭 이렇게 주장했다. "연금 때문에 내가 쓸모가 있는 거야. 나한테 들어오는 돈 몇 푼 때문에 내가 여기 있는 거 아냐?" 그 성난 말다툼의 핵심은 연금이었으며, 그것이 잘못 쓰이고 있고, 장애인한테서 그게 자기 차지가 못 된다는 이야기가 나왔다. 칠장이들은 흥미를 잃었지만 목소리들은 계속 이어져, 둘 중 하나가 하늘을 보려고 밴에서 나가면 여전히 들렸다.

오후 늦게 그들은 기다림을 포기하고 캐라로 차를 몰고 갔다. 페인트가게에 가서 궂은 날씨가 얼마나 갈 것 같은지 묻자 며칠은 안 좋을 거라고 했다. 그들은 쓰지도 못하는 사다리의 대여료가 아까워서 반납했다. 그건 하나의 좌절이었지만 그들은 일이 틀어지는 데 익숙했고, 페인트가게에 다시 문의해보니 실망을 겪은 한 건축업자가 폐공장 개조 현장에서 대체인력을 고용하고 있다고 했다. 몇 마일 떨어진 실내 현장이었다. 결국 십장이 그들을 일용노동자로 써주겠다고 했다.

* * *

비는 장애인에게 영향을 미쳤다. 비가 오면 그녀도 집에 갇혀 있어서 그는 이야기를 그치려 하지 않았고, 연금 이야기를 마르고 닳도록 하고 나면 그녀의 이름이기도 한 성자 이야기를 다시 시작하곤 했다.

"말해줘." 그의 습관적인 요구가 시작되었다. 시간이 저녁때고 그가 술에 취해 해롱거리면 그녀는 대답을 안 했지만, 낮에는 그가 살살 구슬렸고 그럴 때면 시간이 다른 날보다 굼벵이처럼 더디게 지나갔다.

칠장이들이 사다리를 거두어 떠난 아침에 그는 또 시작이었다. 그녀는 화덕의 불길이 잘 살도록 타다 남은 석탄 찌꺼기를 흔들어 빼내고 있었다. 그의 앞에 무릎을 꿇고 앉은 그녀는 그가 자주 그러듯 자신을 관찰하고 있는 걸 느낄 수 있었다. 좋잖아, 신성함에서 위안도 얻을 수 있고. 그녀가 자신의 성자에 대해 이야기하면 그는 그렇게 말하곤 했다. "말해줘." 그가 말했다.

그녀는 아무 말 없이 재받이를 들고 마당으로 나갔다. 빗물이 그녀의 어깨에 스며들고, 얼굴과 목에 똑똑 떨어지고, 회색과 검은색인 원피스와 팔을 흠뻑 적시고 가슴골로 흘러내렸다. 부엌으로 돌아온 그녀는 그가 바라는 대로, 이미 그가 아는 이야기를 해줬다. 로마의 성녀 마르티나의 몸에는 피가 아닌 신성한 젖이 흘렀고, 교황 우르바누스가 그녀에 대한 경의의 표시로 교회를 짓고 그녀를 찬미하는 찬송가들을 만들어 로마 성무일도서에 실었으며, 그녀가 칼로 죽었다는 내용이었다.

그녀가 이야기를 마치자 그는 찬사를 보냈고, 그녀는 그의 얼굴을 보고 싶지 않아 내내 그의 뒤에 서 있었다. 그녀가 집안으로 들여온 빗물이 바닥의 깨진 판석 위로 뚝뚝 떨어졌다.

* * *

칠장이들은 날씨가 좋아진 후에도 공장 개조 현장에서 생각보다 오래 일했다. 벌이도 더 좋은데다 장차 사람을 더 뽑을 거라는 이야기도 있었다. 그래서 도합 구 일이 지나서야 농장집을 다시 찾게 되었다.

그들은 일찌감치 도착해서, 더 빨리 돌아오지 않았다는 항의를 들을까봐 마음 졸이며 그동안 허비한 시간을 벌충하기 위해 목소리를 낮추고 빠르게 일했다. 아침 여덟시쯤엔 앞 벽의 밑칠이 거의 마무리되었다.

집은 줄곧 조용했으나 굴뚝들 가운데 하나에서 연기가 피어올랐다. 칠장이들이 전에 그곳에서 한나절 반을 머물면서 기억하게 된 그 굴뚝이었다. 차도 그 자리에 있었는데 차를 댄 헛간에 비해 차체가 너무 길어서 뒷부분이 밖으로 튀어나와 있었고, 그것 역시 그들이 기억하는 모습이었다. 그들은 아직 집 앞쪽에서 작업을 하며 마당에서 오전 차를 내오는 발소리가 들리나 귀기울였지만, 차는 나오지 않았다. 오후에 형이 붓을 바꾸러 밴에 갔다가 보닛 위에 차 쟁반이 있는 걸 보고 사다리 있는 곳으로 가져왔다.

이어진 날들에는 그것이 패턴이 되었다. 그 집이 얻은 정적은 라디오 소리나 사람 목소리로 깨지지 않았다. 차는 아무것도 곁들이지 않고 나왔고 시간도 들쑥날쑥한 게 열한시와 세시 반 약속은 잊힌 듯했다. 사다리들이 마당 안으로 옮겨졌을 때는 쟁반이 집 옆쪽 문버팀쇠 위에 놓여 있었다.

가끔, 자주는 아니고, 집안을 흘끗 보면 그들과 함께 위스키를 마시고 페인트칠에 대한 합의가 이루어졌을 때 그들 둘 다와 악수를 나누었던 장애인의 아내로 보이는 여자가 눈에 띄었다. 그녀는 전에 보았을 때와 비슷한 옷차림이었는데도 그들은 처음엔 다른 여자를 본 게 아닐까 의아했다. 그들은 이곳에 돌아와서 본 그 기이함에 어리둥절해서 이야기를 나눴고, 이 나라에서는 그런 돌연한 변화가 흔하고 자주 볼 수 있는 것인지 궁금했다.

한번은 동생이 이층 창문의 지저분한 유리 너머로 화장대에 웅크리고 앉아 있는 여자를 보았는데, 자거나 울고 있는 것처럼 팔에 얼굴을 묻고 있었다. 그가 호기심을 억누르지 못해 계속 지켜보고 있는 동안 그녀가 고개를 들었고, 그녀는 그와 눈이 마주쳤는데도 시선을 돌리지 않았다.

같은 날, 작업을 마치기 직전 부엌 창틀에 마지막으로 남은 묵은 페인트를 긁어내던 칠장이들은 장애인이 화덕 옆 그의 의자에 앉아 있지 않은 걸 보고, 비가 그친 후 이곳에 다시 온 이래 그의 목소리를 듣지 못했음을 깨달았다.

* * *

마티나는 그들이 사용한 두 개의 잔과 받침, 티스푼을 씻었다. 티스푼에 설탕이 묻어 있었는데 찻물에 젖은 채로 설탕통에 넣었기 때문이었다. 그녀는 쟁반을 씻어서 물기를 닦고 축축한 행주를 부엌방 빨랫줄에 널었다. 그녀는 생각하고 싶지 않았고, 그들이 거기 있다는 걸, 그들이 왔다는 걸 알고 싶지도 않았다. 그녀는 어제 온종일 용케 그들을 피한 것처럼 오늘도 그들을 보고 싶지 않았다. 그녀는 잔들을 걸고, 받침들을 다른 받침들과 함께 두고, 설탕통을 싱크대 밑 찬장에 넣었다.

마당에서 사다리 덜그럭거리는 소리가 들렸는데, 밤사이 집시들이 눈독을 들일까봐 안 보이는 데로 치우는 것이었다. 그녀는 말소리를 들을 수 없었고 말소리가 난 것 같지도 않았다. 며칠 전 저녁에 그들이 떠나면서 뒷문을 두드렸지만 그녀는 응답하지 않았다.

그녀는 다시 문으로 다가오는 발소리가 들리나 귀기울였지만 아무도 오지 않았다. 밴이 떠나는 소리가 들렸다. 돌Dole*의 강물에서 오는 기러기들이 날아가는 소리도 들렸다. 기러기 철이었다. 한번은 칠장이들이 두고 간 물건이 있어서 밴이 가다가 돌아왔는데, 저녁 달걀을 수거하고 있던 그녀는 밴이 떠날 때까지 들로 몸을 피했다. 그녀는 부엌에서 찬장의 시곗바늘을 바라보며 십오 분을 더 기다렸다. 그런 다음 부엌 창문들과 마찬가지로 현관문과 뒷문을 열어 환기를 시켰다.

* * *

그들이 폐허에 꾸미던 보금자리가 완성되었다. 무너진 돌들과 아직 상태가 좋은 몇 개 안 되는 나무 기둥, 형태를 부지한 문틀 하나를 활용했다. 지붕용으로 중고 양철판을 구입하고, 누가 귀띔해줘서 대들보들도 찾아냈다. 그들은 그 정도면 나쁘지 않다고 서로에게 말했다. 더 나쁜 데서도 살아봤으니까.

저녁 어둠 속에서 그들은 장애인에 대해 이야기했는데 이야기를 나누다보니 관심이 걱정으로 변했다. 페인트칠 값 합의를 본 게 장애인이었기에 작업이 끝난 후 여자가 자기는 합의에 대해 전혀 모른다고, 그

---

* 프랑스 동부 도시.

들이 마땅히 받아야 한다고 주장하는 금액이 바가지라고 말할 성싶었던 것이다. 그들은 장애인이 집에서 실려 나간 건 아닌지, 시설에 들어간 건 아닌지 궁금했다. 그 여자는 왜 처음과 달라진 건지도 궁금했다.

* * *

그녀는 도지를 마당 한가운데까지 후진시킨 후 차의 오른쪽 뒷문을 열고 시동을 켜놓은 상태로 집에서 달걀판을 들고 나와 차 바닥에 차곡차곡 쌓았다. 목요일이면 늘 하는 일이었다. 그녀는 칠장이들이 오기 전에 출발하려고 서둘러 집 문을 잠그고 열려 있던 차문을 쾅 닫았다. 하지만 공회전을 잘하고 있던 엔진이 그녀가 운전석에 타기 전에 멈췄다. 그리고 파란 밴이 왔다.

그들은 즉시 그녀에게 다가왔고 안경 낀 남자가 몸짓을 해 보였는데, 그녀는 처음엔 그게 무슨 뜻인지 모르다가 그가 무얼 하려고 하는지 보고 나서야 알게 되었다. 차 뒷바퀴 바람이 좀 빠져 있었는데 자신이 바람을 넣어주겠다고 하는 것 같았다. 그녀는 알고 있다고, 괜찮을 거라고 말했다. 그녀는 지금 벌어지려는 일이, 도지가 그녀를 실망시킬 게 두려웠다. 하지만 시동 키를 돌려서 껐다가 다시 켜고 초크밸브를 당기자 바로 시동이 걸렸다.

"안녕하세요?" 나이가 더 많은 남자는 키가 너무 커서 차창 쪽으로 몸을 굽혀야만 했다. "안녕하세요?" 그녀가 마지못해 창문을 내리자 그가 다시 말했다. 그녀는 사다리 올리는 소리를 들을 수 있었다. "실례합니다." 그녀의 길을 막고 있는 남자가 말했다. 그가 차에 기대 있었지만 그녀는 차를 천천히 움직였다.

"그는 다른 방에 있어요. 그에게 더 좋은 방에." 그녀가 말했다.

그녀는 달걀을 배달해야 한다는 말을 하지 않았는데 그들이 알아듣지 못할 것 같아서였다. 이 고물 차를 몰 때는 모험을 해선 안 된다는 말 역시 그들이 알아듣지 못할 것 같아서 하지 않았다.

"그는 거기 조용히 있어요." 그녀가 말했다.

그녀는 천천히 마당을 빠져나갔고 다시 시동이 꺼졌다.

* * *

칠장이들은 차 소리가 들리지 않을 때까지 기다렸다. 그러고는 사다리들을 옮겨가며 이층 창문을 일일이 다 들여다보았다. 말은 하지 않고 가끔 서로 힐끔 보는 것으로 대화를 대신했다. 그러고 나서는 담뱃불을 붙였다. 작업은 거의 사분의 삼이 완료된 상태였다. 그들은 그 이야기를 하며 사용하지 않은 페인트가 얼마나 되고 그걸 반품하면 얼마를 돌려받을 수 있을지 계산했다. 아직 작업을 시작하진 않았다.

동생이 마당을 떠나 경첩이 떨어져나간 문 한 짝이 제 무게에 쏠려 열려 있는 대문으로 나갔다. 형은 남아서 주위를 둘러보고 헛간 문을 열었다 도로 닫으며 도지가 돌아올 경우에 대비해 차 소리에 귀기울였다. 그는 사다리에 기대어 담배를 마저 피웠다.

처음엔 구름이 꼈던 하늘이 맑게 개어 있었다. 동생은 집 옆면을 돌아 걸어오다가 안경에 밝은 햇살이 비치자 다시 대문으로 들어오며 안경을 벗어 깨끗이 닦았다. 정찰에 나선 그는 잡초에 자리를 내준 채소

밭을 지나 정원이었던 곳으로 들어섰고, 정원의 하나 남은 꽃밭에는 막대기에 꽂은 씨앗 봉지들로 무엇을 심었는지 표시해놓은 줄이 몇 개 있었다. 그는 마당으로 돌아가며 필요 이상으로 조심하면서 되도록 벽 가까이 붙어서 걸었고, 창문이 나올 때마다 치장벽토에 몸을 밀착시켰다. 아래층 방들 역시 위층처럼 보이는 게 없었고, 귀를 기울여도 아무 소리도 들리지 않았다. 개들은 키우지 않았다. 고양이들은 그를 무관심하게 쳐다보았다.

마당에서 그는 고개를 젓고는 헛수고를 그만두었다. 햇빛 비치는 방목장이 하나 있다고 그가 말했고, 그들은 거기 앉아 오래된 샌드위치를 우적우적 씹으며 캔에 든 펩시콜라를 각자 하나씩 마셨다.

"그 장애인 죽었어." 형이 조용히 영어로 말했는데 자신의 말뜻이 분명하지 않을 경우에 대비하듯 단어마다 확인의 끄덕거림을 덧붙였다.

"그 여자 겁먹었어." 이 말도 끄덕거림으로 분명하게 만들었다.

그런 추측들에 대해선 반박도 없고 아무런 의견도 없었다. 둘은 침묵을 지키며 햇살 속에 머무르다가 방치되어 황폐해진 밭을 지나 정원으로 갔다. 그들은 하나뿐인 꽃밭을, 막대기에 꽂혀 빈 줄들을 표시하는 밝은 색깔의 씨앗 봉지들을 내려다보았다. 그들은 이게 무덤이라고 말하지 않았고, 대문에서부터 넓고 곧은 길을 이룬 무성한 풀이 짓밟혔다가 되살아난 것에 대해서도 언급하지 않았다. 씨앗들이 있어야 할 곳, 꽃들이 약속된 곳에서 씨앗을 찾아 손가락으로 땅을 쑤시지도 않았다.

"그 여자 반지 안 꼈어." 형은 이제는 무의미한 그 지엽적 사실을 무시해버리며 그것이 지닐 수도 있는 흥미를 떨쳐버렸다.

다시 그들은 그 차의 못 미더운 엔진이 내는 털털거리는 소리에 귀기울였지만 차는 오지 않았다. 페인트칠을 위해 창문들을 쉽게 열 수 있게 해놓아서 이제 두 사람 다 집에 들어갈 수 있었다. 어제와 마찬가지로 오늘 아침에도 그 점을 이용할 수 있었지만 그렇게 하지 않았다. 대신 의논 없이 다시 칠이 시작되었다.

그들은 아무런 방해도 받지 않고 날이 저물 때까지 일했다. "그 여자 내일은 올 거야." 형이 말했다. "용기를 얻을 거고, 우리가 위협이 안 된다는 걸 알 거야."

보금자리로 돌아가는 밴 안에서 그들은 딴사람이 된 여자와 거기 없는 남자에 대해 다시 이야기했다. 그들은 짐작하고, 궁금해하고, 가정하고, 넘겨짚었다. 그곳에 감금된 듯한 불편한 기분으로 음식을 요리해서 먹었고, 비현실의 쪼가리와 부스러기가 그 저녁에 형체를 부여했다. 조바심도 분노도, 혼자가 될 때까지 너무 오래 기다려온 한 여자가 다시 기다리도록 허용하지 않았다. 그들은 거기서 충분한 진실을 느꼈다. 그들은 천천히 담배를 피웠고, 직감에 이끌렸다. 그 여자의 역사는 그들이 알 바 아니었다. 이제 그들 자신도 그 일부가 되긴 했지만 말이다. 그녀의 처지가 그녀를 그렇게 만들었듯, 그들의 처지가 그들을 그렇게 만들었다. 그녀가 채찍을 손에 쥔 건 그게 그녀가 잡을 수 있도록 거기 있었기 때문이다. 그녀는 반드시 연금이 계속 나오게 할 것이다. 장애인을 그리워할 사람도, 호젓한 곳을 찾아올 사람도 없을 것이다. 내일 그 여자는 페인트칠 값을 치를 것이다. 내일 그들은 다시 여행길에 오를 것이다.

## 다리아 카페에서

다리아 카페의 한쪽 벽을 따라 놓인 주홍색 천을 씌운 방케트*들은 변함이 없으며, 카운터 자리의 장식이 화려한 황동 발걸이도 그대로 남아 있다. 꽃무늬 벽화는 같은 파스텔 색조로 다시 복원되었고, 테이블들 사이는 여전히 너무 가깝지 않다. 바닥은 타일인데도 여전히 발소리가 울리지 않는다.

혼잡하고 시끌벅적할 때가 많은 이 카페는 이른아침에는 조용하다. 그러다 회사원들이 바쁘게 출근하느라 포기한 아침을 먹으러 급히 들어온다. 그다음엔 교외에 사는 이른 쇼핑객들이 심신을 지치게 하는 거리의 북새통을 향해 가는 길에 들른다. 그다음엔 친구들이 만남을 갖고, 단골손님들이 나무로 된 신문걸이로 손을 뻗는다.

이곳의 크루아상은 유명하다. 점심시간에 나오는 훈제 연어를 곁들

---

* 벽 쪽에 붙여놓는 프랑스식 긴 의자.

인 스크램블드에그는 런던 최고라는 말을 듣고, 커피는 기대에 미치지 못한 적이 없다. 작은 사과 타르트는 최신 특별 메뉴이고, 타르트 오 시트롱*은 프랑스에서 들여온 것이다.

이 카페에는 사연이 있다. 1949년에 안드레아 카발리는 전쟁 전 가문의 유산으로 물려받은 포도밭을 팔고 피에몬테를, 그리고 이탈리아를 영원히 떠났다. 그는 여전히 사랑하는 아내를 시인에게 빼앗기고도 원한을 품지 않았고, 그후 그 시인은 자신의 작품을 모두 그녀에게 바쳤다. 비참하고 쓸쓸한 안드레아 카발리는 자신의 우울을 반영하는 전쟁으로 박살난 유럽 나라들을, 다시는 예전 모습으로 돌아가지 못할 유럽을 여행했다. 그는 자신도 예전으로 돌아갈 수 없으리란 걸 알았다. 그는 외로운 방랑길에 현실에서는 다시 볼 수 없게 된 여자의 얼굴과 자는 동안에도 조용히 메아리치는 목소리와 사라지려 하지 않는 갈망을 동반했다. 아는 것이라곤 더이상 자신의 것이 아닌 땅의 흙과 익어가는 포도뿐인 자신이 너무도 따분하게 여겨졌다. 그는 한 번도 만난 적이 없는 그 시인이 태평하고 잘생긴 남자일 거라고 상상하며, 그 어떤 여자도 그런 남자를 사랑한다는 이유로 비난받을 수 없으리라 생각했다. 안드레아 카발리는 여행하면서 자신이 결코 단어들의 운율을 교묘히 맞추거나 재치 있는 생각을 해내는 일에 도전할 수 없으리란 걸 알았다.

정처 없는 여행이 계속되면서 전쟁으로 파괴된 잔혹한 풍경은 갈수록 음산해졌고, 마침내 그는 황폐한 런던 거리들을 배회하는 자신을

---

* 프랑스어로 '레몬 타르트'를 뜻한다.

발견했다. 그는 저조한 기분에 사로잡힌 나머지 자포자기 상태로 기행을 행했다. 낯선 나라에 있는 알려지지 않은 사람으로서, 가진 게 없는 나라에 자신이 줄 수 있는 걸 제공하는 방식으로 자신의 존재를 확인하는 일을 한 것이다. 부자라는 게 그의 유일한 힘이었기에 런던의 폭격 맞은 자리에 다리아 카페를 만들어 잃어버린 아내에게 불멸성을 부여했다. 그가 아내에게 경의를 표한 건 그러고 싶어서였고, 자신은 오로지 그런 제스처밖에 취할 수 없음을 알기 때문이었다. 그는 그럴 용기를 낼 수 있었던 것이, 그녀의 이름이 이 먼 도시에 늘 남아 있게 되리란 것이, 자신이 한 그 어떤 일도 실수가 아니었다는 것이 기뻤다.

* * *

안드레아 카발리의 시대로부터 오랜 세월이 지난 어느 아침, 수수한 옷차림의 작고 가냘픈 중년 여자가 다리아 카페에서 그녀가 특히 좋아하는 테이블을 차지하고 있다. 웨이트리스들이 지나가며 그녀에게 미소를 보내고 그녀도 미소를 보낸다. 젊은 이탈리아인 지배인은 그녀가 들어왔을 때 따듯하게 반겨주었다. 그녀는 다리아 카페에 그 누구보다 오래 드나든 듯하다. 그녀도 모르는 일이긴 하지만 그럴 수도 있는 게, 다섯 살 때 이 카페의 멋스러움에 이끌린 아버지를 따라서 온 기억이 있다. 세월이 흘러—그녀에게 참담함과 실망의 시절이 찾아왔을 때—그 멋스러움은 다른 사람들의 삶을 관찰하는 것처럼, 그녀에게 위안이 되었다. 이제 그녀의 얼굴은 조금 주름이 졌지만 눈은 맑고 심지어 반짝거리기까지 하며, 머리칼도 아직 백발이 성성하지는 않고 멋들어진 줄무늬를 이루고 있다.

과거에 댄서였던 그녀는 이제 출판사 원고 검토자로 일하고 있어서 검토 의뢰를 받은 타이핑 원고를 카페로 들고 올 때가 많다. 오늘 아침에는 두 편을 가져왔는데 중세 살인 미스터리와 오스트레일리아 오지 배경의 열정적 사랑 이야기다. 어느 작품도 그녀의 마음을 사로잡지 못한다. 둘 다 글의 질이 떨어지고, 그녀는 전문가의 정중한 태도로 모든 걸 숨김없이 기록한다. 가끔은 감동을 받고, 오직 즐기기 위한 독서를 하던 때처럼 글에 끌리기도 한다. 그땐 무척이나 게걸스럽고 폭넓게 책을 읽었으며, 지금 원고의 가능성이나 성취도를 재듯 통찰력이 있었다. 누구에게 배운 적도 없는데 그런 재주가 있어서 밥벌이가 되어주고 있다.

그녀는 카페티에르에 남은 커피를 모두 따라 잔을 더 채우고는 주위를 둘러본다. 다른 테이블들의 몇몇 얼굴이 낯익지만 너무 멀리 떨어져 있어서 자세히 관찰하기는 어렵다. 뒤쪽 어딘가에 앉은 커플이 신랄한 의견 충돌을 일으키고 그들의 목소리 음색이 싸움의 시작을 암시한다. 그녀는 엿들으려 하지 않는다. 예전 같으면 그랬을 거고 아직도 자주, 여기서든 다른 어디에서든 그렇게 하지만 말이다.

애니타 라이드는 출판사 원고 검토자가 무엇인지 알기 전인 1970년대에 파이어플라이스 멤버로 춤을 추었고, 텔레비전에 출연해 춤추고 노래하는 삶의 흥을 즐겼다. 매력이 넘치고 나름대로 잘생긴 연상의 남자가 그녀를 흠모했고, 이윽고 그 남자는 그녀에게 자신과 결혼하는 걸 견딜 수 있겠느냐고 물었다. 그녀는 그와 결혼하지 않는 걸 견딜 수 없다고 대답했고 그건 진심이었다.

그녀가 부탁하기도 전에 웨이트리스가 따뜻한 우유를 더 가져다준다. 그녀는 아파트를 나서기 전에 주워 든 편지들을 열어보지만 흥미로운 내용이 없어서 나중에 쓰레기통에 버리려고 도로 봉투에 넣는다. 그녀는 혼자인 걸 개의치 않는다. 과거엔 그게 마음이 쓰였지만 이제 괜찮고, 혼자인 것이 다리아 카페에서 아침을 보내는 것과 마찬가지로 자신의 일부가 되었다고 여긴다.

그녀는 원고를 그러모아 자신이 쓴 의견을 다시 읽어보고, 수정하고, 약간 내용을 추가한다. '일시적 중단', 그녀가 이미 거의 완성한 십자말풀이의 힌트다. 그녀는 휴지pause라고 적어넣고, '무효 선언'에는 백지화라고 쓴다. 방금 카페 안으로 들어온 여자가 문간에서 망설이며 도로 나갈 것처럼 하더니 마음을 바꾼다. 그녀처럼 곱게 나이든 중년의 멋진 여자, 그 여자가 테이블들 사이로 걸어온다. 애니타는 클레어인 걸 알아본다. 덴마크인 어머니에게 물려받은 고전적 아름다움—하늘빛 눈과 스칸디나비아인의 금발—이 여전히 남아 있다. 통로로 튀어나온 의자들이 그녀가 편히 지나갈 수 있게 끌어당겨지고, 간간이 남자가 일어서고, 그녀에게 사람들이 미소를 보내고, 역시 클레어에 대한 기억을 상기시키는 광경이다. 애니타는 본능적으로 클레어의 눈에 띄고 싶지 않지만 이미 그녀가 자신을 보았다는 걸 알 수 있다.

그들은 옛날 옛적에 인형놀이를 하던 사이였는데, 애니타는 동그란 얼굴에 사람을 잘 믿었고 클레어는 그때부터 이미 아름다웠다. 그들은 어린 시절의 두려움들을 함께 나눴고, 지식을 갖게 되었을 때는 그것도 나누었으며, 사춘기의 죄를 고백했다. 기숙학교의 뚱뚱한 선생 미스 쉬막에 대해 함께 낄낄거리고, 그 프랑스 여자가 준 담배를 나누어 피웠다. 스티브 매퀸의 사진들을 오렸고, 사인북에 같은 덕담들을 모았다. 파이어플라이스에서 함께 춤췄고 그때 다리아 카페가 그들의 가장 특별한 장소가 되었다. 애니타가 안드레아 카발리의 헌신적인 사랑에 대한 이야기를 했고, 둘 다 그의 관대함에 무척 감동받아 그가 영웅이라도 되는 것처럼 경외심을 품었다. 그들은 그가 만졌던 물건들을 만졌고 그런 행동을 하는 자신들이 어처구니없다고 말하면서도 그렇게 했다. 애니타가 카페 파티룸에서 결혼식 피로연을 열었을 때 파이어플라이스의 텔레비전 인기 댄스 그룹 시대는 끝난 뒤였으나 그래도 파이어플라이스는 그 오후에 마지막으로 딱 한 번 다시 춤을 추었다. 그후 바로, 애니타가 듣기로, 베로니카는 수녀가 되려고 했지만 받아주지 않았다고 했다. 유니스는 애시퍼드 근처에서 애견호텔을 운영한다. 돌리 올든은 네 번 결혼했고, 틸다는 웨스턴슈퍼메어에 산다. 앨리스는 캐나다로 갔고, 메이지는 미용사가 되었다. 그리고 클레어는 여기 있다.

"왜 왔어?" 애니타가 묻자 클레어는 잠시 그걸 모르는 듯 보인다. 하지만 그녀가 오늘 여기 아무 목적 없이 왔다는 걸 암시하는 태도가 달리 보이지 않는다. 그녀가 무표정한 목소리로 말한다. 입을 열기 전에 잠깐 시선을 돌린다.

"네시 직후에 그가 움직임이 없다는 걸 느꼈어. 불을 켜고 봤어."

"저베이스가 죽었어?"

클레어가 말없이, 고개를 끄덕인다. 오늘은 보이지 않는 그 미소가 한때 얼마나 거만했는지, 그 하늘빛 눈은 얼마나 기만적이었는지, 하고 애니타는 생각한다. 그땐 저 스칸디나비아인의 아름다움을 얼마나 혐오하고 저 완벽한 얼굴선이 망가지기를 얼마나 바랐는지, 저 우아한 걸음걸이를 구부정하니 발을 질질 끌며 걷는 모습으로 만든 적이 얼마나 많았는지.

너무 오래 품어온 이 원한은 더이상 애니타를 부끄럽게 하지 않고 오히려 하나의 자양분이 되었으며, 실망을 다스리려고 애쓰지 않아도 되게 해준다. 그녀는 정중하게 커피를 권하고 그 테이블의 하나뿐인 빈 의자를 가리킨다.

"집은?" 그녀가 시간을 때우려고 묻는다.

"집은 넘길 거야. 빚이 있어서."

그들 둘 다 그 집에서 살았다. 애니타는 자신이 원하는 대로 집을 꾸몄고, 클레어는 가구를 옮기고 문과 창틀을 자신이 좋아하는 색으로 칠했다. 그녀는 램프 갓과 현관 벽지, 나이프와 포크를 바꿨다. 애니타가 사랑에 빠진 순진한 열아홉 살 신부로 저베이스의 집에 들어갔을 때 그는 서른네 살로 꽤 연상의 남자였다. 저베이스는 유산으로 편하게 살았다. 첼로 연주도 하고, 독학으로 러시아어도 배우고, 인기는 없지만 자신의 마음을 사로잡은 그림들도 샀다. 게다가 그의 말대로 글도 좀 끄적거렸지만 별다른 성과는 없었다. 금발에 나른한 듯하면서도 즐거운 눈빛을 한 키 큰 남자 저베이스는 도박도 적당히 했고, 인기 없는 그림들이나 프루스트, 혹은 스탕달의 작품만큼 경마장의 즐거움에도 매력을 느꼈다.

"죽음은 전화로 알리는 게 아니니까." 클레어가 말한다. "네가 여기 있었으면 했어. 너한테 제일 먼저 알리는 거야."

애니타는 그녀가 올 때 지켜봤던 것처럼 가는 것도 지켜본다. 그들은 함께 있을 때 미소를 짓지 않았다. 클레어는 문간에서 돌아보지 않는다.

* * *

애니타는 남편의 죽음에 대해 자기들 결혼이 실수였다는 남편의 말을 들었을 때보다는 충격이 덜하다. 그는 끔찍할 정도로 다정하게 그 말을 웅얼거리더니 회한이 연민으로 바뀌며 예언하기를, 그녀에게도 언젠가는 다른 사람이 생길 거라고 했다. 다른 사람은 생기지 않았다. 그녀는 그럴 수 없다는 걸 알았다.

어느 일요일 아침에 그녀는 집을 떠났다. 위층 방에서 그의 첼로 소리가 들렸고, 현관에는 나중에 와서 가져갈 그녀의 여행 가방들이 있었다. 그녀는 작별인사도 없이 그냥 집에서 걸어나가 그저 다른 데로 가고 싶은 마음으로 일요일의 조용한 거리들을 정처 없이 돌아다니며 울었다. 왜 클레어야? 머릿속엔 그 생각밖에 없었다. 베로니카나 틸다라면 그럴 수도 있는데, 다른 누구라도 그럴 수 있는데, 왜 클레어야? 왜 이중으로 배신을 당해야 하는 거지?

카누, 그녀는 연필로 칸을 채운다. 힌트는 '미지의 바다의 작은 배'다. 실패자의 힌트는 '절대 승리하지 못하는 이상한 밤색 말'*. '고전적 춤'은 발레다. 그녀는 '꽃잎이 될 수도 있는 동심원'이 무엇일까 머리를 쥐어짜고, '스키 회전'에서 포기했다가 줄기**를 생각해낸다.

그는 죽어가면서 그녀의 이름을 중얼거리고는 그게 누구의 이름이었나 궁금해했을까? 그의 베개를 매만지는 사람이 왜 클레어인지 알았을까, 아니면 죽음을 앞둔 몽롱함 속에서 그 사람이 여전히 자신의 아

---

* sorel은 밤색 말이라는 뜻도 있지만 loser의 철자 순서를 바꾼 애너그램이기도 하다.

** stem은 줄기를 뜻하며 스키의 회전법 중에 stem turn이 있다.

내인 그 소녀라고 생각했을까? 정신이 또렷해진 한순간, 그는 춤추고 노래하던 때의 그녀를 보았을까? 오직 그녀만을 사랑하던 기억을 떠올렸을까? 죽음이 손을 뻗을 때 그는 무슨 생각들을 했을까? 아무 생각도 없었을까?

* * *

예전엔 고급스러웠지만 이제는 그렇지 않은 동네의 길모퉁이에 있는 높다란 회색 집. 다가구들과 단기 임대주택들, 그리고 일층의 모기지 상담소들과 채권 회수 업체들이 한때 우아했던 거리의 성격을 바꿔놓은 것이다. 모퉁이의 집만이 과거에 다른 집들도 그랬던 것처럼 독채에, 일부 방들은 비어 있기 일쑤다. 이제 클레어는 그곳의 단독 거주자이며, 이미 카펫을 걷고 가구도 많이 팔아서 그녀의 발소리가 빈 정적 속에 메아리친다. 하지만 클레어는 이방 저방 돌아다니며 더 많은 소리를 듣는다. 소리 죽인 전화 통화 소리, 한껏 매혹된 그 은밀한 속삭임이 다시 들려온다. 부정을 저질렀다는 고백, 매력적인 남자의 매력에는 대가가 따른다. 그 집에서 클레어는 애니타라면 견딜 수 없었을 모든 걸 견뎠다. 아직까지도 견디고 있고 앞으로도 늘 그럴 것이다.

그의 정장들이 현관에서 자선단체 사람들을 기다리고 있다. 바닥의 침대 시트 위에 셔츠들이 줄무늬나 물방울무늬 넥타이들과 함께 펼쳐져 있다. 반짝반짝 광을 낸 구두들이 한 줄로 놓여 있다. 식당으로 쓰던 공간의 붙박이 선반에는 정성 들여 타이핑한 소설 원고가 놓여 있는데, 시작은 했지만 계속되진 못했다. 그 바로 아래 선반에는 그동안 모으고 간직해온 수집품들이 있다. 퍼즐 조각 하나, 동전을 기계로 눌러서 만든 기념품, 잉크병 뚜껑, 대리석무늬 달걀, 조개껍데기, 파란색으로 칠한 막대기, 미니어처 자이로스코프, 부싯돌, 그리고 다른 물건들의 일부인 물건들. 클레어는 아무것도 버리지 않는다.

그의 침대가 이 방으로 내려온 건 그가 그러는 게 낫겠다고 말했고 그가 다시는 집안을 걸어 돌아다니지 못할 것이기 때문이었다. 그가 아래층에서 지내는 건 그의 손님들에게도 더 편리했고, 손님들이 많았다. 그들은 포도주, 단것을 좋아하는 그를 위한 과자, 그가 좋아하는 잡지를 가져다주었다. 손님은 점점 줄어들다가 아예 발길이 끊겼는데 그게 낫겠다는 동의가 이루어진 것이다. 그는 자신이 아버지가 될 자격이 없다는 주장을 꺾지 않았기에 임종을 지킬 자식이 없었고, 지금도 가족의 특별한 슬픔으로 그의 죽음을 애도하고 가족이 할 수 있는 방식으로 한동안이나마 그를 살아 있게 할 사람이 없다. 그는 잔존자가 된 듯한 기분을 느끼고 스스로를 그렇게 불렀다. 하지만 이제 영원히 조용해진 그의 얼굴엔 나른한 미소와 재미있어하는 눈빛이 여전히 남아 있는 듯했다.

그 대로는 길다. 그녀는 미완성 원고를 읽는다. 나무들이 머리 위에서 만나고, 이제 축축해진 겨울 낙엽이 거리를 걸어가는 그의 발에 푹신한 쿠션 역할을 한다. 정적은 고유의 특성을 갖고 있다. 산울타리의 양귀비와 초원의 데이지를 비추던 햇살은 나무들의 황혼 속에 종적을 감추었다. 굴을 파는 토끼도, 먹이를 찾아다니는 다람쥐도, 메아리치는 목소리도 없다. 그곳의 소리는 나무들의 소리다.

과거에 그의 가족들이 살던 집이었고, 클레어는 그곳에 대해 더 찾아보지만 아무것도 발견하지 못한다. 그녀는 경마 순번표들, 마권 구매표들, 돈을 구걸하는 편지들, 깜빡 잊고 현금화하지 않은 수표들을 주워모으고, 거기엔 여자 글씨체의 열정적인 쪽지도 있다. 그 쪽지 역시 그녀가 처음 보는 것이다. 그는 나름대로 신중했고 부주의함은 어리석은 거라고 말했으니까.

집이 춥다. 그녀는 현관에서 대기중인 옷들 중에서 코트 하나를 발견한다. 그녀의 어떤 옷보다 따듯한 것이다. 가구들이 거의 빠진 후로 대부분의 시간을 보내는 부엌에서 술을 한 잔 따른다. 진의 평범함에 베르무트를 첨가한다. 그녀는 가스오븐을 켠 다음 실내 공기를 따듯하게 하려고 오븐 문을 열어둔다. 그녀는 잠자리로 쓰는 간이침대에 걸터앉아 술잔을 바닥에 두고 온기를 향해 두 손을 뻗는다. 그녀는 언제나 추위를 싫어했다.

* * *

저녁을 가볍게 먹는 애니타는 수프와 토스트나 달걀 하나로 때우는 날이 많다. 오늘 저녁엔 칠면조 가슴살 슬라이스를 사 왔고 요리는 하지 않을 작정이다.

클레어가 장례식 날짜와 시간을 알리는 짧은 편지를 보내왔지만 그녀는 장례식에 가지 않았다. 대신 영화관에 가서 이미 본 영화를 또 봤다. 그녀는 베이커 스트리트로 걸어가며 장례식에 조문객이 모이고, 오랜 친구가 추도 연설을 적극 활용해 그의 너그러움, 그리고 다정함을 추억하는 광경을 상상했다. 그 모든 게 몇 개월 전이었고, 그는 이미 오래전에 그녀의 삶에서 떠났기에 그날은, 심지어 저베이스의 죽음도 특별할 게 없었다.

그녀는 샐러드에 넣을 토마토와 오이를 얇게 썰고 시금치와 루콜라를 섞고 올리브를 뿌린다. 처음 버림받았을 때 그녀는 너무도 짧고 행복한 삶을 누렸던 그 집 가까이 가보고 싶어서 자주 그곳에 돌아갔다. 사람들 눈에 띄지 않는 곳에 서서 불 켜진 창문 틈새로 안을 들여다보았고, 불이 꺼지면 아무것도 보이지 않았지만 그래도 그냥 서 있었다. 발걸음소리가 들리면 더 어두운 그림자 속으로 숨어들었다. 베일을 썼다면 좋았을 것이고 그러고 싶기도 했지만, 그건 너무 극적이고 비현실적으로 느껴졌다.

그녀는 오일과 식초를 섞는다. 라디오를 작게 틀어놓았고, 그녀가 좋아하긴 하지만 무슨 곡인지는 모르는 음악이 흘러나온다. 텔레비전은 없는데, 텔레비전은 둘 이상의 시청자가 필요한 것이라고, 누군가와 함께 보며 대화를 나누어야 한다고 오래전에 정해놓았던 것이다. 그녀는 저녁을 먹으며 아직 다 보지 못한 원고를 읽는다. 그녀는 클레어 말고는 그녀가 누군지 아는 사람이 없는 장례식을 견디지 못했을 것이다.

* * *

죽음은 7월의 어느 새벽이 서서히 밝아올 때 찾아왔다. 클레어가 집 정리를 끝낸 건 10월이다. '집 팝니다' 표지판을 세웠지만 집을 보러 오는 사람이 아무도 없고 누구 하나 관심을 보이지 않는다. 중개인은 곤란한 크기라고, 너무 크다고, 이 거리의 다른 집들에 비해 나누기도 어렵다고, 모퉁이에 있는 것도 장점이 아니라고 한다. 가구를 치우니 방들의 관리 소홀이 여실히 드러난다. 벽지 색깔이 짙은 부분들은 옷장이나 높은 서랍장이 햇빛을 막은 곳이다. 여기저기 벽지가 처지고 회반죽이 떨어져나갔다.

주위 환경에 짓눌린 클레어는 산책을 나간다. 전에는 산책이라는 활동에 마음이 끌렸던 적이 없다. 그녀는 강을 발견하고 배 끄는 길을 따라 이리저리 걷는다. 전에는 알지 못했던 거리들과 구역들을 알게 되었다. 아직 상중이고, 고독에 빠진 그녀는 거의 길을 나서자마자 피로감을 느낄 때가 많으며, 그러면 서둘러 집으로 돌아가고 시간이 무겁게 늘어진다. 애니타 말고 다른 친구들도 있었지만 그동안 저베이스에게만 전념하다보니 그들과도 소원해졌고, 왠지는 몰라도 그들에게 다시 연락하기가 두렵다. 11월의 어느 안개 낀 아침에 그녀는 다시 다리아 카페를 찾는다.

* * *

그날 아침 평소보다 늦게 카페에 도착한 애니타는 자신의 주의를 끌기 위해 애쓰는 사람을 즉시 알아본다. 그 사람은 손을 흔들려는 듯 한 손을 들지만 다시 생각해보니 그건 적절하지 못하다는 판단이 든 것처럼 얼른 내린다.

마음을 바꾼 후에도 계속 기대에 찬 눈빛으로 애니타 쪽을 보고 있는 클레어를 알아보며, 애니타는 너무 창백해 보여, 하고 생각한다. 얼굴이 수척해, 애니타의 생각이 이어진다. 전에는 안 그랬는데.

"오늘도 카페티에르요?" 웨이트리스가 애니타를 맞이하며 묻고, 애니타는 자신이 늘 앉는, 지금도 빈 채로 자신을 기다리는 테이블을 가리키며 고개를 끄덕인다. 그녀는 클레어의 테이블에 이르자 잠시 걸음을 멈춘다.

"와야겠다고 생각했어." 클레어가 말한다.

애니타는 클레어가 왜 여기 있는지 아는 것처럼 다시 고개를 끄덕이지만 사실은 알지 못한다. 그녀의 날씬한 검정 서류 가방에는 아침에 읽을 원고와 오늘자 신문이 들어 있다. 그녀는 그래야만 할 것 같아서 미소를 짓는다. 클레어도 미소를 지으려고 애쓰지만, 애니타는 클레어에게도 그게 힘든 일이라는 걸 알 수 있다.

"그래." 애니타는 그걸 질문으로 말하지 않는다. 그녀가 주문한 카페티에르가 그녀의 테이블에 와 있으니 오늘 아침엔 바쁘다고 말하고 급히 그리로 갈 수도 있다. 그녀는 자신이 왜 그렇게 하지 않는지, 애초에 여기서 왜 걸음을 멈춘 건지 의아하다.

"끔찍한 달이야." 클레어가 말한다. "11월은."

그녀의 머리칼이 축 늘어진 게 멀리서는 잘 몰랐는데 이제 분명하게 보인다. 화장도 대충 했다.

애니타는 천천히 앉는다. 그 느린 동작은 대화하고 싶은 의욕을 부정하기 위해 의도한 것이다. 카페는 가득차지 않았고 그녀가 주위를 둘러보자 그녀를 잘 알면서도 전혀 알지 못하는 사람들이 고개를 끄덕이거나 미소를 보낸다. 사람들과 알고 지내는 좋은 방식이야, 애니타가 다리아 카페에서 자주 하는 생각이다.

"집이 쓸쓸해." 클레어가 말한다. "세상에, 얼마나 쓸쓸한지."

그 말이 다른 걸 의미할 수도 있음을 아는 애니타는 더 많은 걸 상상한다. 그들은 자식 없는 여자들이니 이제 서로에게 의지할 수도 있다. 하지만 가식의 진실은 허울뿐이고 마음이 없다. 과거는 너무 멀리 있어서 그 웃음소리는 메아리치지 않고 희미한 그림자들은 흩어져버린다.

"미안해." 클레어가 말한다. 그 부질없는 말은 그 이상의 가치를 지니지 못한 듯 속삭임으로 전해진다.

"왜 왔어?" 애니타는 몇 개월 전에 한 질문을 그때처럼 정확하고 차갑게 반복한다.

"어쩌면 용서해달라고 애원하러 왔는지도 모르지. 넌 저베이스의 성을 갖고 있고 난 그렇지 않아. 저베이스는 죽었고 우리와 성은 남겨졌지."

"하지만 지금의 우리는 과거의 우리가 아냐. 죽음은 아무것도 지우지 못해. 나는 응석받이로 자란 남자의 인생에서 지나가는 마음이었고, 넌 전부였지. 남은 건 그거야."

애니타가 일어서고, 클레어도 일어선다. 그녀는 침묵 속에 다시 애원한다. 눈빛으로 호소한다.

"저베이스는 충실함이란 걸 몰랐어." 클레어가 가기 전에 말한다. "평생. 나도 그에게 전부가 아니었어."

하지만 애니타의 용서 없는 결의는 약해지지 않고 그들의 대화는 침묵 속에 끝난다.

점심시간 웨이터들이 와서 커피를 마시기 위해 카페를 가로질러 안쪽으로 간다. 빈 테이블들이 치워지고 일부 테이블에는 예약석 표지가 놓인다. 애니타는 원고를 꺼내 검토 의견을 달기 시작한다.

* * *

배 끄는 길이 이제 친근한 영역이 되어간다. 느린 수상교통, 성장을 멈춘 겨울의 초목, 달리는 사람들, 걷는 사람들. 그들은 자신들보다 격식을 갖춘 옷차림의 고독한 여자, 전에는 안 오다가 이제 너무 자주 오는 여자에게 호기심을 느낄까, 클레어는 궁금하다. 그녀는 배 끄는 길의 더 진지한 이 사람들에게 존재를 인정받지 못한다. 다리아 카페에서 애니타가 받는 고갯짓도, 미소도, 애정의 표시도 없다. 날씨가 추워지자 클레어는 자신도 목적이 있어서 여기 온 것처럼 걸음을 서두른다. 마르키스 오브 그랜비의 그리 많지 않은 점심 손님들 중 하나인 그녀는 그곳에 가서 시간을 보낸다. 위스키가 몸을 따뜻하게 해주고, 카운터의 신문을 차지한다. 12월의 황혼이 짙어질 무렵, 크리스마스 장식들로 활기 넘치는 거리들을 지나 집으로 돌아간다. 그녀가 이미 읽은 뉴스들이 텔레비전에서 반복된다. 집은 팔리지 않는다.

'집 팝니다' 표지판이 처음 세워졌을 때, 애니타는 그게 아직 있는지 보려고 자주 갔다. 그후로 계속 그렇게 해왔고, 표지판은 늘 그대로 있다. 그녀는 자신이 이 조용한 거리를 찾아오는 건 가벼운 호기심 때문이라고 스스로에게 말하지만 그렇지 않다는 걸 안다. 그 집은 그녀가 사랑받았던 곳이고, 저베이스와 단둘이서 그 이전이나 이후의 어느 때보다 행복했던 곳이다. 그 집은 그의 것인 만큼 그녀의 것이기도 하다, 그는 그렇게 말하곤 했다. 그 집의 방들에서 그들은 서로의 것이고 앞으로도 영원히 그럴 거라고 약속했으니까. “당신이 남아.” 그렇게 되지 않았을 때 그가 말했다. “내가 떠날 거야.” 그녀는 꿈속에서 그 집을 자주 찾는다. 꿈에서 그 집은 아직 그녀의 것이다.

그해 겨울이 지나간다. 눈이 런던의 공원들을 하얗게 덮고, 달라붙을 수 있는 곳이면 어디에든 달라붙는다. 쌓인 눈은 회색으로 변하고 그다음엔 진창이 된다. 봄은 위안으로 다가온다. 날씨가 가장 고약한 기간에 중단되었던 애니타의 다리아 카페에서의 아침이 재개된다. 클레어는 다시는 그곳에 나타나지 않고, 애니타는 그녀가 마침내 죽음을 받아들이게 된 모양이라고 생각한다. 조만간 다른 남자를 만나겠지. 왜 안 되겠어? 그 조용한 창들과 빛바랜 말쑥한 현관문 안에서 그녀는 다시 삶을 시작할 것이다. 다른 남자가 빚을 갚아주고, 집은 팔리지 않을 것이다.

하지만 따스한 5월이 오고 그 달이 거의 지나가도록 애니타는 빨강과 파랑의 ‘집 팝니다’ 표지판이 여전히 회색 집 정면을 배경으로 밝게 서 있는 걸 본다. 그녀는 자신이 이 거리에 숨어드는 것이 품위 없는 짓이며 분명 사람들 입에 오르내릴 것임을 늘 알고 있었다. 그래도 그녀는 와서 잠시 멈췄다가—잠시면 충분하다—다른 사람들처럼 가던 길을 간다. 꽤 늦은 시각이라 벌써 어두워진 어느 저녁, 그녀는 현관문이 꼭 닫혀 있지 않은 듯한 느낌을 받는다. 확인해보니 맞는다.

그녀의 본능은 그냥 가버리라고 말하고 그녀는 그 말에 따른다. 나중에 갑자기 의혹이 밀려들자 그녀는 실수로, 혹은 일부러 문을 열어놓는 건 흔치 않은 일도 아니라고 스스로를 타이른다. 그녀도 거기 살 때 이층에 열쇠를 놓고 내려올 때가 많았고, 가게 같은 데 다녀올 때면 굳이 열쇠를 가지러 터벅터벅 이층으로 올라가지 않았다. 하지만 그래도 의혹이 가시지 않아서 돌아간다.

창에 불빛이 보이지 않고, 집이 비어 있어서 낮에 사무실로 쓰는 다른 집들처럼 보인다. 손끝을 현관문에 대보니 문이 밀리는 게 느껴진다. 안에 걸린 열쇠들이 짤랑거린다. 그녀는 초인종을 누른다. 아무 기척이 없자 문을 밀어서 연다.

여전히 인기척도 없고 갑자기 불이 환히 밝혀지지도 않는다. 클레어가 문을 닫지 않은 걸 잊고 잠자리에 든 걸까? 하지만 클레어는 평생 일찍 잠자리에 들었던 적이 없고 건망증 같은 것도 없었다. 애니타는 불 꺼진 현관에서 그냥 나가버리고 싶지만 발이 떨어지지 않아 잠자코 기다린다. 계단등 스위치가 있는 곳을 기억해내고 불을 켠다. "클레어." 소리 내어 불러보지만 대답이 없다.

부엌에 간이침대가 놓여 있고 시트와 담요가 개켜져 있다. 식탁에 씻지 않은 유리잔이 하나 있고, 싱크대 아래 술병들이 한 줄로 서 있다. 요리되지 않은 음식들이 비닐에 싸여 버려질 준비가 되어 있다. 종이를 태워서 난로 쇠살대 안에 깃털 같은 검은 잉걸불이 남아 있다. 뜯지 않은 편지가 한 무더기 쌓여 있다.

애니타는 그 모든 것에서 절박함을 감지한다. 행해진 일들과 남아 있는 것들에서 서두름이 보인다. 그런 생각은 뜬금없이 떠오르지만 계속 남아 있고 처음보다 강해진다. 야윈 얼굴과 성의 없는 화장, 손질하지 않은 머리에 절박함이 들어 있었나? 절박함이 말로 표현되지 않은 갈망을 부추겨 예기치 않게 카페를 찾아오도록 만들었을까? 애니타는 다시금 그 모든 것을, 그리고 거기 있는 다른 무엇이라도 그대로 남겨

두고 떠나고 싶어진다. 그녀는 고통을 보았고, 그것이 거기 있음을 알았다. 그녀는 벌을 줬고, 주저하지 않았다. 그녀는 자신이 주저하지 않았음을 안다. 그녀가 마땅히 할 일이었으니까.

이층의 다른 방들에서 불을 켠다. 한때 자신의 옷들로 채워졌던 옷장에 옷들이 차 있다. 서랍들을 열어보니 비어 있다. 선반들 안쪽에 뭐가 있을까 해서 손을 넣어본다. 핸드백도, 지갑도 없다. 쪽지도 없다. 열린 현관문이 모든 걸 말해준 것이다.

사람들은 무슨 일로 집을 나가는 걸까, 애니타는 궁금해진다. 그다음에 어떻게 될까? 그들의 부재는 일종의 죽음이라고 할 수 있는데 그들에게도 죽음일까? 아니면 어느 먼 곳에선 기억이 닫히고 죄책감이 누그러질 수 있는 걸까? 그녀는 다시 클레어의 이름을 불러보지만 여전히 정적만이 감돈다.

그녀는 이층 불들을 끄고 현관으로 내려가며, 클레어가 방금 들어와 거기 서서 핸드백을 내려놓는 상상을 한다. 그녀가 계단참에서 잠시 걸음을 멈출 때도 그 상상은 유지된다. 그녀는 바스락거림, 거의 들리지 않을 정도로 약해진 발걸음소리를 포착하려고 귀를 기울인다. 혹시 못 보고 지나친 데나 무언가를 말해주는 표시가 있을까 싶어 다시 방들을 본다. 조금 더 기다리다가 다시 천천히 걸음을 옮겨 아래층으로 내려간다. 현관에서 아까 열린 채로 발견된 문에서 열쇠를 빼고 마지막으로 남은 불들을 끈다.

바깥의 거리는 고요하고 그녀는 거기서도 혹시 다가오는 발걸음소리가 들리나 기다린다. 그 거리를 떠났다가 돌아와서 다시 기다리고, 그녀의 주위에서 밤이 비어간다. 그녀는 현관문을 잠그고 우편물 투입

구로 열쇠를 밀어넣은 다음 열쇠가 우편함 바닥에 떨어지는 소리를 듣는다.

* * *

다리아 카페에는 새 얼굴들이 나타나고, 자주 보이던 얼굴들이 더 이상 보이지 않는다. 두 대의 커피머신 중 더 오래된 것이 교체되었고, 어느 일요일에는 천장이 같은 연푸른 색조로 다시 칠해졌다.

애니타는 늘 앉는 자리에서 폭력 범죄와 힘겨운 사랑, 인간의 나약함과 구원, 고통과 치유에 대한 글들을 읽는다. 가끔 고개를 들면 돌아온 클레어가 보인다. 다른 사람이 될 때까지 잠시 클레어가 거기 있다. 그새 그녀의 얼굴에 생기를 불어넣은 인사를 거두고, 애니타는 궁금해하며 기다린다. 클레어는 어딘가에 있다. 만일 애니타가 기도를 한다면 클레어가 어디 있는지 알려달라고 기도했을 것이다. 만일 텔레파시의 비결을 안다면 그걸 써먹었을 것이다.

집을 판다는 표지판은 치워졌다. 다른 사람들이 그 집에서 산다. 클레어가 쓸쓸한 고독 속에 고이 간직하고 있는 것, 그걸 애니타는 지금 뒤늦게 쓸쓸한 고독 속에 받아들인다. 사랑이 오기 전, 우정이 더 나은 것이었을 때 있었던 모든 것을.

# 레이븐스우드 씨 붙잡기

이층 고객관리팀으로 옮기기 전 창구 근무 때 만난 레이븐스우드 씨의 자연스러운 미소가 로잰의 기억 속에서 살랑거렸다. 은은한 체크무늬 재킷 가슴주머니에서 단정하게 고개를 내민 페이즐리 무늬 행커치프, 거래가 이루어지는 동안 카운터에 놓여 있던 트위드 모자. 세련된 매너를 갖춘 레이븐스우드 씨는 창구를 찾는 다른 남자들에게선 구경조차 할 수 없는 친절함을 보였고, 늘 그녀에게 안부 인사를 건넸다. 그가 정기적으로 맡기는 수표는 배당금, 즉 상속받은 재산에서 나온 불로소득이었으며, 그의 태도에서는 돈의 오만함에 대한 희미한 경멸이 느껴졌다.

로잰 앞에 있는 모니터에는 추가 정보가 잔뜩 들어 있었다. 레이븐스우드 씨의 주소—래드클리프 스퀘어 81번지—는 그동안 바뀌지 않았고, 보통예금 계좌 잔고—그녀의 기억으로는 늘 무관심하게 방치해 둔 것처럼 보일 정도로 거액인—는 현재 44,681.29파운드, 그리고 정기예금 계좌에는 300,050파운드가 들어 있었다. 보통예금 계좌는 레이븐스우드 부인이 살아 있었을 때는 공동 계좌로 되어 있었으나 그건 로잰이 그를 알기 전의 일이었다. 그녀가 레이븐스우드 씨를 진짜로 안다는 건 아니고, 그를 그런 식으로 생각해본 적이 있다는 것도 아니었다. 그녀는 그에게 저녁식사 초대를 받았을 때 깜짝 놀랐다.

그는 강요하지 않았다. 주저하는 그녀를 지켜보다가 레스토랑 이름을 말했고, 그녀는 안 될 것 같다고 대답했다. 그녀가 마음을 바꾼 건 당시 혼자 지내고 있었던데다 기분이 저조했기 때문이었다. 키스가 또 싸운 후에 짐을 싼 것이다. 플륌 도르, 그 레스토랑 이름이었고 팰맬 근처의 거리에 있었다. 그녀는 그곳을 찾아가느라 고생을 했고 약속 시간에 늦어서 난처했다. 하지만 레이븐스우드 씨는 고개를 저으며 상류층 사람들은 거의 항상 늦는다고 말했다.

* * *

다른 자리의 여직원들이 각자의 컴퓨터를 끄고 있고, 몇몇은 벌써 외투를 걸치고 있었다. "길모퉁이로 올 거지, 로지?" 그들 가운데 하나가 금요일 저녁이나 누가 생일을 맞이했을 때 직원들이 한 시간가량 모여서 축하해주는 술집으로 오라고 초대했다. 오늘은 생일 때문에 모이는 것이었지만, 로잰은 툭하면 그래왔던 것처럼 못 간다고 양해를 구했다. 아이를 데리러 가야 하고, 늦을 거라는 말을 해놓지 않았던 것이다.

그녀는 컴퓨터를 끄고 조용한 사무실에 잠시 더 머물렀다. 일층에서 경비원이 그녀를 내보내주었다.

거리는 퇴근하는 직장인들로 혼잡했고 지하철도 마찬가지였다. 가끔 로잰에게 자리를 양보하며 그녀와 잘해보려고 애쓰는 남자들이 있었지만 오늘 저녁엔 없었다. 그녀의 여정이 느릿느릿 그녀를 도시에서 데리고 나가 평생의 보금자리였던 교외로 들여보냈다. 켄슬그린, 윌즈덴정션, 할레스덴, 스톤브리지파크, 웸블리센트럴. 그녀가 너무 잘 아는 역들이라 다음 역에 도착했을 때 볼 필요도 없었다. 그녀는 온통 키스 생각뿐이었고 그렇게 될 줄 진즉에 알고 있었다. 그의 창백하고 날카로운 얼굴, 좁은 이마 위로 늘어진 모랫빛 머리칼, 비뚜름한 미소. "그 남자 붙잡을 거야?" 키스와 다시 만났을 때 그녀가 레이븐스우드 씨와의 만남에 대해 이야기하자 그가 무심하게 질문을 던졌는데, 그는 그런 것에 능했다. 그 늙은이가 술에 취한 거야, 그날 저녁 일에 대해 더 들은 후 키스가 말했다. 당연히 취한 거지. 늙은이들은 그런 식이지—자기도 취하고, 여자도 취하게 만든 다음에 나중에 아무 말 안 하는 거야. 기억도 잘 안 나고. 로잰은 그에게 아무 말도 하지 말았어야 했음을 뒤늦게 깨달았다. 키스를 믿을 수 없는 인간으로 여기는 그녀의 어머니는 그가 딸의 삶에 불필요한 골칫거리이며 폐만 끼칠 거라고 말했다. 로잰은 그를 사랑했다.

그녀는 자신의 삶에 골칫거리가 들어온 걸 부인하지는 않았고, 키스가 골치 아픈 인간임을 사실로 받아들였다. 그 자신도 그렇게 말한 데다, 그의 결정들이, 그가 도달한 결론들이, 가망 없는 상황을 최대한 활용하는 능력이 그걸 너무도 자주 확인시켜주었던 것이다. "여자를 밝히는" 레이븐스우드의 약점을 이용해보자고 키스가 제안했을 때 로잰이 완강히 거부하면서 그들의 복잡한 관계에 긴장감이 감돌고 그가 레이븐스우드 씨에게 집착하게 된 건 그 완벽한 사례라고 할 수 있었다. "아니, 아니, 난 못해." 그녀는 계속 거부하고 있었다. "절대로."

의견 충돌은 처음엔 짜증스러웠다가 나중엔 신랄해졌다. 왜 못한다는 거야? 문제가 뭐야? 많은 걸 얻을 수 있는 절호의 기회인데 왜 그렇게 분별력이 없어? 전에도 그런 적 많았잖아? 그건 사실이라, 로잰은 반박할 말이 없었다. 그녀의 어머니가 빌려준, 인형 테이블보다 더 크다고 할 수도 없을 정도로 작은 슈루즈베리 테이블, 그 테이블은 그들 소유가 아니라 그들 마음대로 팔면 안 되는데도 그녀와 키스는 그걸 팔아먹었다. 아버지가 유산으로 물려준 적금에 대한 사용 지침도 무시했다. 카페 테이블 옆 바닥에서 발견한 핸드백을 키스가 주인에게 돌려주겠다고 주웠다. 로잰은 그가 핸드백을 돌려줬는지 궁금했지만 묻지 않았다.

웸블리센트럴역에서 자리에 앉은 그녀는 눈을 감았고, 여전히 키스 생각을 했다. 그는 밴을 몰며 런던 남서부 전역에 소포를 배달했다. 어느 토요일 아침 스타벅스에서 로잰과 처음 만났을 때 그는 영화 일을 한다고 말했는데 아주 틀린 주장은 아니었던 게, 한 영화에 군중 신 엑스트라로 들어가긴 했지만 자금이 바닥나는 바람에 영화 제작이 중단되었던 것이다. 그는 대박에 대해 이야기했고, 로잰은 실수로 임신이 되자 그를 조금이라도 현실로 돌아오게 만들 수 있으리란 희망으로 아기를 낳기로 결정했지만 그녀의 희망은 이루어지지 않았다. 결국 레이븐스우드 씨에 대한 긴 다툼에서 그녀가 계속 저항하자 키스는 평소보다 오래 그녀 곁을 떠났다. "넌 패자야." 그가 말했는데, 그들의 관계에 대해 그가 즐겨 하는 말이었다.

그녀는 언더그라운드역에서 〈이브닝 스탠더드〉와 감자칩 두 봉지를 산 후, 그녀가 좋아하지도 신뢰하지도 않는 아이 돌보미 낸시 폴릿에게서 아이를 데려오기 위해 굵어져가는 가랑비를 맞으며 퍼스 스트리트를 걸었다. 아직 하루가 끝나지 않았는데도 녹초가 된 기분이었다. 그 길은 이십 분이 걸렸다.

스탠리 스트리트의 우체통 앞에 밴 한 대가 세워져 있고 운전자가 늦은 우편물 수거 시간에 맞춘 편지들을 한 움큼 꺼내고 있었다. 그는 가끔 거기 있거나 밴에 앉아 시간이 지나가기를 기다렸다. 최근에 붙은 빨간 글씨의 안내문이 9월 1일부로 이 마지막 시간 우편물 수거가 중단되리라는 걸 알리고 있었다. "안녕." 로잰이 지나가자 밴 운전자가 말했다. 더 걸어가니 러닝 호스 펍이 나왔는데 불이 환히 밝혀져 있지만 조용했다. 나중에 사람들이 가득차면 시끄럽다고들 불평할 터였다.

낸시 폴릿은 한참 있다가 현관문을 열고는 평소처럼 웃음기 없는 얼굴로 못마땅함을 내비치는 억눌린 한숨을 지으며 엄숙하게 그녀를 맞이했다. 현관에서 담배 연기와 상한 음식 냄새가 풍겼다. "좋았어요." 오늘은 어땠는지 묻자 낸시 폴릿이 대답했다. "좋았어요."

로잰이 사는 탱거 스트리트 7A 탱거 패시지의 방 두 개짜리 아파트까지는 온 만큼 더 걸어가야 했다. 그녀의 현관 열쇠는 자물쇠에 잘 안 맞아 살짝 아래로 누르면서 자물쇠 구멍에 넣은 다음 너무 깊이 밀어 넣지 않도록 조심해야 했고, 그 모든 게 피로에 짜증을 더하고 낸시 폴릿이 아이 돌보미로 적합한지에 대한 의심을 되살렸다.

현관에서 아직도 잠이 안 깬 아이를 한 팔에 안고 반대쪽 손으로 유모차를 접었다. 그녀는 조바심을 내지 않았고 짜증이 치밀어오르기 시작하는 걸 안간힘을 다해 진정시켰다. 합판으로 막아서 그녀의 공간으로 만들기 전에는 층계참이었던 위층에서 칠면조 캐서롤 한 그릇을 퓨어 베지터블과 섞어서 물이 끓고 있는 냄비에 넣었다. 그녀는 간밤에 먹다 남은 대구와 버섯 구이를 데우며, 그래선 안 된다는 걸 알기에 아무 탈이 안 나기를 빌었다.

텔레비전을 보고 〈이브닝 스탠더드〉를 읽은 후 잠자리에 들 때는 집안이 좀 따듯해져 있었고, 쓸쓸한 기분도 나아진 상태였다. 가끔은 혼자인 게 나쁘지 않았고, 특히 피곤할 때는 아무 노력도 할 필요가 없어서 더 그랬으며, 텔레비전을 끈 후의 정적이 위안으로 다가왔다. 하지만 정적은 공백일 수도 있었고, 그렇게 느껴질 때가 많았다.

이를 닦는데 전화벨이 울렸고 그녀는 순간적으로 키스일 거라고 생각했던 게, 그가 그 시각에 전화를 걸어오곤 했기 때문이었다. 하지만 모르는 사람이 그녀에게 가스 회사인지 물었고 그녀는 아니라고 대답했다. 키스를 못 본 지 오래됐지만 그녀는 어디로 가면 그를 찾을 수 있는지 알았다. 두 주 전에 길을 걷는데 그녀의 이름을 부르는 소리가 들렸고 그가 밴 앞문 유리창을 내리고 옆에서 천천히 따라오고 있는 게 보였다. 차문이 열렸고 그녀는 차에 탔다. 다른 여자 없어, 그가 말했다. 그는 전에 살던 인도 테이크아웃 전문점 위의 방으로 돌아갔는데 그 방이 그대로 있었다고 했다. 그는 다른 여자를 만나는 건 원치 않는다고 두 번이나 반복해서 말했다. 그들은 오랫동안 이야기를 나눴고 그는 그녀를 별이라고 불렀다. 하지만 그러더니 가야겠다고 말했다.

그녀는 옷을 벗으며 사용하지 않는 벽난로 위의 거울에 비친 자신을 흘끔거렸다. 그녀의 커다란 파란색 눈이 늘 거기 반영되어 있던 순수함을 전혀 잃지 않은 얼굴에서 그녀를 마주보았다. 눈 밑이 꺼지면 무덤처럼 어두워 보일까 두려웠지만 다행히 그녀는 그렇게 되지 않았다. 그녀는 몸을 돌려 옆모습을 보고 반대쪽으로도 돌렸다. 난 괜찮아, 하고 스스로에게 말했다. 그녀는 자신이 괜찮다는 걸 알았다. 최소한 외모는 괜찮았다.

침대에 누운 그녀는 거기 있는 것에 만족감을 느꼈고, 아이는 조용했다. 바람이 세져서 유리창이 덜컹거렸다. 빗소리도 들렸고, 빗소리를 들으니 침대에 있는 게 더 기분좋았다. 잠이 오는 듯했지만 완전히 잠에 빠져들진 못했다. 모두가 승자가 될 거야. 키스는 그렇게 말하곤 했다. 노년에 쓸쓸한 레이븐스우드 씨까지도. 그런 식으로 생각해야지. 넌 그 모든 게 나보다 너 자신을 위한 일이라는 걸 깨달아야만 해. 그리고 무엇보다도 우리의 아이를 위해서지. 밴에서 만난 날 그는 그녀가 왜 주저하는지, 그 일이 왜 그녀에게 쉽지 않은지 이해한다고 말했다. 그 말을 자기 딴에는 부드럽게 했다. 그리고 아이에 대해 물었다.

* * *

로잰은 한 주, 그리고 또 한 주, 그리고 세번째 주의 며칠을 흘려보냈다. 예전 근무일과 크게 다르지 않았던 그 십삼 일의 근무일 동안 열세 번 마음에 차지 않는 아이 돌보미에게 아이를 맡기며 마음이 불편했고, 이제 키스에게서 벗어났으니 그를 멀리하고 언제나 그녀의 안식

처가 되어주고 모든 게 더 쉬워질 릭먼스워스로 돌아오라는 어머니의 간청을 그만큼 자주 거부했다.

날마다 용기가 생겼다 사라졌다 하는 가운데 자신과의 싸움을 반복하던 로잰은 마침내 래드클리프 스퀘어로 갔다. 어느 화창한 날 점심시간에 핸드백에 샌드위치를 넣고 기분좋게 걸었다. 아무 생각도 하지 말자, 그녀는 자신에게 계속 되뇌었다. 거기로 가서 그냥 해치우는 거야, 그 말을 하는 거야. 평소에는 점심시간에 상점들을 돌아다녔었다.

그 광장은 찾기 어렵지 않았다. 대략적인 위치를 알고 있었고, 사람들에게 길을 묻기도 했다. 81번지는 현관문이 흰색이고, 위의 채광창 역시 흰색이었으며, 계단 양쪽으로 흰 기둥들이 있었다. 맨 위의 초인종 옆에, 다른 이름들과 어떤 남미 국가 공사관, 그리고 언스트 크루거 디자인 위에 그 이름이 있었다. 지하층에는 치과와 R. C. 홀딩스가 있었다.

광장 울타리 안에는 플라타너스 두 그루와 관목 몇 무더기, 그리고 햇빛 드는 잔디밭이 있었다. 로잰은 길을 건너 대문으로 가서는 안에 아무도 없는 걸 보고 안으로 들어갔다. 잔디깎이 통에 깎은 풀이 거의 가득찼고 기어 위에 야구 모자가 놓여 있었다. 캔버스 의자들이 여기저기 흩어져 있었다. 그녀는 그 의자들 중 하나에 앉아 샌드위치 킹 샌드위치의 포장을 풀었다.

하지만 막상 거기 있으려니 아무 생각도 안 하는 게 불가능했다. 그녀가 레스토랑에 도착했을 때 레이븐스우드 씨는 이미 와 있었는데, 약속 시간에 늦었기에 예상했던 일이었다. 딱딱하게 격식을 차리는 웨이터가 그녀 혼자서도 찾아갈 수 있었을 그의 테이블까지 그녀를 안내했다. 그런 장소답게 조용했다. "전에는 여기 자주 왔었지요." 레이븐스우드 씨가 그렇게 말하고는 자신이 저녁식사에 초대한 것에 당혹스러워하지 않았으면 좋겠다고 덧붙였다. 그는 은행에서처럼 정중하고 자상한 태도를 보여주었다.

로잰은 햇살 아래에서 샌드위치를 먹으며, 갑자기 선명하게 떠오르는 플륌 도르 레스토랑의 널찍한 간격으로 배치된 테이블들과 우아한 의자들, 당당한 웨이터들을 보았고 어떻게 은행에서 일하게 되었는지, 원래 하고 싶었던 일이었는지 묻는 레이븐스우드 씨의 목소리를 들었다. 너무 많은 시간이 흘렀지만, 그날 밤 저녁식사 후 그가 데려왔던 집 가까이 있으려니 그 모든 것이 되살아났고, 그녀는 예상치 못했던 일이라 흠칫 놀랐다. "포도주 마음에 들어요?" 레스토랑에서 그는 그렇게 물으며 그녀의 마음을 편안하게 해주고 디저트로 화이트초콜릿과 카다멈 무스를 추천했다. 그녀는 릭먼스워스에서 자랐고 어머니와 단둘이 근근이 살았다는 이야기를 해주었다. 그는 행복한 결혼생활을 하다가 혼자되었고, 자식 둘은 영국에서 살고 있지 않지만 그가 어떻게 지내는지 보러 자주 온다고 했다. 로잰은 자신이 지난 몇 년간 주기적으로 무너지는 관계를 이어오고 있다는 말은 하지 않았다.

로잰이 앉아 있는 곳에서 시야를 가린 나뭇가지들 사이로 흰색 현관문이 보였다. 아무도 집에서 나오지 않았다. 안으로 들어가거나 초인종들 중 하나를 누르는 사람도 없었다. 그녀는 샌드위치 포장 비닐을 버릴 쓰레기통을 관목 사이에서 발견했다.

레이븐스우드 씨가 길에서 그녀의 팔을 잡았을 때 그리 놀라울 건 없었다. 그와 함께 택시를 탄 것도, 사방 벽에 차분하면서도 다채로운 색상의 그림들이 걸린 방에 있는 것도, 자리에 앉아 그가 포도주를 더 따르는 것도 마찬가지였다. 그가 그림들의 화가 이름을 말해주었다. 그는 오브제 다르*를 수집한다면서 벽난로 선반 위의 작은 청동 작품들을 가리켰다. 그는 오늘밤이 부담되지 않았기를 바란다고, 자신은 부담을 주려는 의도가 없었다고 말했다. 그는 음악을 틀며 브람스라고 말했다. 그는 그녀가 은행에서 옷깃에 다는 동그란 플라스틱 명찰에는 '로잰'이라고만 되어 있다며 성이 뭔지 물었다.

한 남자가 잔디깎이를 작동시킨 다음 그녀를 발견했다. 그는 그녀가 앉아 있는 곳으로 오려다가 마음을 바꿨다. 그녀는 무언가 눈에 띄기라도 한 것처럼 시선을 돌렸다. 그녀는 오지 말았어야 했다고, 지금 이 곳에, 사유지에 앉아 있어서도 안 된다고 스스로에게 말했다. 그동안 마음의 준비를 해왔음에도, 결심이 굳어지기를 기다리고 있음에도, 그녀가 하러 온 일을 할 수가 없었다.

그녀는 풀이 깎이는 걸 지켜보았다. 크고 거추장스러운 기계가 잔디밭 끝까지 가서 방향을 돌릴 때마다 넓은 커브를 그렸다. "그냥 하자." 그녀가 소리 내어 말했고, 그 말은 소음에 묻혔다. 잔디깎이가 다시 방향을 돌릴 때 그녀는 아까 들어온 열린 대문으로 나갔다.

그녀는 보도에서 차들이 지나가기를 기다렸다. 택시 한 대가 흰 현관문이 달린 집에서 몇 집 떨어진 곳에 아이들을 내려놓았다. 그날 밤엔 어두워서 현관문이 흰색인 걸 몰랐고 그 집이 광장에 있는 것조차 알지 못했다.

* objets d'art. 프랑스어로 '미술품'을 뜻한다.

그녀는 초인종을 누르며 응답이 없기를 바라지 않으려고 애쓰다가 응답이 없을 것 같자 응답이 있었으면 좋겠다고 생각했다.

* * *

"예?"

레이븐스우드 씨는 로잰을 알아보기 전에 잠시 멈칫했다. 그는 페이즐리 무늬 행커치프와 넥타이까지, 로잰이 기억하는 옷차림을 하고 있었다. 그가 안내한 방에는 전에 그녀를 들였을 때처럼 사방 벽에 그림들이 있고, 벽난로 선반에는 청동 작품들이 있고, 푸른색 긴 커튼이 드리워 있었다. 피아노는 누가 연주를 하고 있었던 듯 뚜껑이 열려 있고 악보도 기대어 세워져 있었다.

레이븐스우드 씨 역시 달라진 게 없었다. 그녀를 알아본 후 떠오른 미소는 가시지 않고 지금까지도 남아 있었다.

"어떻게 지냈어요?" 그가 그렇게 물으며 그녀가 전에 앉았던 소파를, 그녀가 포도주를 더 홀짝거리며 이래선 안 된다고 스스로에게 말하던 그 소파를 몸짓으로 가리켰다. "지나는 길이었다고 말해." 키스는 그녀가 할 말을 조용히 알려주었다. "마침 집이 보여서 인사나 하러 들렀다고 해."

로잰은 아무 말도 하지 않았다. 이미 용기를 짜낸 다음이었지만 다시 용기를 구하며 앞으로 어떻게 될 것인지에 대해 억지로 생각했다. 키스는 소질이 있는 일을 하면서 대박을 칠 거고, 그가 밴을 몰고 돌아다닐 필요가 없어져 마침내 두 사람이 안정된 삶을 꾸려가면서 어머니도 그가 완전히 달라졌다고 말할 것이다. 그리고 그녀 자신도 엄마로서 그 역할에 전념할 것이며, 낸시 폴릿은 단조로운 과거로 밀려날 것이다.

레이븐스우드 씨는 빛을 등진 채 창가에 서 있었고, 햇빛을 받은 커튼의 푸른색이 거슬릴 정도로 강렬했다. 그는 그녀에게 왜 왔는지 묻지 않았다. 그러면서도 그녀에게 보내는 시선과 말투가 은행에서처럼 그녀를 편안하게 해주었다.

"지난번에 여기 왔을 때는 내가 돌봐주지 못했어요." 그가 말했다. "미안해요."

그가 살짝 시선을 돌려 광장을 내려다보는 동안 그녀는 말없이 그를 지켜보았다. 그러다 전화벨이 울렸는데 그 희미한 소리는 그 방에서 나는 게 아니었다. 벨소리가 멈췄다가 다시 울리기 시작했다. 레이븐스우드 씨가 전화를 받으러 갔다.

* * *

로잰은 방에 혼자 남아 이러다 늦겠다고 생각했다. 여직원들이 이미 컴퓨터 모니터 앞으로 돌아와서는 그녀가 들어가면 평범한 사정으로 늦어진 것이려니 하고 흘끗 올려다볼 터였다. 그들은 키스에 대해 몰랐다. 은행 고객 하나가 한때 그녀의 외모를 좋아한 것도 몰랐다. 그녀는 좋은 때를 놓쳤다, 그게 그들의 생각이었다. 그들은 그런 생각을 내비친 적이 없었지만 그녀는 그걸 알았다.

희미하게, 그리고 길지는 않게 레이븐스우드 씨의 목소리가 들려왔다. 하지만 목소리가 끊겼는데도 그는 곧바로 돌아오지 않았고, 그녀는 그날 밤 자신이 깨어났을 때 이 방의 불이 여전히 밝혀져 있었던 기억이 났다. 머리칼이 자꾸 얼굴로 쏟아져내렸고 옷이 구겨져 있었다. 그녀는 몇 시간은 잔 것 같다고 생각했지만 손목시계를 보니 그렇지 않았다. "무슨 일이라도 일어날 수 있었어." 키스가 반복적으로 하는 말이 메아리쳤다. "아무 일 없었을 수가 없어."

그녀는 기다리면서, 처음에 예의상 감탄할 때는 그다지 신경쓰지 않았던 그림들을 바라보았다. 두 형상이 어두워진 도로를 건너는 모습이 면 헤드라이트 불빛에 잡혔다. 한 여자가 식탁에서 홀로 식사를 하고 있고 펼쳐진 책이 꽃을 꽂은 잼병에 기대어 세워져 있었다. 한 남자가 빈 거리에서 담뱃불을 붙이며 쇼윈도의 정장들을 구경하고 있었다. 그림들은 퇴색된 빨강과 파랑, 거의 회색인 초록, 흰색에 가까운 노랑으로 색조가 낮춰져 있었다. 로잰의 어수선한 기억 속에서 지난번 이곳에 있던 그녀와 레이븐스우드 씨의 모습이 하나의 그림이 될 수도 있을 것 같았다. 그녀의 포도주가 잔에서 넘쳐 쏟아졌고, 그가 자신의 결혼생활과 혼자된 사연을 다시 늘어놓고 있었다. "3번." 그가 음악에 대해 말했다. "아내가 좋아했어요." 로잰은 그가 그 음악을 틀지 않았더라면, 음악이 시작되자마자 그녀의 취향이 아니란 걸 알아차렸더라면 얼마나 좋았을까 생각했다.

화가 났었다고 그가 갑자기 말했다. 화가 나서 과속운전을 하고 있었다는 것이었다. 사소한 말다툼이 있었다고 했고, 로잰은 그가 아내의 죽음에 대한 이야기를 하고 있음을 깨달았다.

어느 일요일 오후였다고 그가 말했다. 여름. 사고 지점엔 그들뿐이었고, 그러다 사람들이 왔고, 차들이 다가와서 섰다. 사람들—낯선 이들이었다—이 그에게 사망자가 있다고 말했고, 그때쯤엔 그도 그걸 알고 있었다. 그는 아무 말도 할 수 없었고, 왜 그게 자신일 순 없었던 걸까 스스로에게 묻기만 했다. 모든 게 그가 자초한 일인데, 왜 죽어야 했던 사람이 그일 순 없었을까?

로잰은 잠시 자신이 어디 있는지 모르는 상태로 듣고 있었다. 음악에 최면성이 있었고, 방이 움직였다. 은행에 자주 찾아오는 남자의 얼굴이 이리저리 미끄러지기도 하고 겹쳐지기도 했다. 그녀는 속이 울렁거렸다. "죄책감은 자신에 대해 말해주지요." 한 목소리가 그렇게 말했고, 그녀가 알아듣지 못하자 다시 말했다. "알고 싶은 것 이상으로." 이 말도 반복되었다. "당신 잠들었었나보군요." 은행에 자주 오는 남자가 말했다.

그녀의 코트가 바닥에 떨어져 있는 게, 그사이 그녀가 추워서 코트를 처음 두었던 데서 가져다가 덮었는데 몸에서 미끄러져 떨어진 것 같았다. "거봐, 그렇다니까!" 그녀가 코트 이야기를 했을 때 키스가 한 말이었다.

크래스소프 부인

크래스소프 부인은 교회 묘지에서 자신의 차까지 짧은 거리를 걸으며 깊은 굴욕감을 의식했다. 남편의 장례식에 홀로 참석한 그녀는 남편이 생전에 매장식이라는 명칭을 써가며 고집한 평범한 시골 교회에서 처음 그걸 느꼈다. 그녀가 알지도 못하는 여자 성직자가 그 쓸쓸한 의식을 진행했는데, 성직자는 그녀를 기겁하게 만드는 말씨로 꼭 필요한 말만 한 다음 그녀 쪽으로는 눈길조차 주지 않고 황급히 퇴장해버렸다. 남자 둘이 묘지 근처에서 삽에 기대서서 기다리고 있다가 그들이 미리 파놓은 흙을 몇 분 만에 덮고 작은 봉분을 만들었다. 관이 영원히 사라지고 아서도 함께 자취를 감추었으며, 그 모든 게 조롱처럼 느껴졌다. 크래스소프 부인은 아서가 죽기 전에 착수한 그 절차들에 대해 그를 탓해선 안 된다는 걸 알았지만, 그가 살아 있는 동안 그를 원망하는 게 습관이 되어 아직도 그러는 자신을 어쩔 수가 없었다.

그녀는 쉰아홉 살이었지만 자신이 마흔다섯으로 느껴져서 마흔다섯이라고 밝혔다. 그녀는 나이 차이가 꽤 많이 나는 남자와 결혼했고 그 남자는 일흔둘에 죽었다. 남편의 돈을 보고 결혼한 크래스소프 부인은 안락함과 편리함을 얻었음에도 자신이 결혼생활에서 꽃을 피우지 못했다고 믿었다. 그녀는 늘 남몰래 자신을 장미 꽃봉오리라고 생각했고, 과거에도 항상 그랬던 것처럼 지금도 비밀이 많았다. 그녀는 자신이 아들을 가진 어머니라는 사실과 결혼생활 말기에 토미 킬데어와 도널드가 있었다는 걸 아무에게도 말하지 않을 생각이었고, 아서가 제대로 된 작별 의식도 없이 묻힌 것에 대해서도 아무에게도 절대 말하지 않을 작정이었다.

"과부 생활을 즐길 거야." 그녀는 차에서 단호하게 소리 내어 말했다. "그걸 의미 있게 만들 거야."

차를 몰고 가는 동안 가볍게 내리던 비가 거세지면서 앞유리 와이퍼가 빗물을 닦아냈는데, 그녀는 그 소리가 특히 싫었다. 크래스소프 부인은 이따금 백미러를 흘끗거렸는데 거울에 비친 금발과 회청색 눈동자, 꽤나 도톰한 입술에 흡족해했다. 그녀는 늘 그랬듯이 자신의 모습이 마음에 들었다.

그녀는 앞유리 와이퍼의 소음을 덮기 위해 라디오를 틀며 아서가 왜 그런 벽촌에 묻히겠다는 선택을 한 것인지, 그가 한 말에서 자신이 귀기울여 듣지 않은 게 무엇이었는지 궁금히 여겼다. 어느 해외 방송국에서 팝 음악이 희미하게 한 곡 한 곡 전해졌는데, 크래스소프 부인 시대의 곡들이라 그녀가 다 아는 것들이었다.

* * *

에서리지는 문이 소리 없이 열리도록 앞으로 당긴 다음 자물쇠를 풀고 조용히 들어갔다. 운이 좋다면 재닛은 잠이 들었고 여전히 자고 있을 터였다. 그의 가장 친절한 친구, 가장 다정한 연인, 이제 그녀에겐 잠이 전부였다. 그녀는 잠을 유도하는 걸 용납하지 않았고 약을 권하면 늘 거부했다.

그는 병이 날마다 조금씩 빼앗아가고 있는 잠든 얼굴을 내려다보았다. 그 피곤에 지친 파리한 얼굴에서 잠시 줄리엣의 그림자가, 포샤의 지혜가, 에스텔라의 무분별한 자만심이 보였다.* "가볼게요." 간병인이 문간에서 조그맣게 말했다.

"사랑하는 재닛." 그는 그녀의 하루가 어땠을지 궁금해하면서 속삭였다.

에서리지는 차를 끓여 쟁반에 받쳐들고 다시 침대 옆으로 갔고, 날마다 그랬듯이 찻잔과 잔받침 덜그럭거리는 소리가 아내를 깨웠다. 재닛이 원하고 좋아하는 일이었다. 그녀는 그가 집에 있을 때 늘 깨어 있고 싶어했다.

"또 만났네." 그녀가 말했다.

그는 몸을 굽혀 그녀를 안고 잠시 그대로 있다가 베개들을 불룩하게 만들어주고 이불 윗단을 반듯하게 매만졌다. 그의 물음에 그녀는 나아졌다고 대답했다. 하지만 그가 가져온 케이크도, 비스킷도 먹지 않았

---

* 각각 윌리엄 셰익스피어의 『로미오와 줄리엣』『베니스의 상인』, 찰스 디킨스의 『위대한 유산』의 여주인공.

고 아침만큼 좋아 보이지도 않았다.

"아, 특별한 일은 없었어." 그의 하루는 어땠느냐는 질문에 그가 대답했다. 그녀는 『적절한 균형』*을 다 읽었다고 말했다. 그리고 은식기에 대한 라디오방송을 들었다고 했다. "음, 아니." 그녀가 말했다. "전혀 재미없었어."

"여보, 이따가 수프 좀 먹을까? 크림 크래커는?"

"수프가 좋겠어. 크림 크래커는 말고."

"그 계약 따냈어. 못 딸 줄 알았는데."

"난 당신이 해낼 줄 알았어."

그녀는 배우였다. 그는 수년째 포레스터 앤드 브라이트라는 특수인쇄 회사에 다니고 있었는데, 포레스터 앤드 브라이트는 다른 인쇄 회사들이 관심을 갖지 않는 복잡한 일들을 떠맡으면서 입지를 다져왔다. 이제 사십대 초반인 그들은 둘 다 스물세 살 때부터 결혼생활을 이어오고 있었다.

"당신에게 끔찍한 일이야." 재닛이 음울하게 말했는데, 그녀는 잠에서 막 깨어났을 때 가끔 그렇게 우울했다.

"당연히 안 그래." 그녀를 안심시키는 익숙한 말이 쉽게 나왔다.

그들은 서로에게 미소를 보냈다. 그들은 그게 끔찍하다는 걸 알았다.

"오늘밤에 〈유니버시티 챌린지〉** 해." 재닛이 말했다.

---

* 인도 작가 로힌턴 미스트리의 장편소설.

** BBC 텔레비전 퀴즈쇼.

* * *

“예의바르게 행동해.” 교도관이 말했다.

“나야 늘 그러죠.”

“오셨어. 행동 조심해.”

데릭은 그녀가 안 왔으면 좋겠다고 생각했다. 그 모든 게 두 사람 모두의 관점에서는 어리석은 짓이었다. 그녀도 그걸 알았다. 모를 것 같진 않은데, 그런데도 왔다. 가장 최근에 왔을 때 그녀는 그 영감 이야기를 했고 그는 듣지 않으려 했다. 그녀가 그 이야기를 한 건 달리 할 말이 없어서였다. 그녀는 화려하게 차려입고 와서 그를 부끄럽게 여기면서 그런 자신을 부끄러워했다. 한때는 그의 태도를 가리켜 버릇이 없다고 했었다. 지금은 그것에 대해 아무 말도 하지 않았다.

또각또각 그녀의 구두 소리가 들려왔다. 부츠의 쿵쿵거림과는 다른 경쾌한 소리였다. 교도관은 면회 오는 그녀를 알게 되면서 존경심을 품었고, 그녀도 교도관에 대해 좋은 사람이라고 말했다. 그녀는 친절한 사람들을 좋아했다.

“자, 예의바르게, 젊은이.” 교도관이 다시 으름장을 놓았다. 모자의 반짝이는 챙에 묻은 흰 얼룩이 그의 유일한 오점이었다.

“저거 보여요?” 그녀가 왔을 때 데릭이 말했다. “새가 페인 씨한테 볼일 봤어요.”

그는 문법에 안 맞는 말로 그녀를 조롱했고 그럴 때마다 그녀는 신경쓰지 않는 척하면서도 움찔했다. 그녀는 새로운 이야기를 떠들어댔다. 영감이 죽었고 아무도 장례식에 안 왔다는 것이었다. 데릭은 영감을 몰랐고 그들이 서로를 알아야 할 이유도 없었다. 그런데도 그녀는 영감 이야기를 했다.

"너 괜찮니?" 그녀가 물었다.

"아, 그럼요." 그가 말했다.

* * *

그게 다였다. 크래스소프 부인은 그들의 짧은 대화가 끝났음을 순순히 받아들였다. "이렇게 와주시는 걸 보니 좋은 분이시네요." 그녀가 가려고 할 때 교도관이 말했다. 그녀는 좋아하는 자두잼 한 병을 놓고 왔다.

그녀는 손을 흔들어 택시를 잡고 패스모어 레스토랑으로 가달라고 했다. 늘 그랬던 것처럼 미리 전화를 걸어 자리가 있는지 물었고, 그녀가 자기 자리로 여기게 된 구석 자리가 있었다. 패스모어에서 일하는 사람들은 요란하게 떠들어대지 않았고, 그들의 그런 태도에서는 품위가 느껴졌다. 그들은 거의 속삭이듯 말했지만 손님들은 그들의 말을 한 마디도 빠짐없이 알아들을 수 있었는데, 그건 그들이 원하는 바이기 때문이었다. 그녀는 데릭을 만난 후에는 늘 패스모어에서 차를 마셨다.

그녀는 즉시 자리로 온 웨이트리스에게 주문한 후 중단되었던 생각을 이어갔는데, 그녀가 패스모어에서 늘 하는 생각들과 다르지 않은 것이었다. 데릭은 스스로를 돌보지 못했다. 노력을 안 했다. 자신은 노력하는 유형이 아니라고 했다. 상습범으로 사는 게 좋다고. 그렇다 해도 그건 그에게 끔찍한 일이 아닐 수 없었다. 크래스소프 부인은 바로

이 테이블에서 숱하게 그런 생각에 시달려왔고 지금도 그 생각을 밀어내며 티타임 손님들 중에 아는 얼굴이 있나 둘러보았다. 하지만 늘 그랬듯 모르는 사람들뿐이었다.

"아이, 좋아라!" 그녀가 주문한 건포도 스콘이 나오고 웨이트리스가 패스모어에서는 어떤 손님에게나 해주듯 차를 따라주자, 그녀는 웃음으로 우울을 잊었다.

* * *

재닛이 자다가 고통 없이 죽자 에서리지는 반스의 아파트에서 웨이머스 스트리트의 더 작은 아파트로 옮겨갔는데, 실용성이나 경제적 필요 때문은 아니었다. 이제 죽음의 그림자가 드리운 반스는 예전의 그곳이 아니기 때문이었다. 그곳의 널찍함과 조용한 거리들이 침울하게 에서리지를 마주보았고, 그들이 즐겨 찾던 재즈 펍은 평범해 보였으며, 강은 매력이 없었다. 창가 화분들에 다시 피어난 꽃들은 추억과 위안을 주어야 마땅했으나 그러지 못했다. 에서리지는 웨이머스 스트리트로 이사하면서 포레스터 앤드 브라이트도 떠나고 런던도 떠날 생각을 했지만, 몇 주가 지나자 웨이머스 스트리트면 충분히 먼 것 같았다. 그곳엔 과거가 없었고, 아무 기억도 끌어내지 않았다. 그는 그곳에 정착했다.

* * *

크래스소프 부인은 열의를 갖고 과부 생활을 특별하게 만들기 시작했다. 그녀는 이스트본에서 생각을 정리하며 일주일을 보냈는데, 전에 그 도시의 적당한 부와 서두름 없는 평온함, 다른 시대의 느낌에서 진정 효과를 얻은 적이 있었기 때문이다. 아무것도 변한 게 없었다. 퍼레이드, 그랜드호텔, 잘 차려입은 거리의 행인들, 크래스소프 부인이 다시금 소녀 시절의 감탄사를 발하도록 만든 무섭지 않은 바다. 살아 있어서 좋다고 처음 느낀 곳이 이스트본이었다. 그녀는 소금기 많은 공기 속에서 더 생산적으로 사고할 수 있었고 문제들을 바로잡았다. 상복은 한물갔고, 엄숙한 의식은 잊힌 이야기였다. 그녀는 그랜드호텔 식당에서 자신이 눈물을 흘리지 않고 슬픔을 느끼지 못한 것에 대해 용서받았음을 느꼈다. 아서는 비틀걸음으로 인생길을 나아가며 토미 킬데어나 도널드에 대해 알고 싶어하지 않았다. "우린 완전히 달라." 그가 모호하게 말했다. 그는 그녀에게 모든 걸 남겼다.

그녀는 정처 없이 이스트본을 걸어다니며 혹 친구라도 만나게 될까 생각했으나 아무도 못 만나자 차라리 그게 나을 것 같다고, 혼자 조용히 자신의 삶이 지금 어때야 하는지에 대해 숙고하는 게 좋겠다고 결론지었다. 그러면서도 환상을 물리치진 않았다. 친구들이라면 그녀에게 파티를 열어줄 것이다. 그들은 파티를 즐기는 사람들이니까. 삼삼오오 모여 서서 그녀 안에서 다른 여자를 볼 것이고, 데릭이 전에 없이 선물을 들고 찾아올 것이며, 토미 킬데어는 예전의 그로 돌아갈 것이다. 그녀에게 너무 어려 보인다고, 열일곱 살이라고 해도 되겠다고 말할 것이다. 그리고 도널드는 그녀의 손가락에 입맞추며 자신을 리젠시 벅*이라고 부를 것이다.

* * *

에서리지는 처음 웨이머스 스트리트로 이사해서는 쇠라의 〈일요일 오후〉 복제화를 걸지 않다가 그러는 건 부끄러운 일이라 그림을 걸었다. 그 그림은 액자에 담겨 포장된 상태로 어느 해 9월 12일에, 아마 그의 마흔번째 생일에, 그를 기다리고 있었다. 매년 4월 4일 날짜로 된 차용증들을 합한 액수는 재닛의 귀걸이 가격에는 미치지 못했지만, 일 년만 더 있었더라면 그 금액에 도달했을 터였다. 심지어 웨이머스 스트리트에서도 가끔은 그런 희미한 그림자들이 어른거렸지만, 에서리지는 그런 장애물을 빛이나 상상력의 장난질로 여기며 무시해버렸다.

일이 도움이 되었고, 웨이머스 스트리트에서 산 지 육 개월도 안 되어 쓸쓸한 불면의 밤들은 사라졌다. 추억은 희미해져갔고, 기억 속 몇 가지 대화도 어찌어찌 잊혔으며, 남은 옷가지는 모두 기부되었다. 그는 요리 교실에서 리소토와 에그베네딕트 만드는 법을 배웠다. 그는 전보다 더 능숙하게 피아노를 쳤고, 매일 밤 코크 앤드 라이언에서 술을 마셨으며, 프랑스어로 모리아크를 읽고, 포레스터 앤드 브라이트에서 승진했다.

---

* 19세기 초 영국 섭정시대의 멋쟁이를 가리키는 말.

* * *

크래스스소프 부인은 보몬트 스트리트에서 자신을 향해 걸어오는 남자를 어딘가에서 본 적이 있었다. 그의 넥타이 색깔은 군대나 사립학교를 떠올리게 했다. 그의 손은 섬세했고, 부드러운 손일 거라고 크래스스소프 부인은 짐작했다. 손톱도 잘 다듬어져 있었다. 그는 미남이었고, 그녀는 그가 매력을 지녔으리라 상상했다. 그의 옷차림이 마음에 들었다. 심각한 표정으로 걷고 있는 것도 호감이 갔다. 심각한 문제들에 대해 깊이 생각하며 뒤엉킨 실타래를 풀어가는 똑똑한 남자 같았다. 그는 서두르지 않았다. 그것도 마음에 들었다.

"엔퍼드 크레센트." 그녀는 혼잣말을 하며 텁스였는지 프리미였는지 기억은 안 나지만 아무튼 그 둘 중 하나가 뜬금없이 엔퍼드 크레센트를 내뱉었던 게 얼마나 오래전 일이었는지 궁금해했다. 외모가 마음에 드는 남자가 다가오면 엔퍼드 크레센트로 가는 길을 묻는 것이다. 그 남자는 알지 못할 것이다. 엔퍼드 크레센트가 존재하지 않으니 알 수가 없다. 한번은 프리미와 어느 이름 모를 남자가 결코 찾을 수 없는 곳을 한 시간 동안 찾아다니다가 사랑에 빠졌다, 그랬다고 프리미가 말했었다. 텁스의 경우, 그렇게 길을 찾아다니다가 남자가 팜 그로브로 데리고 들어가 피치 서프라이즈 칵테일을 사 줬다.

* * *

"아마 여기서 꽤 가까울 겁니다." 에서리지는 거리 표지판에서 한 번 본 적이 있는 것 같은 장소로 가는 길을 묻는 사람에게 그렇게 말했다. "실례합니다." 그는 개를 끌고 가는 커플을 소리쳐 불렀다. "이 숙녀분이 엔퍼드 크레센트를 찾고 있답니다."

논쟁에 몰두해 있던 커플의 대화가 뚝 끊겼다. 그들은 중년에 지친 모습이었고, 둘 다 목소리에 조바심이 어려 있었다. 개는 검은색과 흰색이 섞인 매끄러운 털을 가진 폭스테리어로, 목줄을 싫어해서 물려고 대들었다.

"엔퍼드?" 남자가 개를 저지하고 되받았다. "이 근처엔 없는 것 같은데요."

그의 동행이 동의의 뜻으로 고개를 끄덕였다. 길을 물은 여자는 이제 무력하게 웃고 있다, 에서리지는 그렇게 생각했다. "신경쓰지 마세요." 그녀가 말했다.

커플과 개는 가던 길을 갔다. "정말 친절하시네요." 엔퍼드 크레센트를 찾고 있는 여자가 말했다.

"아, 천만에요."

"오, 아녜요. 정말이에요."

"길을 잘못 안내해서 미안합니다."

"아녜요, 아녜요."

"다른 사람들한테 물어보시면 아는 사람이 있을 겁니다."

"그럼요."

* * *

크래스소프 부인은 자신이 말을 걸었던 남자가 멀어져 가는 걸 지켜보았고, 그가 시야에서 사라지자 아는 사람이기라도 한 것처럼 그가 그리웠다. 그는 교양 있는 목소리를 지녔고 냉담하게 굴지 않고 정중했다. 그녀는 늘 금발 남자에게 끌렸다.

그녀는 그가 사라진 빈 공간에서 시선을 거두지 않은 채 중년의 무게를 느꼈다. 옛날 옛적에는 충동적이고 성급했으며, 자신의 그런 성격에 신경쓰지 않았다. 텁스는 그녀를 충동적인 여자라고 불렀다. 프리미도 그랬다. 그녀들은 그녀의 충동성을 좋아했고 그녀 자신도 그랬다. 그 금발 남자도 그랬으리라. 그녀는 그도 그랬을 것임을 알았다. 그녀가 이야기하면 그는 귀담아듣고 이해해주었을 터였다. 그녀는 그걸 알면서도 그를 그냥 보냈다.

* * *

에서리지는 재닛이 병석에 누워 있을 때, 반쯤 쓴 장부의 남은 부분에 특별한 이유 없이 자전적 메모를 하기 시작했다. 일기를 쓰려는 의도는 아니었고, 그저 자신과 재닛의 어린 시절을 기록하고 그후의 기억들을 수집해보겠다는 것이었다. 시간과 장소, 두 사람이 함께한 것들과 그러지 않은 것들, 결혼, 그들이 아는 사람들과 살았던 집들이 정리되었다. 그가 글로스터셔의 기숙학교에서 향수병을 앓고 있을 때, 재닛은 여린 아이를 학교에 보내는 건 모험으로 간주되어 집에서 프랜시스 선생님의 가르침을 받았다. 그녀가 주목받지 못하는 무명 배우로 처음 무대에 선 건 〈잭과 콩나무〉에서 팬터마임을 하는 합창단으로 출연하게 되면서였다. 짧은 치마를 입은 매혹적인 그녀는 열일곱 살이었고, 한편 아직 그녀가 알지 못하던 에서리지는 천직이 나타나기를 기다리고 있었다. 그들은 재닛이 런던으로 온 후에 만났다.

이십 년* 후 혼자가 된 에서리지는 그녀의 죽음을 용서할 수 없었고 영원히 그럴 것만 같았다. 그는 자신의 감정이 불합리하다는 걸 느꼈고 이기적인 자신을 혐오하며 그런 감정을 떨쳐내려고 애썼다. 하지만 그래도 분노가 가시지 않았다. 어째서 그녀는 대부분의 사람들이 가진 걸 가질 수 없는 걸까? 왜 흙이 되어버린 걸까?

가을은 인디언서머**로 왔고, 에서리지는 주말마다, 토요일이건 일요일이건 리젠트 파크를 걸었다. 그는 모르는 꽃들의 이름을 책에서 알게 되었고, 새들에게 모이를 주었다. 하지만 주중의 날들보다 시간이 천천히 흐르는 동안 주로 카페 야외 테이블에 앉아 오가는 사람들을 바라보았다. 그는 그들이 부러웠고, 과거의 자신이 부러웠다.

* * *

수년 전, 결혼생활이 반쯤 지났을 때 크래스소프 부인은 런던의 이

---

* 원문에는 thirty years로 되어 있으나, 사십대 초반인 에서리지는 스물셋부터 결혼생활을 했으므로 '이십 년'으로 옮겼다.

** 북아메리카에서 한가을과 늦가을 사이에 비정상적으로 따뜻한 날이 계속되는 일시적 기간.

동네를 발견하고 즉시 좋아하게 되었다. 이곳을 처음 방문한 건 과거엔 부유했으나 이제 그렇지 못한 노부인의 보석을 직접 살펴보고 고르기 위해서였다. 크래스소프 부인은 반지 세 개와 팔찌 하나를 샀는데 한 달쯤 후에 다시 똑같은 광고가 실렸고, 두번째 방문을 마치고 돌아온 그녀는 집을 팔고 코피스 뮤스에서 자신이 본 집을 사자고 남편을 설득했다. 그녀는 마구간을 개조해서 만든 작은 집들이, 그 거리들이 좋았고 남편도 마찬가지였다. 남편은 처음엔 그곳을 좋아하지 않았지만 시간이 지나면서 그녀의 설득에 넘어가 좋아하게 되었다. 그는 코피스 뮤스에서 세상을 떠나며 그녀 혼자 두고 가는 것에 대해, 그리고 그녀 생각에는 도시인인 그에게 어울리지 않는 작은 시골 교회 묘지에 묻히기를 원하는 것에 대해 미안해했다. 그녀는 그래도 그가 원하는 대로 해주었고, 이미 상점 주인들과 친한 사이가 되어 있었으며, 마구간을 개조한 집을 자신이 전에 원했던 색깔들로 칠했다. 크래스소프 부인에겐 그 모든 것들이 과부 생활의 즐거움을 더해주었다.

* * *

전에 언제, 어디서 보았는지는 모르겠지만, 에서리지는 낯이 설지 않은 얼굴이라고 생각했다. 그러다 기억이 떠올라서 옆 테이블에서 신문을 넘기고 있는 여자에게 고개를 끄덕였다. 그녀는 자신도 그와 같은 생각을 하고 있었던 것처럼 그를 바라보았다. "어머, 세상에!" 잠시 후 그녀가 외쳤다. 그녀는 길을 물었을 때처럼 자극적인 향기를 풍겼다. 옷차림은 달랐다. 그녀는 손을 내밀었고 그 손은 에서리지의 손이 겨우 닿는 거리에 있었다. "우리 전에 만난 적 있죠?" 그녀가 말했다.

"아, 예, 그랬죠."

"날씨가 참!"

"좋네요."

"경마하기 좋은 날이죠!"

그녀는 경마장에 자주 갔었다고 말했다. 오크스, 더비, 첼트넘. 테니스를 보러 윔블던에도 가고 헨리*에도 가고. "오, 정말 많이 갔는데." 그녀가 말했다. 하지만 이제는 삶이 전보다 조용해졌다고. 물론 세월이 쌓이면서 그건 불가피한 일이라고.

그녀가 살집은 좀 있지만 미인이라고 에서리지는 생각했다. 신중하고 노련했다. 경박하다고 할 순 없고, 그 아낌없이 잘 쓰는 미소에서는 거의 섬세함까지 엿보였다. 그녀의 치아는 새하얬다. 가슴은 탄탄하고, 무릎은 날씬했다. 그녀는 옷에 단 브로치를 만지작거렸는데 사파이어와 흐린 색깔의 루비 조각들로 이루어진 고리 모양의 브로치였고, 옅은 크림색 원피스의 유일한 장식이었다. 가끔 그녀의 얼굴에 나른한 표정이 어렸다가 잠시 후 평온해졌다.

"캄보디아는 참 말썽이 많은 나라예요!" 그녀가 신문을 접어서 치우며 수다스럽게 말했다. "분별력을 좀 가졌으면 좋겠어요."

그녀는 자신이 사람들 이름을 기억하는 데는 세계 꼴찌라고 고백하며, 전에 만났을 때 에서리지가 이름을 알려준 것처럼 굴었지만 그는 자기 이름을 알려준 적이 없었다. 그의 커피가 나왔지만, 얼른 두어 모

* 템스강에서 열리는 조정 경기인 헨리 로열 레가타.

금에 다 들이켜고 자리를 뜨기엔 너무 뜨거웠다.

* * *

그를, 그동안 그녀의 의식 속에 계속 맴돌았고 그녀가 조금 사랑하게 된 매력적인 낯선 남자를 여기서 다시 만나게 되다니 참으로 기이한 일이라고 크래스소프 부인은 경탄했다. 토미 킬데어의 배신과 도널드가 스스로 동성애자라는 결정을 내린 것, 아서의 따분한 세계에서 보낸 악몽 같은 세월, 지루함과 따분함을 겪어야 했던 그녀는 그 이상의 가혹함을 피하기 위해 자신이 얼마나 애쓰고 얼마나 결연히 몸을 사리는지 생각했다. 시련은 적고 단순한 즐거움이 존재하는 평범한 일상은 얼마나 좋은가. "무슨 생각 하세요?" 그녀가 물었다.

에서리지는 늘 준비되어 있는 선의의 거짓말이 떠오르지 않아 무슨 소린지 알아들을 수도 없는 말을 웅얼거렸다. 그는 저 수다스러운 여자가 혹시 술에 취한 건 아닐까 의심해보았지만 그녀 자신에 대한 정보를 논리정연하게 늘어놓는 것으로 보아 그런 것 같진 않았다.

"당신 이름은 정말 매력적이에요." 그녀가 말했다. "크래스소프는 끔찍하죠, 안 그런가요?"

그녀는 과거엔 조지나 길모어였다고 말했다. 영어권 전역에 퍼져 있는 그 길모어들. 크래스소프들은 원래 많지 않고 당연히 그녀의 친척도 아니었다.

"전 낯선 사람들과의 대화가 얼마나 즐거운지 몰라요." 그녀가 지나가는 말로 속마음을 밝혔다.

그녀는 길모어들에 대해 꽤 길게 이야기했다. 스코틀랜드에 있던 그들의 사냥 오두막, 음악 천재였던 아이, 삼대의 사랑을 받은 유모 포테스큐, 실버스톤에서 자동차 경주에 참여했고 백두 살까지 산 와이스 길모어.

"저, 여기요." 그녀가 자신 없이 말했다. 그녀는 신문지 귀퉁이에 무언가를 휘갈겨쓴 다음 그 부분을 찢어서 그에게 건넸다. 자신의 주소를 적은 거였다.

"우린 분명 같은 부류는 아니에요." 그녀가 생각에 잠겨 결론지었다. "그래도 만일 우리가 서로에 대해 더 잘 알게 될 수도 있겠다는 생각이 든다면, 전 오후엔 거의 항상 집에 있어요."

그는 애매하게 고개를 끄덕였다. 갑작스럽고 독단적인 그녀의 태도가 무례하게 보일 수도 있었지만, 그녀는 그걸 무신경함으로 만들 수 있었고, 아마도 실제로 그럴 터였다.

"당신 아내," 그녀가 말했다. "당신 아내에 대해 말했었죠."

그는 고개를 저었다.

"제 생각엔 그때 당신이 아내에 대해……"

"아뇨."

"제 생각엔……"

"제 아내는 죽었습니다."

* * *

그후로 에서리지는 그 카페에서 커피 마시는 걸 피했으나 몇 번 크래스소프 부인을 언뜻 보았고, 한번은 그녀가 코크 앤드 라이언에서 나오는 걸 목격했다. 그녀가 우리는 같은 부류가 아니라고 말했을 때 그는 깜짝 놀랐었다. 그녀가 자신과 같은 부류라고 생각하는 줄 알았던 것이다. 그는 코크 앤드 라이언도 피하고 더 멀리 떨어져 있는데다 더 거칠기도 한 애드미럴스 레스트에 자주 갔다. 한번은 빈센트 스트리트에서 그의 이름을 부르는 소리가 들려서 더 빨리 걸었다. 크래스소프 부인은 그의 흥미나 관심을 끌지 못했고, 지나치게 적극적이고 활기 넘치는 그 여자가 그런 태도보다 매력적인 특징을 지녔으리라 믿기는 어려웠다. 죽음의 부주의한 탐욕에 대한 지속적인 분노에 시달리는 그에겐 그녀의 관심을 눈치챌 여유가 없었다. 크래스소프 부인은 그에게 길을 물어보기 전처럼 아무 의미 없는 존재로 희미해져갈 터였다.

그런데 어느 날 평소에 점심을 같이 먹는 회사 동료 두 명과 르 파옹에서 식사를 하던 그는 길에 있는 크래스소프 부인을 본 것 같다는 생각이 들었다. 르 파옹 레스토랑의 판유리 테라스 문은 한여름에는 늘 접힌 채 열려 있었지만 그땐 초가을이라 닫혀 있었고, 실내엔 손님들의 웅얼거림만 울려퍼지고 간간이 웃음소리가 생기를 더할 뿐이었다. 세 남자 모두 갈비를 주문했고 각자의 앞에 하우스와인 한 잔씩이 놓여 있었다. 음식을 기다리면서 그들은 구하기 힘든 특수한 활자체 때문에 겪게 된 어려움에 대한 이야기에 몰두했다. "이따 오후에 톰슨에 연락해봐야겠네." 에서리지의 동료 하나가 말했고, 다른 동료는 에든버러의 J. 싱클레어를 언급했다. 에서리지는 아무 말도 하지 않았다.

크래스소프 부인은 옅은 크림색 원피스가 아닌 꽃무늬 원피스를 입고 있었는데 그에겐 역시 낯익은 옷이었다. 그녀는 길에 서서 긴 검정 코트를 입은 사람과 대화중이었고, 그 코트는 적어도 멀리서 보기엔 계절에 비해 너무 무거운 듯했다. 코트 입은 남자는—레스토랑 정면과 에서리지를 등지고서—상대를 설득하듯 반복적인 몸짓을 했다. 크래스소프 부인은 행복해 보이지 않았다. 그녀는 이따금 가버리려고 했지만 만남을 더 길게 이어가려는 상대의 고집에 번번이 발목이 잡히고 말았다.

"갈비 나왔습니다, 손님." 웨이터가 말했다. 구운 감자와 으깬 파스닙이 곁들여 나왔고 진한 갈색 그레이비소스가 뿌려져 있었다.

"아니면 랭퍼드에 문의해볼 수도 있고." 에서리지는 마침내 대화에 한마디 보탰는데, 아무래도 그래야 할 것 같은 기분이 들었던 것이다.

식사가 끝났을 때 에서리지는 자신이 길거리 대화를 지켜보지 않은 사이에 싸움이 일어났음을 알게 되었다. 이제 크래스소프 부인과 검정 코트의 남자는 작은 무리의 중심에 있었는데, 남자는 여전히 몸짓을 했고 크래스소프 부인은 아까보다 더 동요한 듯했다. 에서리지는 몇몇 구경꾼들이 분개해 큰 소리로 욕설을 퍼붓는 걸 들었는데 분명 검정 옷 입은 남자를 향한 것이었다. 늙은 여자 둘이 사람들을 밀치고 그에게 더 가까이 갔고, 턱수염을 기른 한 남자는 그를 때리려다 제지당했으며, 한 젊은 여자는 휴대전화에 대고 소리를 질러댔다. 이윽고 검정 코트의 남자가 몸짓을 중단하고는 어깨를 으쓱하며 체념한 듯 두 손을 들었는데, 그의 코믹한 자세는 장난삼아 한 행동이 사람들의 오해를 받았다는 암시를 하고 있었다. 에서리지는 그 사건이 동료들의 주의를 끌 만한 가치가 있다고 생각하지 않았고, 그가 길거리로 나갔을 때는 이미 군중은 흩어지고 크래스소프 부인도 거기 없었다. 검정 코트의 남자는 그를 붙잡은 두 명의 경찰관에게 손목을 내밀며 웃고 있었다.

* * *

인정머리 없는 나쁜 놈, 교도관은 그의 체포 소식을 듣고 속으로 생각했다. 제 어머니한테, 잼도 가져다주고 최선을 다했는데. 제 어머니한테, 그것도 백주대낮에.

* * *

"그냥 장난이었어요." 다음에 그녀가 찾아왔을 때 데릭이 말했다. "난 엄마가 재미있어할 줄 알았지."

* * *

그녀는 아무도 보지 않는 데서 울었다. 다른 사람이 보는 데서는 절대 안 울었다. 그 모든 낮들과 밤들에, 사건이 또 터졌음을 알게 되었을 때 단 한 번도 울지 않아서 아서는 아무것도 몰랐다. 토미 킬데어가 그녀에게 싫증을 냈을 때도, 도널드가 뭔가 다른 걸 원하게 되었을 때도 울지 않았다. 하지만 코트 단추가 풀리고 코트 자락이 갑자기 확 젖혀지는 장면, 경광등 불빛을 상상할 때마다 몰래 울었다. 아들을 사랑하는 것만큼 다른 사람을 사랑해본 적이 없었기에 울었다. 늘 아들을 사랑했었다. 앞으로도 늘 그럴 것이다.

* * *

이윽고 에서리지는 재혼했는데 시간이 지날수록 단단해지는 관계였고, 그 결혼에서 그가 느낀 만족감은 이전 결혼에서 발견했던 그것과 비슷했다. 웨이머스 스트리트에서 이사하는 게 자연스러운 상황인 것 같아 그렇게 했고, 조용한 피터셤에서 집을 사서 그 집을 수년간의 방치와 그로 인한 퇴락에서 구제하는 것도 자연스러운 일이었다. 아이가 하나 태어났고, 또 태어났다.

에서리지는 두번째 아내에게 첫 아내 이야기를 했지만 그로 인해 불쾌함이나 짜증이 유발되지 않았을뿐더러, 심지어 원통한 애도의 마음까지도 이해를 받았다. 그는 이제 삶의 거의 모든 면에서 스스로를 행운아로 여겼다. 아내와 아이들, 포레스터 앤드 브라이트에서 맡은 직책, 시내버스들이 매일 왕복하고 같은 런던이라고 해도 속삭임 정도의 소음뿐인, 탁 트인 초지로 이루어진 피터셤.

또 한번의 겨울이 지나가고, 봄이 지나가고, 여름이 거의 지나갔다. 8월이 9월이 되고 낮의 길이가 짧아져가던 때, 크래스소프라는 이름이 다시 떠올랐다. 특이한 이름이어서, 밤중에 길에서 쓰러져 다음날 새벽 어스름 속에서 환경미화원에게 발견된 여자에 대한 신문 기사 속 그 이름이 에서리지의 시선을 끌었다. 그녀는 환경미화원의 거대한 차에 실려 병원으로 이송되던 중 사망했고, 그녀의 젖은 옷에서는 위스키 냄새가 풍겼다. 인쇄물로 보도된 장면이 그의 마음을 흔들었다. 쭈그러든 몸이 쓰레기 침대 위에 조심스럽게 놓였고, 환경미화원들은 말없이 어색하게 서 있었다. 그 여자는 부랑자로 여겨졌지만, 에서리지는 젖은 금발, 스타킹 신은 무릎, 자연스러운 미소, 그가 기억하는 옷을 보았다. 그가 도무지 벗어날 수 없었던 수다도 기억났다. 어린 시절 친구들, 경마장 나들이, 낯선 사람들과의 대화. 그는 그때 억지로 받은 신문지 쪼가리를, 거기 휘갈겨진 글씨를 읽지도 않고 버렸다. 그리고 빈센트 스트리트에선 걸음을 빨리했다.

하지만 크래스소프 부인이 생전에는 끌어내지 못했던 호기심이 이제야 찾아왔다. 그녀는 왜 밤새 거기 쓰러져 있었을까? 꽤 보수적이고 고상한 여자였는데 옷이 왜 위스키로 젖어 있었을까? 그녀의 말없는 묘비명은 무엇을 말하고 있을까?

* * *

메어 스트리트와 모닝 레인, 어스위크 로드가 복잡하게 뒤엉킨 곳 어딘가에 표지판 없는 폴터 웨이가 있었는데, 한때 그 거리의 이름을 알려주던 표지판은 오래전 공공 기물 파괴자들 손에 넘어갔다. 그 좁은 길은 갑작스럽게 끝나고 어디로도 통하지 않아서 많이 이용되지 않았다. 폴터 웨이에서는 밤에 가로등도 밝혀지지 않았고 상업이나 전문직의 영업을 알리는 황동 명패나 간판도 없었다. 폴터 웨이에는 상점도, 술집도, 아침식사를 파는 카페도 없었다. 문간에서 어슬렁거리는 적극적인 매춘부들도 없었다.

"크래스소프." 제복 차림의 경찰이 그 이름을 되뇌며 당혹감을 떨쳐냈다.

"참 불쌍한 여자야." 그의 동료가 수첩을 덮으며 말했다.

특별한 보고 사항이나 첨가하거나 수정할 내용이 없었다. 이곳에서 벌어진 일은 분명하고 명백했으며, 더 자세한 조사가 필요한 흔적이 남아 있지 않았다.

두 남자는 번갈아 전화를 건 후 그 자리를 떴다.

* * *

데릭은 왜 어머니가 찾아오지 않는지 의아해하며 마침내 어머니도 그 모든 게 웃기는 일이란 걸 깨달았기 때문이기를 바랐다. 영감이 죽었을 때 그녀는 "집으로 와"라고 말했고, 그게 거기 와서 살라는 말임을 그는 알아듣지 못했다. 그녀는 그에게 하인 행세를 시킬 수 있다고 생각했다. 그게 그녀의 아이디어였다. 그녀는 문제될 게 아무것도 없다고 여겼다. 과거의 그녀였다면 문제가 생겨도 상관없다고 말했을 것이다. 과거의 그녀는 놀림받는 걸 좋아했다. 진짜 웃기는 여자였다.

* * *

에서리지는 크래스소프 부인을 잊고 싶어도 잊기가 쉽지 않음을 깨닫게 되었다. 잘 알지도 못하는 여자를, 단지 그녀 때문에 당혹스럽고 심지어 성가시기까지 하다고 해서 그토록 경시했던 자신이 부끄러웠다. 그는 그녀가 폴터 웨이에서 죽었다는 신문 기사를 읽고 그녀가 왜 그곳에 갔을까 궁금했다. 몇 개월 후 그 근처에 갔을 때 그는 충동적으로 크래스소프 부인에 대해 사람들에게 물었는데, 그녀를 기억하는 사람들은 있어도 그녀의 이름은 아무도 몰랐다. 드링 스트리트 근처와 브렉 힐의 싸구려 술집들에서 그는 술을 퍼마시는, 다른 여자인 그녀를 상상했다. 한 바텐더의 말이, 그녀는 남자들과 어울렸다고, 한 남자를 좋아했다고 했다.

에서리지는 크래스소프 부인의 미스터리를 추적해갔으나 모르는 부분이 너무 많았고 더이상의 추측은 하고 싶지 않았다. 그는 이유 모를 연민을 느꼈다. 그는 한 성가신 여인의 비밀을 존중했고 그 비밀을 지켜주기로 했다.

모르는 여자

일 초도 안 되는 짧은 순간, 보도 가장자리의 행인들이 완전히 얼어붙어 있었다. 그러다 한 남자가 도로로 들어가 두 팔을 단호하게 들어 다가오는 차들을 세웠다. 한쪽으로 기울어지며 극적으로 브레이크를 밟았던 초록색과 노란색 밴의 운전석 문이 열렸다. 누군가 구급차를 불렀다. "세인트위스턴 스트리트예요." 다른 사람이 덧붙였고, 통제되었던 교통이 풀렸다.

"맥박이 안 뛰어요." 쓰러진 사람 옆에 무릎 꿇고 앉은 여자가 말했지만, 둘둘 말린 코트가 그 축 늘어진 머리 밑에 받쳐졌다.

멈춰 섰다가 다시 움직이기 시작한 이층 버스에서 서로 모르는 사람들이 너무도 순식간에 일어난 사고 현장을 내다보며 한마디씩 했다. 밴 운전자가 괴로워하며 간청했다. 관계없는 사람들이 포장도로 위로 모여들어 사고가 어떻게 일어났는지에 대한 의견을 교환하고 있었다. 아무것도 보지 못한 사람이 어떻게 된 거냐고 묻자 서로 다른 답변

이 들려왔다. 구급차가 왔는데 너무 빨리 와서 사람들의 이야깃거리가 되었다. 들것이 내려져 짐 실을 준비를 했다. 한 남자가 나서는 바람에 사람들 사이에서 그가 의사일 거라는 잘못된 억측이 나왔다. 지금까지 꾸물대고 있던 경찰차가 구급차 뒤에 와서 섰다. 시신은 모포로 덮인 채 들것에 실렸고, 구급차 문이 조용히 닫혔다. 그 삶은 끝난 것이다.

* * *

세인트위스턴 스트리트에서 그런 비극이 일어나고 며칠이 지난 후, 자신의 집 현관문을 연 해리엇 밸푸어는 성직자복 차림의 구부정하고 노쇠한 남자를 보았다. 아는 얼굴이 아니었다. 그 남자가 그녀에게 밸푸어 부인이냐고 물었고, 그녀가 그렇다고 대답하자 이야기를 좀 나눌 수 있는지 물었다. 해리엇은 그를 응접실로 들였다. 그녀는 아침 시간에 하는 일이 많아서 바빴지만 그에게 그런 말을 하진 않았다. 오히려 응접실에서 커피를 권했다.

해리엇 밸푸어는 중년에 이르러 소녀 시절의 예쁜 모습을 잃은 만큼 원숙함을 얻어 조용한 아름다움을 지니게 되었다. 그녀는 허영심에 순종해 흰머리를 인위적으로 억제하고, 날마다 피부 관리를 하면서 작은 손상들을 끈기 있게 복구했다. 자신에게 맞는 색깔 옷을 입었고, 겸손한 태도와 자신의 의견을 제시하기 전에 주저하는 것, 이제 젊음의 성급함을 잘 다스리게 된 것이 평온함이라는 매력으로 자리잡아가고 있었다.

아들이 하나 있는데 공부를 다 마쳤고, 아직 그녀와 함께 살고 있었다. 하지만 남편과 사별한 해리엇은 언젠가는 자신이 이 집에 홀로 남게 될 것임을 알았다. 이 집에 대한 그녀의 애정은 해가 갈수록 깊어졌다. 실패로 끝난 관계에서 구제되어 들어오게 된 집, 이 집에서 아이를 낳았고, 남편이 너무 일찍 세상을 떠나기 전까지 만족스러운 삶을 살았다. 그녀가 이 집에 갖는 애착은 남편에 대한 기억과 관련이 깊었으며, 자신은 언제까지나 이 집을 떠나고 싶지 않을 거라고, 나중에 늙어서 병이 들어도 이 집을 지킬 거라고 생각했다. 어쨌든, 그녀가 이곳에서 겪은 과거는 결코 희미해지지 않을 터였다—이 집의 방들, 가을이면 배가 익어서 떨어지는 바람이 잘 통하는 정원, 낡은 벽돌을 장식하는 레이스 같은 수국, 만개해 꽃잎이 흩어지는 무성한 빅토리아장미들. 언제나 현관에는 존 파이퍼의 그림이, 응접실에는 민턴 자기가 있을 것이고, 그녀가 특별히 관심을 갖게 된 낡은 벽지 속 등나무를 보며 잠이 깰 터였다.

그녀는 재혼할 수도 있었고 몇 번 그런 제안을 받기도 했지만, 그녀 자신에겐 얼토당토않은 일로 여겨졌다. 사랑의 기억이 남아 있는데다 그녀의 삶은 이대로도 족했다. 음악을 듣고, 요리에 공을 들이고, 정원을 가꾸고, 친구들과 어울리고. 이탈리아의 초기와 중기 르네상스 작품들에서 기쁨을 얻었다. 프랑스의 인상주의 작품들도 그랬다. 그녀는 오랜 세월 그 가치를 인정받아온 소설들을 읽었고, 현대소설에 대해서는 스스로 평가를 내렸다.

"아니, 아니, 커피는 됐습니다, 고맙습니다." 성직자가 그녀의 친절을 사양했다. 그는 폐를 끼친 것에 대해 사과하고 자신이 왜 찾아왔는지 설명했다. "청소부의 고객 명단에 부인의 이름과 주소가 있어서요.” 그가 청소부 이름을 댔다.

“맞아요, 에밀리 밴스가 저희 집에 다녔어요.” 해리엇은 그 이름을 듣고 동의했다. “이제 안 오지만요. 안 온 지 한참 됐습니다, 구 개월인가 십 개월쯤 됐을 거예요.”

“밸푸어 부인, 에밀리 밴스가 사망했습니다. 비극적인 교통사고로.”

그때까지 서 있던 해리엇은 자리에 앉았다. “하느님 맙소사, 끔찍해라!” 그녀는 그렇게 말한 뒤 성직자가 듣기에 적절하지 못한 말로 자신의 마음을 표현한 것에 즉시 당혹감을 느꼈다. 하지만 그는 동요하지 않았다.

“밸푸어 부인, 부인을 이 일에 관여시키려는 건 아닙니다.” 그가 말했다. “다만 그 아가씨에 대해 알려진 게 없는 것 같아서요. 이름 정도밖에는.”

그는 사고 소식을 듣고 가끔 자신의 교회에 오던 사람일 수도 있겠다는 생각이 들었다. 예배에 참석한 적은 없었지만, 그건 그저 혼자 있기 위해 교회에 온 것이리라 짐작할 만했다. 경찰에 문의해본 결과, 그녀가 카모나 스트리트의 문구점 위층에 있는 외국인 부부의 아파트에서 살았다는 말을 들었다. 나중에 사고 지점에서 수거해 온 핸드백에 든 도서관 대출 카드에 그 주소가 적혀 있었다는 것이다.

“카모나 스트리트가 제 교구는 아닙니다.” 성직자가 말했다. “그래도 그녀가 저희 교회에 나왔으니까요—아마도 교회가 외진 곳에 있고 사람들이 많지 않아서 그랬던 것 같습니다. 저는 그 외국인 부부를 찾아갔습니다, 그래야 할 것 같아서요. 그들 말이, 에밀리 밴스는 그 집에서 사 년을 살았는데 그동안 찾아온 사람도 없었고, 전화를 쓴 적도 없었으며, 편지 한 통 안 왔답니다. 그 말을 들으니 정말로 그 아가씨가 교회 안의 어두운 구석 자리에서 일종의 성역을 발견했으리란 생각이 들었습니다."

성직자는 그다음에야 자기소개를 하며 진즉에 밝히지 않은 걸 사과했고, 이름이 맬프리라고 했다. 그는 해리엇이 처음 짐작했던 것보다 나이가 많았으며, 해리엇은 아무도 나서는 사람이 없어서 그가 생색도 안 나는 일을 떠맡은 것이 안쓰러웠다.

"성역이라고요?" 해리엇은 그 말이 어떤 뜻을 함축하고 있는지 몰라서 그렇게 되뇌었다.

"아, 예, 제 생각은 그렇습니다. 카모나 스트리트의 부부가 제게 그녀의 장례식을 맡아주겠느냐고 묻더군요. 물론 어딘가에 가족이 있을 거고 그녀가 청소일을 해온 집들을 찾아다니며 수소문하고 있습니다."

"물론이죠. 이해합니다. 하지만 제가 드릴 수 있는 말씀은, 에밀리가 자기 이야기를 하는 사람이 아니었다는 거예요. 이미 짐작하고 계시겠지만요. 에밀리는 일은 누구보다 잘했어요. 하지만 그녀가 청소일을 하는 게 이상하다는 생각이 가끔 들긴 했어요. 무슨 사연이 있을 거라고 생각했죠."

"예, 분명 그런 것 같습니다."

"에밀리는 말없이 사라졌어요. 어느 날 아침부터 오지 않았죠."

"밸푸어 부인, 이런 이야기를 전하게 되어 유감스럽습니다."

성직자의 느릿한 음성이 조금 더 이어졌다. 그가 교회 주소—복음사가 요한 교회—와 장례식 날짜 및 시간을 알려주었다.

"그런데 어쩌다 그런 일이 일어난 걸까요? 사고였나요?" 둘이 자리에서 일어설 때 해리엇이 물었다.

그녀가 성직자를 현관으로 안내하는 동안 그는 자신도 전해들은 이야기를 간접적으로 전했다. 밴 운전자—꽃을 배달하고 있었던 듯했다—는 운전 부주의를 부인했다. 마권판매소 주인도 마침 그때 길을 건너려고 했는데 보행자 신호가 빨간불로 바뀌었다. 그는 자신과 다른 사람들은 모두 신호에 따라 기다렸는데 그 여자는 그대로 길을 건넜다고 말했다. 그리고 좌회전 신호를 받은 밴이 갑자기, 어쩌면 너무 빨리 달려왔다. 나중에 그 운전자의 입에서 술냄새가 났다고 말한 이도 있었지만, 대체로 그에겐 잘못이 없다는 의견이었다. 마권판매소 주인은 그 여자가 신호가 바뀌기를 기다리지 않았던 건 거의 고의적으로 보였다고 말했다.

"죄송합니다." 성직자가 사과했다. "제가 심려를 끼쳤습니다, 밸푸어 부인."

"아닙니다. 와주셔서 감사합니다."

* * *

해리엇은 그가 찾아오지 않았더라면 좋았으리란 생각이 들었다. 매주 한 번씩 봉사활동을 하는 옥스팜 자선 상점에서 일하는 오전 내내 그런 생각이 들었다. 최근에 내놓은 책들을 정리하다가, 나중에 육해군 요양원 노인들에게 읽어주기 위해 『80일간의 세계일주』를 따로 챙겼다. 그리고 챈트리 양에게 그녀 형부의 협심증에 대한 최근 소식을 들었다. 아무도 가져가지 않을 신발들과 의류는 폐기 처분하기 위해

모아두었다. 하지만 시간이 갈수록 그녀의 집 응접실에 잠시 어색하게 머물다 간 그 야위고 늙은 성직자의 얼굴이 뇌리에서 떠나지 않았다. 그는 에밀리 밴스가 월세도 꼬박꼬박 잘 내고, 언제 들어오고 나가는지 알기도 힘들 정도로 조용히 움직였으며, 어떤 말썽도 일으킨 적이 없다고 말했다.

옥스팜을 나선 해리엇은 시간이 남아서, 먼 길을 걸어 집으로 돌아가기 전에 네로 카페에서 커피를 마셨다. 에밀리 밴스는 특별한 사람이었다. 해리엇은 그런 생각을 자주 했었다. 검은 머리에 침울하고, 성직자가 말한 것처럼 조용한 그녀는 꾸미지 않은 매력을 지녔으며, 달걀형 얼굴에 섬세한 이목구비가 퍽 조화로웠다. 피고용인으로서도 양심적이어서 하늘의 선물이었다. 하지만 사전에 아무 말도 없이 어느 날 갑자기 모습을 보이지 않았고, 그후에도 쪽지 한 장 없었다.

해리엇은 점심에 먹을 삶은 달걀의 조리 시간을 맞춰놓고 얇게 썬 흑빵을 구우며, 에밀리 밴스가 갑자기 사라졌을 때 자신이 당혹감 속에서 마땅한 설명을 찾다가 완전히 그럴듯한 이유를 발견하지 못했음을 상기했다. 추측은 그 한계를 넘어설 수 없었고 아무 도움도 되지 못했기에 그후론 그 일을 그냥 묻어두었다. 하지만 오늘 챈트리 양이 형부의 협심증에 대한 소식을 자세히 전하는 걸 듣고 있는 동안, 그리고 네로 카페에서, 그리고 지금, 하나의 추측이 자꾸 마음에 걸렸다. 한순간의 장면에서 기원한 추측이었다.

그녀는 아래층으로 내려가던 길이었다. 현관에서 에밀리 밴스가 타일 바닥을 닦고 있었고, 스티븐이 발꿈치를 들고 젖은 바닥을 지나갔다. 해리엇은 그 두 사람이 시선이나 말, 몸짓을 교환하는 걸 보진 못했다. 하지만 잘 웃지 않는 에밀리 밴스가 스티븐이 지나간 후 다시 혼자 남게 되자 즐거운 순간이 떠오르기라도 한 듯 미소를 짓는 것이었다. 그 이상은 없었으나, 그 일로 해리엇은 의구심을 품게 되었고, 이제 그 의구심은 더 강해졌다. 그 일이 있고 몇 주 만에 청소부는 더이상 오지 않았다.

해리엇은 그때도 그랬던 것처럼 자신이 공상에 빠져 있다고 스스로에게 말했다. 스티븐은 누구를 기만할 성격이 아닌데다, 둘 사이에 은밀한 관계가 있었는데 둘이 싸워서, 그녀의 아들은 그녀와는 달리 말을 함부로 했다, 헤어졌으리라 가정하는 건 확실히 무리한 억측이었다. 불안은 잔인한 술수를 부리지, 그녀는 현명하게 마음을 다잡았다.

그녀가 육해군 요양원 노인들에게 『보 제스트』*의 다음 챕터를 읽어주기 시작했을 때는 아직 이른—세시도 안 된—시각이었다. 책을 다 읽어준 후에도 그들과 조금 더 시간을 보냈는데, 그들이 방금 들은 내용에 대해 이야기하거나 그저 단순히 대화를 나누거나 추억에 젖는 걸 좋아하기 때문이었다.

노인들의 회고담을 듣고 있는데 또다시 그 의구심이 마음을 들쑤셨다. 이러다 말겠거니 생각했지만, 작은 무리를 이룬 노인들에게 손을 흔들어 작별인사를 할 때까지도 그 의구심은 남아 있었다.

화창한 오후였다. 4월의 약해진 햇살이 쇼윈도 유리와 집들 전면을 비스듬히 스치고 잘 가꾸어진 앞 정원들로 떨어졌다. 하지만 해리엇은 그녀가 걸어가는 길에서 가장 즐거운 곳인 공원에 이르기 전에 바로

* 영국 작가 P. C. 렌의 모험소설.

집으로 가지 않기로 마음을 바꾸고 반대쪽으로 가는 버스를 기다렸다.

카모나 스트리트를 찾기까지 시간이 한참 걸렸지만 그 길에 이르자 문구점이 바로 보였고, 창고를 지나 가게 뒤쪽으로 가면 위층 아파트로 올라가는 계단이 나온다고 했다. 해리엇은 산더미처럼 쌓인 포장지와 판지 상자 무더기, 풀병, 분필과 볼펜, 묶여 있는 쓰레기 봉지들 사이에서 망설였다. 사람들이 하는 말은 그랬을 거라는 짐작에 불과해, 그녀는 생각했다. 사람들은 무슨 말이라도 한다. 너무도 갑자기 벌어진 드라마에 무언가를 덧붙인다. 그 성직자는 에밀리 밴스가 스스로 목숨을 끊었을 거라고 확실하게 말하는 것은 피하며 신중한 태도를 보였다.

"저기로 올라가시면 됩니다." 그녀에게 가게 뒤쪽을 알려줬던 남자가 갑자기 나타나 카펫이 깔리지 않은 계단을 가리켰다. 방금 요리한 음식 냄새가 그들에게로 내려왔다. 해리엇은 고개를 끄덕이고 계단을 올라갔다.

* * *

그들은 앉지 않았다. 작고 마른 몸에 얼굴이 창백한 남자는 연신 고개를 돌렸는데, 움직임이 뻣뻣하고 발작적이었다. 여자 역시 작았고, 텁수룩한 잿빛 머리가 어깨까지 내려왔다.

"방 두 칸을 썼어요. 그 사이에 문이 있고, 욕실도 쓸 수 있었죠." 여자가 말했다.

해리엇은 사고 후에 찾아온 사람들이 확인한 에밀리 밴스의 핸드백이 놓인 테이블로 안내되었다. 핸드백 안의 물건들은 경찰이 가져갔다고 했다.

"그럴 필요는 없었는데." 여자가 말했다.

남자가 덧붙이기를, 에밀리 밴스는 처음 방을 얻으러 왔을 때 남의 집 청소일을 한다고 말했다는 것이다. 부부는 그런 사실들을 밝힌 후 침묵했고, 이윽고 해리엇이 그들에게 물었다. "댁의 세입자가 스스로 목숨을 끊은 건지에 대해 말들이 있었을 텐데, 그랬을 수도 있다고 생각하세요?"

그 질문에 대해서는 그들도 모른다, 그 자리에 없었기 때문에 아무것도 목격하지 못했다는 대답밖에 들을 수 없었다. 그 말을 부부 중 한 사람이 하고 나머지 사람이 또 했다. 하지만 해리엇이 나갈 때 그녀를 위해 문이 닫히지 않게 잡아주면서, 에밀리 밴스가 세 들어 사는 동안 한 번도, 단 한 번도 그들과 함께 저녁을 먹은 적이 없었다고 밝혔다. 이 부적절한 일에 대한 얘기도 한 사람이 하고 나머지 사람이 또 하는 것으로 보아 부부가 똑같이 실망한 모양이었다.

"길에서 그런 일을 당하다니." 여자가 말했다.

* * *

해리엇은 부엌에서 나중에 오븐에 데울 접시들과 묵직한 푸른색 캐서롤 용기를 꺼냈다. 그리고 요리에 필요한 것들을 모아놓고 포도주 병을 땄다. 파슬리를 다지고, 셀러리와 버섯을 씻고, 쌀 한 컵을 떴다. 뜨겁게 달군 기름에서 연기가 피어오르자 얇게 썰어둔 고기를 구웠다.

크림을 따른 후 거품기를 켰다. 그녀가 먹을 살구와 쿠앵트로로 만든 과자는 이미 준비되어 있었다.

설령 무슨 일이 있었다고 해도 그게 무슨 일이든 별것 아니었을 거라고 그녀는 생각했다. 오늘 들은 소식 때문에 달리 생각해야 할 이유도 없었다. 성직자는 그녀가 장례식에 참석해주기를 기대했고 그녀도 참석할 생각이었다. 먼 길을 찾아왔으며 최선을 다하고 있는 그를 위해. 그럼에도 해리엇은 그를 응접실에 들여 그런 말을 듣지 않았더라면 좋았을 거란 후회가 들었다. 여호와의증인 사람들에게 하듯 문밖에 세워뒀어야 했다. 그렇게 했더라면 좋았을 것이다.

라디오를 틀자 드보르자크의 음악이 흘러나왔고, 요리가 순조로워 여유 시간이 있어서 자리에 앉아 음악을 들었다. 마지막 악장이 끝난 직후 아들이 현관에서 들어왔다고 외치는 소리가 들려왔다.

* * *

"오늘은 어떠셨어요?" 금발에 몸집이 호리호리한 스티븐이 캐서롤이 담긴 데워진 접시 두 개를 식당으로 옮기며 물었다. 해리엇은 쌀 요리와 브로콜리를 들고 따라갔다.

"오, 별일 없었어." 그녀가 대답했다. 자선 상점에 다녀와서, 요양원에 갔다가, 저녁때 공원을 가로질러 집으로 걸어왔다. 그녀는 다른 건 언급하지 않았다.

"어머닌 좋은 일을 정말 많이 하시네요!" 조용한 스티븐의 음성이 꼭 제 아버지 같았다. 죽은 남편도 해리엇에게 그런 말을 자주 했었다.

두 사람 다 그걸 기억했고, 그 이야기가 오가기라도 한 것처럼 스티븐이 미소 지었다. 해리엇은 과거에 그런 칭찬을 받으면 늘 그랬듯이 고개를 저었다.

"닭고기 맛있네요." 스티븐이 두 사람 잔에 포도주를 더 따르면서 말했다.

그날 해리엇은 성직자가 찾아왔다는 이야기를 스티븐에게 해야 할지 몇 번이나 고민했다. 옥스팜 상점 일이 끝나기 전에는 하지 않기로 마음먹었고, 나중에 또 그런 결정을 내렸으며, 더 있다가 카모나 스트리트에 다녀온 후에도 그렇게 생각했다. 그녀는 평소처럼 낮에 있었던 일들을 자세히 이야기하다가 나쁜 소식을 전하는 게 더 흥미로우리란 걸 알았다. "서랍에 돈이 있어요." 카모나 스트리트의 여자가 한 말이었다. "그걸로 장례를 치르면 될 거예요."

하지만 모자는 저녁 식탁에서 다른 것들에 대해 이야기했고, 그들에게 대화는 결코 어렵지 않은데다 여느 저녁과 마찬가지로 그날 저녁에도 서로에 대한 요구가 많지 않은 애정이 그들의 관계를 더욱 가깝게 만들어주었기에 이야기가 쉽고 가볍게 이어졌다. 그들의 가까움은 의무 때문도, 감정적이지 않은 이유 때문도 아닌 자연스러운 것이었으며, 역시 자연스럽게 찾아오는 다른 상황들이 모든 걸 바꿔놓을 수도 있음을 서로 말하지 않아도 알고 있었다. 그들은 당분간 함께 사는 것이었고, 그걸 받아들였다.

부엌에서 그들은 함께 설거지를 했고, 스티븐이 식탁에 아침식사 준비를 해놓았다. 그는 연골발육부전증에 관해 공부해야 한다며 오늘밤엔 텔레비전을 보거나 하는 대신 관련 서적을 읽어야겠다고 말했다.

그의 아버지는 소아과의사였다. 그리고 그도 아버지의 뒤를 이을 예정이었다.

* * *

펠릭스 경은 할일이 있었고, 기꺼이 그 일을 하고 싶었다—그 기꺼움이 유지될 수만 있다면……* 해리엇은 베개 위에 책을 펼쳐놓은 채 펠릭스 경과 그의 일과 더불어 잠이 들었다. 잠시 후 책이 떨어지면서 그녀를 깨웠다. 그녀는 책을 그대로 두고 불을 껐다.

그리고 스티븐은 한 시간 후 연골발육부전증에 대한 공부를 마치고 기지개를 켜며 하품을 한 뒤 옷을 벗고 씻고서 침대로 갔다. 그러고는 곧바로 잠이 들었다.

그 시간 이후로는 한때 에밀리 밴스가 깨끗이 청소하던 그 집에 아무 움직임이 없었다. 쥐 한 마리 돌아다니지 않았는데, 그 집에 살던 쥐들이 자기들을 위해 남겨진 걸 어리석게도 다 먹어치운 후 더이상 살아 있지 못했던 것이다. 창문을 따고 들어오려는 강도도 없었다. 높은 담장 위에 박힌 깨진 유리에 개의치 않고 정원으로 넘어 들어온 고양이도 없었다. 그리고 에밀리 밴스의 유령 역시 어디에도, 집안에도, 그녀가 너무도 자주 권유에 못 이겨 햇살 아래 앉아 커피를 마시고 만발한 은방울꽃이나 시들기 전의 수선화를 꺾던 정원에도 없었다. 에밀리 밴스는 꿈에도 나타나지 않았고, 동이 트고 나서야 해리엇에게 어

---

* 1875년 런던에서 출간된 앤서니 트롤럽의 풍자소설 『지금 우리가 사는 방식*The Way We Live Now*』의 일부.

제의 기억이 돌아오면서 되살아났다. 하지만 어제는 불안과 의심을 불러일으켰던 데 반해 이제 차분하게 등장했고, 해리엇의 마음도 차분했다. 그녀는 안달하지 않았다. 두려움에서 벗어난 정확한 눈으로 다시금 그녀의 집 청소부가 현관 바닥에 무릎을 꿇고서 젖은 걸레로 빨강과 검정 타일 바닥 청소를 마무리하는 장면을 보았다. 스티븐이 집에서 나가면서 현관문이 쾅 닫혔고, 오늘 아침에 보니 해리엇이 그날 목격한 건—숨겨진 비밀이라기보다는—고백하지 못한 사랑의 수줍음 같았다. 해리엇은 청소부가 스티븐의 침실 벽에 핀으로 고정된 사진들과 침대 옆의 책들, 그가 직접 액자에 넣은 보나르의 보트 그림 복제화, 안나 아흐마토바*의 초상화 엽서, 노래하는 물고기 장식에서 기쁨을 얻었으리라 상상했다. 청소부는 그의 셔츠들과 넥타이들을 쓰다듬고, 베개를 매만지고, 코트를 옷걸이에 걸었으리라. 집안 어딘가에서 들려오는 그의 목소리, 그의 웃음소리가 주는 자극적인 전율이 하루의 기쁨이었던 적이 얼마나 많았을까? 그가 사용한 컵에 남은 보이지 않는 입술자국이 너무도 소중해 설거지할 때 그 컵을 맨 나중에 닦은 적이 얼마나 많았을까?

그런 단편적인 환상들이 해리엇의 의식을 가득 채웠고, 청소부에게 찾아온 죽음이 안타깝긴 했지만 그 환상들이 지속적인 위안이 되어주었다. 스티븐에게 아무 말도 하지 않는 게 옳았다. 무엇하러 아들에게 쓸데없는 마음의 짐을 지운단 말인가? 그녀는 도로 잠이 들었고, 전보다 더 깊은 잠에 빠져들었다가 일곱시에 깼다.

* 제정러시아에서 태어나 소련에서 활동한 시인.

그녀가 정원을 걸을 때 그곳의 공기는 차가웠고, 도시의 이른아침 소음이 희미하게 들려왔다. 그녀는 꽃밭을 정돈하고 마지막으로 남은 머리가 둘 달린 수선화를 꺾어 부엌으로 가져왔다. 장례식이 열릴 것이다. 그 에피소드는 그렇게 마무리될 것이다.

* * *

오르간 연주자가 바흐를 연주한 후 정적이 이어졌다. 해리엇에게 사망 소식을 전해준 성직자가 구식이면서도 여전히 아름다운 말들을 했고, 해리엇은 그 말들이 그래서 선택되었다는 걸 알았다.

그녀가 장례식에 온 건 남들뿐 아니라 자신도 스스로에게 기대한 일이기 때문이었다. 교회에는 혼자 온 여자가 두 명 더 있었는데 그녀와 같은 방식으로 연락을 받은 게 분명했다. 카모나 스트리트의 부부도 와 있었다.

"'주의 목전에선 천 년이 지나간 어제와 같으며…… 주께서 그들을 쓸어가시매, 그들이 잠드는 것 같으며, 갑자기 풀처럼 시들어버립니다.'"

그 말들은 아름다웠지만 어울리지 않는 듯했다. 성직자가 다녀간 지 일주일이 지났으나 그동안 쌓인 시간은 아무런 기여도 하지 못했다. 살아왔던 삶에도, 죽음에도. 그리고 영적인 것을 분리해 영예롭게 하는 이곳에서도 진실은 시작되지 않았다.

"'아침에는 초록빛으로 자라다가 저녁이 되면 베이고, 마르고, 시듭니다…… 우리의 모든 날들이 지나가며, 우리의 세월은 이미 끝난 이야기처럼 스러집니다.'"

성직자의 목소리가 메아리쳤고, 마침내 이름이 불렸다. 아까 해리엇이 교회로 들어올 때 혹시 망자의 다른 이름을 아는지 조용히 묻는 속삭임이 있었다. 하지만 그녀는 에밀리라는 이름밖에 몰랐으며, 그래서 그 이름만 불렸다.

"'우리는 삶의 한가운데서도 죽음 속에 있습니다. 주께서는 우리 마음의 비밀들을 아시며……'"

찬송가는 불리지 않았다. 추도사도 없었으며, 관은 장례식이 끝났을 때 화장터로 옮겨지기 위해 그 자리에 남아 있었다.

"와주셔서 감사합니다." 교회 밖에서 어색하게 서 있는 동안 늙은 성직자는 모두에게 똑같은 말을 했다. "차나 한잔하시겠습니까?" 그가 건성으로 권했다.

혼자 온 두 여자는 참석한 이유를 밝히고 장례식에 대한 감사의 말을 웅얼거렸다. 카모나 스트리트에서 온 부부는 서둘러 가버렸다. 절름발이 교회지기가 꽃들을 옮겼다.

"너무 조촐했지요." 성직자가 말했다. 교회 앞에 붙은 안내판에 그의 이름이 검정 바탕에 금색 글씨로 적혀 있었다. C. R. 맬프리 목사. "너무 빈약했어요. 너무 썰렁하고."

"아닙니다. 전혀 안 그랬어요." 해리엇이 장담했다.

"가족을 찾았더라면 좋았을 텐데요."

그는 천천히 그녀를 무덤들 사이로 안내했다. 해리엇은 그도 배우자와 사별하고 홀몸이 되었으리라 생각했다. 그런 흔적이 수두룩했다. 어느 허름한 목사관에서 혼자 살며 최선을 다해 꾸려가고 있으리라.

"책을 몇 권 남겼더군요." 그가 말했다. "옷가지는 자선단체에 기부했지만 책들은 남겨두었습니다. 제가 가져가겠다고 했죠. 교회에서 매년 가을에 책을 팔거든요."

관이 교회에서 나오고 있었다. 해리엇은 그것 때문에 성직자가 자신을 멀리 인도한 것임을 알았다. 그들이 걷고 있는 데까지는 사람들 목소리가 미치지 못했다. 무슨 차인지 몰라도 차문이 조용히 닫혔고 또 하나가 닫혔다.

* * *

그해 여름은 화창하고 따뜻했으며, 9월은 잘 시작되었다가 비가 많이 내렸고, 10월은 추웠다. 늦은 11월에 해리엇은 스티븐의 스물여섯 번째 생일을 축하하는 파티를 열었다. 그리고 다음날 새벽, 손님들이 모두 돌아간 후, 그녀는 스티븐과 함께 백 명 넘는 사람들이 어지럽힌 방들을 치웠다. 그러면서 손님들에 대한 이야기를 나눴는데, 대부분이 스티븐의 세대였다. 부엌에서 해리엇은 식기와 유리잔을 씻고 스티븐은 옆에서 물기를 닦아 제자리에 두었다. 그리고 다시 응접실로 가서 쿠션들을 불룩하게 매만지고 못 보고 넘어간 건 없는지 살펴보고 있었는데, 스티븐이 말했다. "에밀리 밴스 기억나세요? 우리집에 청소하러 오던?"

장례식 이후 몇 개월 동안 해리엇은 에밀리 밴스 생각을 하지 않은 날이 거의 없었다. 성직자가 그녀를 교회 묘지로 안내했을 때, 소나기가 묘비들을 때리기 시작했다. 그 성직자는 무력했다. 그들 두 사람이

보지 않는 데서 그 모르는 여자가 생전에 마음의 평화를 찾았던 교회에서 실려 나가는 동안, 그는 자신이 무력했음을 늘 잊지 않을 거라고 말했다. 그때 해리엇도 무력감을 느꼈었다.

응접실의 벽난로 불은 한참 전에 꺼졌지만, 그래도 해리엇은 철망을 제자리에 끼웠다. 이제 잠자리에 들 시간이었다. 남은 밤이 길지 않았던 것이다.

"어머니가 외출하면 우리 둘이 있을 때가 많았어요. 에밀리 밴스와 저." 스티븐이 말했다.

유리잔 하나의 가느다란 다리 부분이 깨져 있었고, 해리엇은 아들이 카펫에 얼룩이 남을까봐 유리잔이 떨어진 데가 젖었는지 손으로 더듬는 걸 지켜보고 있었다. 그는 젖은 부분이 없자 잔이 비어 있었나보다고 말했다.

"그녀는 날씨가 좋을 때 어머니가 그녀에게 정원에서 커피를 마시게 해준 걸 고맙게 생각했어요. 저도 가끔 정원에서 커피를 마셨고요. 그녀는 외로운 사람이었어요."

그는 부엌에서 싱크대 밑 쓰레기통에 깨진 유리를 버렸다. 빈병들이 식기건조대 위에 가득했다. 누군가 두고 간 파란 카디건이 의자 등받이에 걸쳐져 있었다.

"그녀는 꽃들 이름을 몰라요." 스티븐이 말했다. "하나도요. 함께 정원을 걸을 때 그녀가 꽃 이름을 물으면 제가 말해줬어요."

해리엇은 오늘밤은 이만하면 충분히 정리했다고 말한 뒤 온수를 틀어 개수대 안쪽 벽에 골고루 물을 뿌렸다. 현관 바닥에 그들이 미처 발견하지 못했던 스카프가 떨어져 있었는데, 역시 손님이 두고 간 것이었다. 전화 수화기도 내려놓은 상태였다. 스티븐이 수화기를 다시 올려놓았다.

"에밀리 밴스는 죽었어." 해리엇이 계단에서 말했다. 지금 말해야만 했던 것이다. "진즉 말해줬어야 했는데, 미안하구나."

스티븐은 고개를 저었다. 그는 그 죽음에 대해 물었고 사고 이야기를 듣고도 꿈쩍도 안 했다. 놀라지 않았다. "그녀가 저한테는 말을 좀 했어요." 그가 말했다. "에밀리 밴스에겐 누구와 이야기하는 게 쉬운 일이 아니었지만요."

"그녀는 너를 사랑했어."

스티븐은 자신의 침실 문을 열고 불을 켰다. 변화라는 걸 모르는 방이었다. 거기 있는 물건들은 그가 신중하게 고른 것들이었고, 아무것도 버려지거나 새로 추가되지 않았다. 그는 그런 사람이었고, 해리엇은 그 사실을 알았지만 그 자신은 알지 못했다.

해리엇은 그와 함께 열린 문간에 서서 그녀 자신이 한 말을 그가 부인하는 걸 들었다. 그의 목소리엔 감정이 실려 있지 않은 것이, 마치 벌써 병원 고문의사라도 된 듯했다. 한 아이가 두려움 때문에 도망쳤다. 아버지가 약속했다. 순종적인 어머니도 약속했다. 그래도 아이는 자신을 숨기는 데서 힘을 찾기 위해 도망쳤고, 영원히 돌아가지 않았으며, 영원히 발견되지 않았다.

"그녀가 정원에서 그렇게 말했어요, 집 청소를 해주는 사람의 사무적인 태도로요. 그녀는 그 모든 게 이제 영원히 끝났다는 제 낙관적인 의견에 귀기울였어요. 우리는 사랑에 대한 이야기도 했어요. 그녀는 미소를 조금 보였어요, 그 온화하고 쓸쓸한 미소를요. 그녀는 말하지 않았지만 말한 것이나 마찬가지였어요. 조용한 집의 방들에서 사랑을 하려 했을 때 사랑을 할 수 없었다고, 희망을 가지려 했을 때 희망을 가질 수 없었다고요. 우리는 침묵 속에서 정원을 함께 걸었고, 그다음에 그녀는 떠났어요."

* * *

해리엇은 자신의 침실에서 정원이 내다보이는 창가에 앉아 차라리 몰랐다면 좋았으리라 생각했다. 자신이 두려워했던 일이 실제로 일어났더라면 좋았으리라 생각했다. 그게 일반적이고 이해하기도 쉬우니까.

마지막으로 남은 밤이 버티고 있었고, 어렴풋한 빛은 형체와 색깔을 되살리기엔 아직 역부족이었다. 배나무 꽃들은 잘 보이지 않았고, 튤립은 그 당당한 모습이 아니었으며, 매발톱꽃도 거기 없었다. 때가 되면 햇살이 갈매나무를, 구석의 라일락을, 꽃무와 국화를 구원할 터였다.

그림자들이 움직였다. 정원에서는 아니고, 세 사람, 하나는 아이였다. 그 집의 방들은 안락하고 소박했으며, 책꽂이엔 책들이, 현관엔 전화기가 있었다. 음식을 요리해 먹었고, 집 전체가 깨끗하고 온기가 흘렀다. "분노해봐야 무슨 소용이야?" 스티븐은 침실 문을 닫으며 그렇게 웅얼거렸다. 마침내 그의 전문가적인 정신이 이제야 함께 나누게 된 고통의 영향을 받았다. 어린 시절과 죽음 사이에 살 가치가 없었던 삶이 있었다.

일찍 핀 작약의 엷은 선홍빛이 갑자기 찾아왔고, 금작화의 밝은 노랑, 분홍 클레마티스, 무성한 로즈메리도 보였다. 푸른머리되새가 높은 가지에 앉아 기다렸다. 검은 새가 주위를 두리번거렸다.

해리엇은 울었고, 눈물로 흐릿해진 시야에 그녀의 정원에 펼쳐진 아름다움이 들어왔다. 그 아름다움은 더 퍼져나가다가 일그러지며 사라졌다. 그녀는 그 아름다움이 돌아오는 걸, 다시금, 전보다도 더 찬란하게 빛나는 걸 지켜보았다. 하지만 모든 게 잘못된 세상에서 그 아침은 하나의 조롱으로 보였다.

# 대화를 이어가기 위해

"네?" 〈돌아온 그림자 없는 남자〉*를 보고 있던 올리비아는 초인종이 울리자 인터폰에 대고 말한다. 일요일 오후의 초인종소리는 성가시기 짝이 없다. 검침원이나 우편배달부일 리도 없고, 수위인 코트니 헤인스일 리는 더욱 만무하다.

여자 목소리가 응답하지만 올리비아는 지직거리는 잡음 때문에 무슨 말인지 알아들을 수가 없다. 거실에 틀어놓은 영화 속 대화가 더 또렷하게 들려온다. "칵테일 시간." 배우 윌리엄 파월이 그렇게 말하고, 개 한 마리가 짖는다. 올리비아와 함께 사는 남자가 웃는다.

"죄송하지만 잘 안 들려요." 올리비아가 현관에서 말한다.

---

* 〈그림자 없는 남자The Thin Man〉는 미국 소설가 대실 해밋의 추리소설을 원작으로 하는 영화로, 속편으로 〈그림자 없는 남자 그후After the Thin Man〉 〈또다른 그림자 없는 남자Another Thin Man〉가 있다. 원문의 〈돌아온 그림자 없는 남자The Return of the Thin Man〉는 실제로는 영화가 아니라 책 제목이다.

"기계에 대고 말하는 게 익숙하지 않아서요." 이제 여자 목소리가 더 분명해졌다. 잠시 침묵이 흐른 후 여자가 말한다. "내 남편 거기 있죠?"

"당신 남편이요?" 더욱 짜증이 난 올리비아는 얼굴을 찌푸리고 집을 잘못 찾아온 것 같다고 말한다.

"오, 아녜요." 목소리가 우긴다. "오, 아녜요."

"잘못 찾아오신 게 분명해요. 여긴 19번지예요."

검은 머리에 검은 눈을 가진 서른일곱 살의 올리비아는 이목구비가 찌그러진 느낌이지만 그것 때문에 아름다움이 손상되지는 않았으며, 몇 년 전 남편과 헤어진 걸 잘한 일이라고 생각한다. 그녀는 같이 사는 남자와는 결혼하지 않기로 했으며, 독립적인 삶을 사는 기분이고 그게 좋다.

"브라이턴에서 왔어요." 여자가 두 층 아래에서 말한다. "난 비니콤 부인이에요."

* * *

올리비아는 길거리에서 비니콤을 만났다. 그녀는 힐 스트리트 17번지에서 나오다가 발이 걸려 넘어졌다. 그녀가 간절히 원하는 일자리 면접을 마치고 나오는 길이었다. 그녀는 균형을 잃고 비틀거리다 두 계단을 미끄러져 내려가 보도에 넘어졌다. 핸드백에 들어 있던 소지품들이 사방으로 흩어지고, 왼쪽 무릎이 까지고, 스타킹이 심하게 찢어졌다. 마침 비니콤이 그곳을 지나고 있었다.

그는 그녀가 일어나는 걸 도와주고, 길바닥에 흩어진 물건들을 함께 주웠으며, 그녀가 고맙다고 인사한 후 절룩거리며 걷기 시작할 때 아파서 얼굴을 찡그리는 걸 보았다. "아니, 안 되겠어요, 충격이 컸어요." 그는 그렇게 말하고, 길 끝에 있는 술집에 들어가서 잠시 앉아 있다가 가라고 강권했다. 그리고 그녀가 부탁하지도 않았는데 브랜디를 사 줬다.

올리비아는 그가 자신을 일으켜줄 때, 그가 과체중에 다림질이 필요한 검은 양복 차림임을 파악했다. 나이는 마흔두세 살로 보였고, 비둘기색 머리칼은 관자놀이께의 숱이 줄어가고 있었으며, 안색은 밀가루 반죽 같았다. 올리비아는 바보짓을 한 것 같은 당혹감을 느끼며 자신이 면접을 보고 나온 사무실에서 그 광경을 내다보지 않았기를 빌었다. 그녀는 이제 아무렇지도 않다고 주장했다. "거기 합격할 겁니다." 그녀가 힐 스트리트에 간 이유를 말하자 그 남자가 확신을 주었다. 너무 자신 있게 말해서, 잠시 그녀는 그가 그 직장에 무슨 연줄이라도 있어서 영향력을 행사할 수 있나보다 생각했다. 하지만 알고 보니 그건 아니었다. 그는 그녀의 혈색이 돌아왔다고 말했다. 그리고 누가 그녀 같은 사람을 안 뽑겠느냐고 했다.

그의 확신은 정확히 들어맞았다. 한 달 후 올리비아는 17번지에서 일하기 시작했고, 그날 면접관으로 앉아 있었던 사람들에게 그들 중 하나가 혹시 자신이 길에 큰대자로 넘어져 있는 걸 창문 너머로 봤을까봐 얼마나 걱정했는지 모른다는 이야기까지 했다. 그녀는 그 일을 재미있어했고, 듣는 사람들도 그랬다. 그녀가 계속해서 명랑하게 설명했다. "지나가던 정중한 남자가 저를 구해줬죠." 가끔 사무실 사람들에게 그 사건에 대해 이야기할 때, 그녀는 자신의 구원자를 농담삼아 수호천사라고 불렀다. 그녀는 그 남자가 비호감 외모였던 것과 그녀가 다시 일어섰을 때 그녀의 팔꿈치를 살짝 잡아줬던 것, 그녀가 충격이 컸을 거라고 말하던 목소리만을 기억했다. 그때는 겨울이었고, 그녀가 계단에서 넘어진 날은 1월, 새 직장에서 일하기 시작한 날은 2월 14일이었다. 창가 화분의 수선화가 핀 4월, 힐 스트리트에서 한 남자가 그녀에게 수줍은 미소를 보냈고, 올리비아는 그를 지나쳐 걸으며 저 통통한 얼굴을 어디서 봤는지 기억하지 못했다. "합격했군요." 뒤에서 거의 높이지 않은 목소리가 들려왔다.

"어머, 세상에, 죄송해요!" 올리비아가 부끄러운 마음으로 돌아서며 외쳤다. 하마터면 '나의 수호천사!'라고 소리칠 뻔했다. 그랬다면 그가 기뻐했으리란 걸 그녀는 알았다. 잘 모르는 사이에도 그런 건 짐작할 수 있는 법이니까.

"잘 지내시죠?" 그가 물었다. "저기 다니는 건 좋아요?" 그는 그녀가 방금 나온 사무실을 몸짓으로 가리키며 물었고, 올리비아는 그렇다고, 좋다고 대답했다. 그는 길모퉁이까지 그녀와 함께 걸었고 거기서 헤어졌다.

그리고 일주일도 안 된 어느 날 점심시간, 셰퍼드 마켓 안의 잠폴리 레스토랑에서 그가 그녀의 테이블에 앉아도 되는지 물었다. 그는 스테이크 앤드 키드니 파이를, 그녀는 치킨 샐러드를 주문했고 그가 그녀의 이름을 물었다. 자신은 비니콤이라고 했다. "오, 저는 발명을 합니다." 그녀가 대화를 이어가기 위해 한 질문에 그가 답했다. 올리비아는 그가 에디슨이나 스티븐슨, 레오나르도 다빈치 같은 인물로 자동차, 비행기, 우주선 같은 걸 만드나보다고 생각했다.

하지만 비니콤의 발명품들은 그런 게 아니었다. 전기나 가스 오븐, 전자레인지, 냉장고, 냉동고용 고정장치 같은 가정용 고안품과 부품이었다. 그는 쌍둥이 달걀컵, 신형 감자칼, 다림질이 필요 없는 회전식 빨래건조대, 전동식 창문 개폐장치, 접이식 외투걸이, 텔레비전 보면서 식사할 때 쓰는 도구를 발명했다. 올리비아는 관심을 가지려고 애썼다.

* * *

"여기 없네요." 그의 아내가 동요하며 말한다. 올리비아의 거실 텔레비전은 이제 화면이 비어 있고 소리도 안 난다. 그녀와 동거하는 남자는 손님 때문에 그렇게 해야만 하는 것에 짜증이 나서 목욕을 하고 있다. 일요 신문이 조금 접혀 있고 의자 하나가 뒤로 빠져 있다.

"당연히 당신 남편은 여기 없죠, 비니콤 부인."

올리비아는 그녀를 안으로 들이지 말았어야 했다는 생각이 든다. 이 여자는 아파트 안으로 들어와 그들이 누리고 있던 주말의 평화를 깰 권리가 없다. 하지만 비니콤 부인이 자신이 누구인지 밝혔을 때, 올리비아는 인터폰에 대고 그녀를 안으로 들일 의사가 없다고 외치기가 어려웠다.

"그 사람이 여기 있을지도 모른다고 생각했어요." 손님은 소박한 흰 화병에 꽂힌 선홍색 아마릴리스꽃을 바라본다. 그녀는 키가 크고, 골격도 크고, 머리칼은 헤나 염색을 했으며, 손톱의 밝은 매니큐어 색깔은 입술 선에서 일 밀리미터쯤 번진 립스틱 색깔과 같다.

"와보는 게 낫겠다고 생각했어요." 비니콤 부인의 수척한 뺨에 나타난 홍조가 그녀의 동요를 말해준다. 올리비아는 그녀가 힘들 거라고 생각하면서도 편안하게 해주려고는 하지 않는다. 그녀도 자리에 앉으며 침묵을 지킨다.

* * *

두번째 만남이 있고 일주일 후, 이제 올리비아가 일하는 곳을 알게 된 비니콤이 그녀에게 전화를 걸어왔다. 그는 저녁때 술 한잔 사고 싶다고 말했고, 올리비아는 좀 당혹스러웠다. 길에서 그녀에게 친절을 베풀어준 남자, 점심시간에 혼잡한 레스토랑에서 그녀의 테이블에 앉아도 되는지 물은 것까진 자연스럽게 보일 수 있었지만, 직장으로 전화해서 만나자고 하는 건 이야기가 달랐다. "오, 정말로요, 정말 친절하시네요." 그녀는 그 정도에서 끝내려고 그렇게 말했다.

"지난번에 저에게 주방 환풍기에 대해 물었잖아요." 그가 수화기 너머에서 그 일을 상기시켰고, 올리비아는 그때 그저 대화를 이어가기 위해 자신이 그런 말을 했던 기억이 났다. "그래서 브로슈어를 두어 권 챙겨놨어요. 그걸 전해주고 싶어서요."

그래서 그들은 다시 만났는데, 그녀가 길에서 넘어졌을 때 그가 데려갔던 술집이 아니라 더 멀리 떨어진 곳이었다. 그런 제안을 한 건 그였고, 나중에 올리비아는 두 사람의 테타테트*로 그녀가 곤란해질 수도

* tête-à-tête. 프랑스어로 '독대' 혹은 '밀담'이라는 의미.

있다는 우려에서 그녀의 직장 동료들이 자주 드나들지 않는 술집을 선택한 건 아닐까 하는 생각이 들었다. 그는 주방 환풍기 브로슈어를 세 권 챙겨왔다. 당시 올리비아는 잠시 연애를 쉬고 혼자 지내고 있었는데, 이 남자가 그걸 감지한 것 같다고 생각했지만 그녀 입으로 그런 말을 한 적은 없었다.

"제가 설치해드리죠." 그가 제안했다. "아무 문제 없어요."

"어머, 세상에, 아니에요."

"그럼 꽤 절약이 될 겁니다."

"그런 부탁을 드릴 순 없어요."

토요일 오전에 가서 설치하면 한두 시간 이상 걸리지 않을 거라고 그가 말했다. 그러고는 작고 고른 치아를 드러내며 웃었다. "제 장사 수완이죠."

"오, 아녜요, 아녜요. 아무튼 감사해요."

그는 눈이 인상적이었다. 부드러운 갈색 눈동자가 눈물이 맺힌 것처럼 촉촉했지만 그리 슬퍼 보이진 않았다. 그 눈은 슬픔보다는 감상을 담고 있었고, 상처받기 쉬운 사람이라는 느낌을 줬다. 그는 세 가지 환풍기 다 도매가격에 구해줄 수 있지만 자신이 추천하는 제품이 할인이 더 많이 된다고 했다. 실력 없는 기술자에게 맡겼다간 엉성하게 설치해놓기 십상이라며 그런 경우를 수십 번이나 봤다고 했다.

"생각해볼게요." 올리비아는 그렇게 약속했고, 나중에 지하철에서 그가 외로워서 그러나 하는 생각이 들었다. 그가 자신의 사생활에 대해 언급한 건 브라이턴에서 살고 있고 평생 거기서 살았다는 것뿐이었다.

이틀 후 그가 전화로 말했다. "혹시 그 모델이 마음에 든다면, 어떤 여자분이 주문했다가 마음이 바뀌었는지 취소한 물건이 하나 있어요. 당신이 원한다고 말한 검은색이에요. 전에 말한 가격보다 할인이 더 될 거예요. 제품에 문제가 있는 것도 아니고, 심지어 진열품도 아니에요."

올리비아는 그녀의 작은 주방에 환풍기가 필요했기에 이런 저렴한 가격에 물건을 살 기회를 거부하는 건 어리석은 짓 같았다. 그녀는 비니콤에게 설치까지 부탁할 순 없다는 말을 다시 꺼냈지만, 그도 물러서지 않으며 자신이 설치하면 경비를 훨씬 아낄 수 있다는 점을 상기시켰다. 그가 그렇게까지 발 벗고 나서서 많은 걸 알아봐줬는데 그의 제안을 계속 거절하는 건 무례한 짓 같았다.

"정말 괜찮은데……" 그녀는 마지막으로 한번 더 거절하려다가 결국 포기했다.

* * *

비니콤 부인은 올리비아의 권유로 옅은 색 소파에 불편하게 앉긴 했지만, 용건을 꺼내놓기가 두려운 듯하다. 그녀는 다시 브라이턴을 언급하는데, 그녀의 남편이 평생 거기서 살아왔다는 말을 했을 때처럼 대화를 나누기 위한 것이다. 그녀는 부두에 부딪히는 파도와 산책로의 콘크리트 벽에 대해 이야기한다. 그녀는 브라이턴에서 결혼했고, 모기지로 집을 사서 지금까지 그 집에서 살고 있다고 말한다. 그녀의 두 아들은 그 집에서 오백 야드도 떨어지지 않은 데서 태어났고, 둘째—케빈—는 지금 주유소 자리에 있던 옛 조산원에서 마지막으로 태어난 아기였다. 그녀는 어린 시절, 바닷물이 멀리 빠졌을 때 모래성을 쌓으며 놀았고, 어느 여름엔 등과 팔을 제때에 가리지 않아 살갗이 벗어졌다.

"물론 그이가 당신 얘기를 했어요." 이윽고 그녀가 용기를 내어 말한다. "그러니까, 자연스럽게요, 알잖아요."

"무슨 얘기를 했는데요, 비니콤 부인?"

비니콤 부인은 지금 여기서 정확성은 중요하지 않고 이미 자신이 말한 것으로 충분하다는 듯 살짝 고개를 젓는다.

"케빈은 이제 열여섯이고, 조시는 두 살 더 많아요. 뭐, 물론 당신도 알고 있겠지만요. 미안해요."

"비니콤 부인, 여긴 왜 오셨나요?"

이제 비니콤 부인의 수척한 뺨에 분홍빛 홍조가 넓게 퍼졌고 반점들까지 생겼다. 앞니 하나에 립스틱이 묻어 있다. 그녀는 고개를 돌리고, 시선이 다시 이국적인 아마릴리스에 머문다.

"당신은 내 남편을 뺏어갔어요. 그이를 돌려받으려고 왔어요."

* * *

환풍기 설치 작업은 두 시간 넘게 걸렸다. 그들은 부엌에 놓인 식탁에서 점심을 함께 먹었는데 수프와 샐러드, 그리고 올리비아가 하루 전에 사다놓은 밀린스 치즈였다. "잠깐만요." 비니콤이 식사를 하다 말고 그렇게 말한 다음 밖으로 나가더니 데니시페이스트리를 사왔다. 그가 여섯시가 되기 직전에 작업을 끝내자 올리비아는 술을 권했다. 그녀는 본Beaune 포도주 병을 땄고 둘이 거실에 앉았다.

"고맙습니다." 포도주를 다 마신 후 마침내 가려고 일어서며 그가 말했다.

"너무 감사해요." 그녀는 그렇게 대답하면서, 그가 무슨 말인가 더 하려고 했는데 자신이 본의 아니게 그의 말을 막았음을 깨달았다.

"정말 좋았습니다." 그가 말했다. "오늘 정말 좋았어요."

올리비아는 뭐라고 대답해야 할지 몰라 미소만 지었다. 그가 처음 그녀의 직장으로 전화했을 때처럼 다시 불안한 기분이 들었다. 그녀는 수표를 썼다. 그는 그 수표를 접어 지갑에 넣었다. 그는 수고비는 단호히 거절했다.

"뭐할 거예요, 올리비아?" 그가 처음으로 그녀의 성이 아닌 이름을 부르며 물었다. "오늘 남은 시간 어떻게 보낼 거예요?"

올리비아는 머리를 감을 거라고 대답했는데 그게 사실이기 때문이었다. 그리고 텔레비전을 본 후 침대에서 책을 읽을 거라고 했다. 그녀는 토요일 밤에는 거의 외출을 안 한다고 말했다.

"당신에게 할 말이 있어요." 그가 말했다. "우리가 처음 만난 날 말예요, 그날 기억해요, 올리비아?"

"그럼요, 물론이죠."

"난 그날 당신을 사랑하게 됐어요, 올리비아."

그는 그녀를 똑바로 보면서 말했고, 그의 촉촉한 갈색 눈이 그녀의 눈에 고정되어 있었다. 올리비아는 한두 번 그와 시선이 마주친 적이 있었는데 어린애 같은 애원을 연상시키는 눈빛이었다.

"당신에게 말하지 않을 수 없었어요." 그가 말했다.

올리비아는 그 고백을 그저 과도한 찬사로 받아들였음을 표현하기 위해 애써 미소 띤 얼굴로 고개를 저었다. 올리비아는 전에도 사랑한다는 고백을 자주 들었으며 그때마다 치켜세워진 기분을 느꼈더랬다. 하지만 이번 경우엔 달랐다. 어쩐지 모든 게 어처구니없게 느껴졌던 것이다.

"우리 다시 만날 수 없겠죠?" 그가 물었다.

"예, 그게 좋을 것 같아요."

"당신에게 말하지 않을 수 없었어요."

그는 올 때 가져온 철제 공구함을 부엌 문 옆에서 집어들었다. 그리고 환풍기가 들어 있던 상자와 포장재도 가져가겠다고 했지만 올리비아는 그럴 필요 없다고, 자신도 쉽게 내다버릴 수 있다고 말했다. 그는 그래도 그것들을 다 챙겨가면서, 그녀에게 말하지 않을 수 없었다고 세번째로 말했다.

* * *

"난 스무 살에 결혼했어요." 비니콤 부인이 말한다. "이제 마흔하나예요. 긴 세월이죠. 아이들은 커가는데, 집에 돈 한 푼 안 들어오는 달들이 있었어요. 오, 이젠 나아졌어요. 그 점에서는 나아지지 않았다는 말은 절대 못하죠. 잘사는 건 아니고, 가끔은 편히 살지도 못하지만, 그래도 돈 걱정 안 할 정도는 됐어요. 우린 동업자예요. 내가 송장, 회계, 세금 신고, 부가가치세를 맡았어요. 그런 쪽으로 경력이 있었던 건 아녜요. 난 해즐리츠에서 일했죠. 보석상 말이에요. 그이가 나를 처음 만난 곳도 거기였어요."

"비니콤 부인, 뭔가 오해하고 계시네요. 말씀하시는 걸 들어보니, 뭔가 단단히 오해하고 계신 것 같아요."

비니콤 부인은 묵살하는 태도로 고개를 젓는다. 작은 동작이고 조바심이 들어 있지도 않다. 그러더니, 그녀 자신이 어찌 보면 부당하거나 무례하게 굴기라도 했던 것처럼, 남편이 자신에게 털어놨을 때 아무것도 숨기지 않았다고 말한다. 사실 그녀는 그보다 훨씬 전부터 뭔가 잘못되었음을 알았다.

"그래요, 어떤 여자라도 그랬겠죠. 그리고 아들들도—그래요, 난 아이들이 겁먹기 시작하는 걸 지켜봤어요. 그 상황에 맞는 말은 그것밖에 없어요. 그리고 난 남편이 아이들에게 관심을 끊는 것도 지켜봤어요."

"난 당신의 남편을 뺏지 않았어요, 비니콤 부인. 그건 사실과 완전히 달라요. 보시다시피, 난 완벽하게 행복한—"

"그이가 주소를 알려줬어요. 당신이 어디 사는지 물었더니 군말 없이 알려줬죠. 아, 오래전 일이에요. 그때 내가 당신 주소를 왜 물었는지 모르겠어요. 여기 찾아올 거라고는 생각도 못했는데."

"제발 내 말 좀 들어주세요, 비니콤 부인."

환풍기를 설치한 그 토요일 이후, 비니콤은 성가신 존재가 되었다. 그가 그녀에게 말하지 않을 수 없었다고 했을 때, 그가 다시 만날 수 있는지 묻고 그녀가 안 된다고 대답했을 때, 그는 그녀 생각대로 그녀의 삶에서 사라지지 않았다. 그가 월요일에 전화를 걸어왔고, 그녀는 그가 무슨 말을 할 사이도 없이 환풍기를 설치해줘서 고맙다고 인사했다. "잠깐 한잔만 해요." 그가 애원했고, 그녀는 전보다도 더 단호하게 그의 제안을 받아들일 수 없다고 말했다. 그가 졸라대자, 그녀는 그가 제안하는 관계가 가능하다고 생각하도록 자신이 빌미를 제공했다면 미안하다고 말했다. 그는 귀담아듣지 않는 듯했다. "십 분이면 돼요." 그가 말했다. "십 분."

올리비아는 그런 사실들을 비니콤 부인에게 천천히, 신중하게 알린다. 그녀는 비니콤 부인이 모든 걸 완벽하게 이해하도록 자세한 내용까지 정확히 전달하려고 애쓴다.

* * *

"이봐요, 이건 사생활 침해예요." 월요일 통화 후 일주일도 안 되어 그가 다시 길에 나타나자 올리비아가 말했다. 그는 그저 설명하고 싶었을 뿐이라고 말했다. "그게 다고 그것으로 끝이에요."

그래서 그녀는 마지못해, 내키지 않는다는 말을 하면서, 그녀의 직장 동료들이 자주 드나들지 않는 그 술집에서 그를 다시 만났다. "당신을 사랑하는 마음을 어쩔 수가 없어요." 그가 술을 주문하기도 전에 말했다. "당신을 처음 만난 순간부터 어쩔 수가 없었어요."

그러고는 비니콤 부인에게 다시 듣게 될 이야기들을 모두 했다. 집에 대한 이야기, 자식들 이야기. 그는 아내에 대한 애정이 없었다. 한때는 있었지만 이젠 전혀 남아 있지 않았다. 그는 십사 년 동안 아내에게 무관심했다. 그는 뜬금없이 뉴질랜드 이야기를 꺼내며, 거기 가서 둘이 행복하게 살 수 있을 거라고 약속해 올리비아를 놀라게 했다. 뉴질랜드에 연고가 좀 있다고 그가 말했다.

"전부 말도 안 돼요. 우린 모르는 사이나 다름없어요."

그는 고개를 젓고는 미소 지었다. "밤에 잠자리에 누우면 당신이 나에게 한 말이 전부 떠올라요. 한번은 지나가다 손이 닿기도 했죠. 당신이 넘어졌을 때 난 당신을 품에 안을 수도 있었어요. 벌써 그때부터 그러고 싶었어요. 아직도 왼손 손바닥에 당신 팔꿈치의 감촉이 느껴져요. 난 평생 그 누구도 당신만큼 사랑한 적이 없었어요. 결코."

그의 눈이 밀가루 반죽 같은 얼굴에서 빛나고 있었다. 금세 눈물이라도 흘릴 것처럼 입꼬리가 씰룩거렸다. 그는 무슨 일이든 하겠노라고, 무슨 일이라도 해서 그녀가 원하는 것들을 다 사 주겠노라고 말했다. 둘이 뉴질랜드에서 함께 살면 된다고 했다.

"그만 가봐야겠어요." 올리비아는 그렇게 말하고 자리를 떴다.

다시, 어느 날 점심시간, 그가 잠폴리 레스토랑에 있었고, 그녀는 그 후로 그곳에 가지 않았다. 그가 두서없는 긴 편지들을 보내왔다. 그는 편지에서 올리비아의 아름다움과 미소 짓는 모습, 서 있는 모습, 말하는 모습을 묘사했다. 그리고 언젠가는 그녀의 어린 시절과 꿈에 대해 그녀 자신이 기억하는 모든 것들을 그도 알게 될 거라고 했다. 그녀는 아침식사 시간에 그에게 꿈 이야기를 들려줄 거고, 나이가 들면 둘이 양지바른 곳에 앉아 있을 거라고 했다. 그녀는 그 편지들을 찢어버렸지만, 가끔 그녀의 아파트나 사무실 창문에서 내다보면 길에 그가 있었다. 그녀는 퇴근할 때 건물 뒤쪽 차고로 빠져나가서 마구간을 개조해 만든 집들로 이루어진 거리로 갔다. 그가 전화를 걸어오면 말없이 끊어버렸다.

한번은 혼자 영화관에 갔는데 그가 옆자리에 와서 앉았고, 그녀가 밖으로 나가자 따라 나왔다. "미안해요." 길에서 그녀가 떠날 때 그가 말했다. 화가 난 올리비아는 이런 일이 또 일어나면 영화관측에 항의

하겠다고 위협했다. 그가 자꾸 그러면 경찰에 조언을 구하는 방법도 고려하게 될 거라고 말했다.

"사랑해요, 올리비아."

"지금 당신이 하고 있는 건 괴롭힘에 해당돼요. 당신은 그럴 권리가 없고—"

"그래요, 난 권리가 없어요."

하지만 올리비아는 자신이 경찰을 찾아갈 수도, 하다못해 영화관 책임자에게 항의할 수도 없다는 걸 알았다. 어느 저녁엔 그가 지하철에 함께 타서 마치 우연히 만난 것처럼 말을 걸어왔다. 에스컬레이터에서 그녀의 뒤에 서 있기도 했고, 개찰구에서 나타나기도 했다. "아, 그래요." 그가 술이나 한잔하자고 청하자, 그녀는 지친 목소리로 응했다. 자신이 이미 말한 모든 것을 다시 말하면 마침내 그가 영향을 받고 마침내 그 상황이 얼마나 터무니없는 것인지 깨닫게 될 수도 있다는 일말의 희망을 안고.

그들은 붉은 천을 씌운 방케트에 나란히 앉았고, 다시 그의 눈에 애원이 어렸으며, 올리비아는 갑자기 그가 측은해졌다. 그가 길에 넘어진 그녀를 도운 날로부터 칠 개월이 흘렀다. 그녀는 그가 마음의 고통에 시달리면서도 다른 이야기를 하려고 애쓰며 최근에 한 제조업자의 관심을 끌게 된 사과 심 제거기에 대해 설명하고 있다고 생각했다. 그녀는 전에 없이 그의 아내와 브라이턴에 있는 집, 그의 아들들에 대한 궁금증이 일었다. "원래부터 발명을 했어요?" 그녀는 자신이 그렇게 묻는 소리를 들었고, 지금도 곰곰이 생각해보면 분노가 이는 자기 삶의 한 시기와 처음으로 지금 상황을 연결하게 되었다. 그녀가 열다섯

살이었을 때, 그 서툰 시기를 천천히 지나고 있을 때, 언니의 친구가 있었다. 그는 나중에 언니의 약혼자가 되었고, 결국 남편이 되었다. 그녀는 현관에 벗어둔 그의 군모 챙을 만지고 그의 머리칼에 닿았던 가죽 밴드를 손가락으로 쓸어보았다. 올리비아는 자신에게 성가신 존재가 된 남자와 그 붉은 방케트에 앉아, 스쳐가는 한순간 그 시절의 고통을 다시 느꼈다.

* * *

욕실에서 음악이 희미하게 흘러나온다. 말러의 1번 교향곡 첫 악장 마지막 부분이다. 그다음엔 물소리에 음악이 묻힌다.

"비니콤 부인, 당신 남편은 여기 한 번밖에 안 왔어요. 전기레인지 위 환풍기를 달아주러요."

올리비아는 비니콤 부인에게 그녀 남편이 아내에게 무관심하다는 말을 한 것이나 뉴질랜드에서 새 인생을 시작하자고 제안한 것에 대해선 밝히지 않는다. 대신 지금 비니콤 부인이 하는 말이 남편의 행방을 모른다는 뜻인지 묻는다.

"그이가 여기 있을 거라는 희망을 갖고 왔어요."

"희망이라고요?"

"그이는 오직 당신하고만 있고 싶어했으니까요. 그 점에 대해서는 감추는 게 없었어요. 거짓말을 못하겠다고 하더군요. 자신에겐 삶의 의미라고. 그런 표현을 썼어요."

이제 비니콤 부인은 수다스럽다. 불안이 가셨고, 조금 전까지 가만히 있던 손을 쥐어짠다.

"그이는 당신이 수완 좋은 여자일 거라는 인상을 준 적은 없어요. 난 당신을 그런 식으로 생각한 적 없어요. '그녀 탓은 하지 마.' 그가 겨우 이틀 전에 한 말이에요. 하지만 전에도 이미 그런 말을 했었죠. 처음 나한테 그 얘기를 했을 때 그렇게 말했고, 그후에도 자주 했어요." 그녀의 목소리에는 생기가 없고 아무 감정도 들어 있지 않다. 그녀는 겁이 난다고 말한다. 여기서 남편을 찾을 수도 있겠다는 희망을 갖고 왔다는 말을 또 한다.

"그 말은 이해하기가 어렵네요, 비니콤 부인."

"그이는 아무것도 안 가져갔어요. 면도기도, 잠옷도. 작별인사도 없었고요."

얼마나 되었는지 올리비아가 물으려고 운을 떼지만 즉시 말허리가 잘린다.

"오, 어제부터요."

"남편분과 나는 사귀는 사이가 아니었어요." 올리비아는 그를 부추긴 적이 없노라고, 그런 행동은 결코 하지 않았노라고 말한다. 그가 지하철역에서 따라와 붉은 천을 씌운 방케트에 함께 앉게 된 밤, 그에게 원래부터 발명을 했는지 물었던 그 밤에 그에게 연민을 느꼈다는 말은 하지 않는다. 이제 그런 지엽적인 내용은 중요하지 않은 것 같다. 그런 이야기들을 빼먹는다고 해서 문제가 될 건 없다. "우리 뭐라도 좀 먹을까요?" 그가 말했고, 여전히 연민이 가시지 않은 그녀는 그가 아는 청키 치킨 플래터라는 이름을 가진 근처 식당으로 순순히 따라갔다. "괜찮아요?" 그들이 테이블로 안내되었을 때 그가 걱정스럽게 물었고, 그때 그녀는 자신이 스스로에 대한 연민도 품고 있음을 깨달았다. 그녀가 언니와 결혼할 남자의 모자를 현관에서 만져본 날은 성금요일이었다. 그리고 몇 주 후 일요일에는 그 모자를 꺼내 자신의 얼굴을 묻었다.

“나는 당신 남편과 친구 사이도 아니었어요, 비니콤 부인.”

그 말을 들은 손님이 고개를 살짝 떨구고 시선을 돌린다. 그가 집에 와서 허드렛일까지 해준 마당에 어떻게 그럴 수 있느냐고 그녀가 조용히 묻는다. 그가 한 여자의 머리칼, 눈동자, 서 있는 모습, 목소리, 가느다란 다리, 목, 손에 대해 다 이야기한 마당에 어떻게 그럴 수 있죠?

“난 토했어요.” 비니콤 부인이 덧붙여 말한다. “어느 날 밤, 새벽 세시에 일어났어요. 도저히 잠을 잘 수가 없었고, 화장실에서 토했어요. 질투로 속이 뒤집히면 토하게 되죠. 그이에겐 그런 말 안 했어요. 당연히.”

“질투할 필요 없어요, 비니콤 부인.” 올리비아는 처음부터 이야기하기 시작한다. 길에서 처음 만난 순간부터 그녀는 우연인 줄 알았던 재회, 그리고 역시 그녀에겐 우연으로 보였던 잠폴리 레스토랑에서의 만남, 그후로 그가 얼마나 성가시게 굴었는지에 대해. 고통받는 아내 앞에서 남편의 관심을 표현하는 말이라 너무 가혹하게 들릴 수도 있지만, 그녀는 다른 단어가 생각나지 않는다. 그가 데려간 치킨집은 끔찍했다.

“오, 질투는 아주 고약한 것이죠, 당신 말 인정해요.” 비니콤 부인은 올리비아가 아무 설명도 하지 않은 것처럼 자신의 신념을 내려놓지 않는다. “하지만 질투가 나는 건 어쩔 수가 없어요. 남편이 당신과 함께 있었던 날마다 난 그걸 알았어요. 오, 립스틱 자국, 향수 냄새—그런 건 아니었어요. 그는 바람을 피우거나 신문 기사에 날 만한 그런 짓을 할 사람이 아니어서 더 문제였어요. 평생 가야 신문에 날 일이 없는 사람이죠. 아이들이 어렸을 때는 아이들을 데리고 나가서 연을 날렸어요. 차에 곁들여 먹을 케이크도 사 오고, 조금이라도 여유가 생기면 늘 무언가를 사 왔어요. 아이들은 지금 그게 그리울 거예요. 아빠 생각을 할 때마다 그 생각이 나겠죠."

"비니콤 부인, 남편이 여기 없다는 걸 아시겠죠. 난 여기서 다른 사람과 함께 산 지 몇 개월 됐어요. 난 당신 남편이 어디 있는지 몰라요."

"당신에게, 그리고 그이에게도 애원하려고 왔어요. 아이들 이야기를 하려고요. 그이에게 우리는 가족이라는 말을 하려고 왔어요."

비니콤 부인이 너무 오래 참았던 눈물을 보인다. 그녀는 올리비아의 소파에서 울고 눈물이 얼굴에 흐르면서 화장이 얼룩진다. 울음으로 얼굴 윤곽이 무너지고 얼굴 살이 흉하게 일그러진다. 그녀는 무슨 말인가 하려고 하지만 하지 못한다. 핸드백에서 휴지나 손수건을 꺼낼 생각도 없이 거기 옅은 색 소파에 경직된 자세로 꼿꼿이 앉아 혼자 있을 때처럼 요란하게 흐느낀다.

"'오, 하느님, 그이가 여기 있게 해주세요.' 당신 집 초인종을 누르며 그렇게 기도했어요."

"무슨 말인지 이해를 못하겠네요, 비니콤 부인."

하지만 올리비아는 이해한다. 달리 할말이 생각나지 않아서 그런 식으로 이의를 제기했을 뿐이다. 그녀는 자신을 찾아온 손님의 생각들을 함께 나누고 싶지 않다. 아무 관심도 없다.

"당신은 내 남편을 뺏어갔어요."

비니콤 부인이 갑자기 일어선다.

"당신은 내 남편을 뺏어가놓고 이젠 돌려줄 수가 없군요." 그녀는 자신을 향한 질문들에는 대답하지 않고 거실을 가로질러 현관으로 간다. "그이의 모습이 자꾸 보여요." 그녀가 말한다. "모래 위에 찍힌 그이의 발자국들도요. 젖어 있는 부드러운 모래에 찍힌 그 발자국들은 서서히 사라져버려요."

그녀는 다시 말하지 않는다. 몇 분이 지난 후, 올리비아는 창가에 서서 일요일의 텅 빈 거리를 건너가는 그녀를 바라본다. 이 만남으로 기운이 다 빠져버린 듯 천천히 걷고 있다. 그녀는 스르르 모퉁이를 돌아 시야에서 사라진다.

"독일어를 배우고 있다고 들었어." 언니의 친구가 미소 지으며 말했다. "원피스 예쁘네." 그가 말하자, 언니가 그 원피스는 원래 자기 것이었다고 말했다. 그는 언니가 자리를 비운 후에도 계속해서 말했다. 물론 그도 알고 있었다. 대화를 이어가는 건 친절 행위였다.

욕실에서는 여전히 말러의 교향곡이 흐르고, 물을 틀어놓아 음악 소리가 겨우 들린다. 언니가 결혼하던 날, 올리비아는 자신의 침대 머리맡 램프를 내려다보며 이제 할 일은 램프 전구를 빼낸 다음 침에 젖은 엄지손가락을 소켓에 대는 것뿐이라고 스스로에게 속삭였다. 그날 그녀는 그가 외투깃을 세우고 무덤가에 서 있는 가운데 자신의 관이 도착해 내려지는 광경을 보았다. 그리고 낭만의 수의를 입은 자신이 웅얼거리는 소리를 들었다. "내 사랑, 당신을 그토록 사랑했어요."

올리비아는 창밖 나무 밑에서 뒤뚱뒤뚱 걸어다니는 비둘기들을 내다본다. 빗방울이 땅바닥에 후두두 떨어지더니 이내 빗줄기가 굵어지고, 비둘기들은 비 피할 곳을 찾아 거칠게 푸드덕거리며 날아오른다. 그의 아내는 지금쯤 기차에 올라 구석 자리에 웅크리고 앉아, 같은 비가 내리는 가운데, 차창 밖으로 스쳐가는 집들을 바라보는 척하고 있으리라. 그리고 어쩌면 어딘가에서 같은 비가 그에게도 내리고 있으리라. 마음이 흔들렸어. 기차에 탄 여자는 그 낡은 표현이 곧 쓰이게 될 것인지 궁금하다. 그는, 지금 어디에 있든, 이미 정신을 차렸다.

그는 그녀가 브라이턴의 집에 돌아갔을 때—아니면 내일이나 모레—거기 있을 것이며 그들은 그의 어리석음이 망가뜨린 결혼과 가정생활을 복구할 것이다. 그는 젖어 있는 부드러운 모래 위에서 당신의 발자국이 사라지는 걸 봤다는 그녀의 말을 여러 번 되풀이해서 듣게 될 것이다. 그는 자신 역시 이루어질 수 없는 사랑을 생각하며 삶을 마감하는 상상을, 자신의 옷 속에는 해초가, 눈꺼풀 아래와 입안에는 모래가 들어 있는 상상을 했노라는 고백을 하지 않을 것이다. 결국 죽음의 드라마는 일어나지 않을 것이며, 어떤 고통은 낭만의 수의를 입기엔 너무 둔감하다는 걸 자신은 알고 있었다는 것도 고백하지 않을 것이다. 용기가 그 별것 아닌 일에 마법을 걸 수도 있었으나, 용기도 상대방이 알고 싶어하지 않는다면 우스꽝스러운 것이 되어버린다.

# 조토의 천사들

트루먼스 코너와 버스웰스호텔 사이의 보도에서 한 남자가 여자아이에게 성聖아르도가 어디 있는지 아느냐고 물었다. 아이는 다른 아이에게 그 질문을 전달했고, 두 아이는 킥킥거렸다.

"신경쓰지 마라." 남자가 아이들에게 미소를 보내며 말했다. 미소 짓는 남자들을 조심하라는 교육을 받은 아이들은 부리나케 달아났다. 지나가던 아프리카 여자가 같은 질문을 받고 스프링필드 근처에 성요셉 교회가 있다고 대답했다. 남자는 그건 상관없다고 말했다.

그는 마흔한 살 된 남자로 조각 같은 이목구비와 적갈색 머리칼, 전에는 총기가 있었지만 이젠 그렇지 못한 웨지우드 도자기 빛* 눈을 갖고 있었다. 그의 눈이 총기를 잃은 건 2001년의 화창한 5월 아침에 도시의 한 공원 벤치에서 방금 잠이 깬 듯한 기분을 느끼며 누워 있던 때

* 옅은 청회색.

부터였다. 그는 당혹감을 느끼며 그 자리에 그대로 있고 싶었지만, 낮에 공원 관리인이 와서 보고 걱정되어 구급차를 불렀다. 병원에 실려 간 그는 글을 읽고 쓸 수 있는 것으로 밝혀졌다. 기억력 이상이라는 진단이 내려졌고, 반복적으로 이름을 묻자 그 남자는 처음엔 침묵을 지키다가 알아들을 수 없는 말을 웅얼거렸다. 주머니들을 뒤져봤지만 모두 비어 있었다. 지갑도 쪽지도 없고, 옷에 꿰매어 붙인 이름표도 없었으며, 그에 관한 아무런 정보도 찾을 수 없었다. 그는 집에 페인트칠을 하는 칠장이일 것으로 추정되었지만, 그 증거라고 해봐야 손톱 밑의 페인트뿐이었다. 그의 셔츠 소매에도, 옷이나 신발 어디에도 페인트 자국은 없었다. 그는 며칠 병원에서 보살핌을 받다가 어느 날 아침 일찍 몰래 옷을 입고 병원을 빠져나갔다.

그의 직업은 그림 복원가였고, 기억이 오락가락해서 짐작이나 추정에 의존하다보니 다른 사람들 눈에 특이하게 보일 때가 많았으며, 심지어 이상하게 보이기도 했다. 그는 자신의 삶—그가 알고 있는 만큼의—에 대해 곰곰이 생각해볼 때면, 관련성을 찾을 수 없는 작은 쪼가리들과 흐릿한 것들로 이루어져 있어 그의 손에 맡겨지는 손상된 캔버스들과 다르지 않은 것 같았다. 그의 이름은 콘스탄틴 네일러였다. 그는 그게 자신의 이름임을 잊었고 가끔 왜 그 이름이 머리에 떠오르는지 의아했다. 그 이름이 마음에 들어서 기억에 담아두려 했지만 그럴 수가 없었다.

성아르도를 찾아 도시를 헤매던 날, 그는 자신이 무얼 찾고 있는지도, 왜 그 단어가 머릿속에 있는지도 몰랐다. 왕립의과대학 앞에서 턱수염 기른 남자에게 도움을 청했다가 꺼지라는 소리를 들었다. 그는 파랑 바탕에 흰 글씨로 하코트 스트리트라고 쓰여 있는 표지판을 보았다. 친숙한 두 색깔과 직사각형 금속 표지판이 확신을 주었다. 벽돌에 못을 박아 표지판을 단 거라고 그는 생각했다. 그런 표지판들이 계속 나왔다. 해치 스트리트, 어퍼 찰러몬트 스트리트, 노스브룩, 라널라 로드. "여기엔 당신이 찾고 있는 곳 없어요." 쇼윈도의 물기를 닦고 있던 남자가 말했다.

"그런 데는 원래 없어요." 우편배달부가 말했다.

그의 주머니에 열쇠가 하나 들어 있었지만 그는 그게 왜 거기 있고 어디에 쓰는 열쇠인지 알지 못했다. 그는 한 교회 앞에 이르러 밖에서 몇 분간 서서 문 옆 칠판에 적힌 안내문을 읽었다. 한 가지 기억이 떠올랐는데 가끔 그러듯 불현듯 떠올랐지만 매우 선명했고, 머릿속에서 들리는 목소리가 누구의 것인지도 알 수 있었다. "얼스터의 카운티들 이름을 말해보라는 거다. 브로더릭, 자, 일어나서 카운티들 이름을 대봐." 브로더릭이 일어섰고, 그의 지독히도 낡은 머플러가 절반은 너덜너덜했다. 제임슨 선생님이 그걸 벗으라고 했다. 제임슨 선생님은 술꾼이었고, 오데일리스 술집에서 비틀거리며 나오다가 학생을 보면 도로 들어갔다. "브로더릭, 너 정말 나를 십자가에 매달 작정이구나." 브로더릭이 카운티들을 몰라서 침묵을 지키자 선생님이 말했다. "도니골, 데리, 앤트림, 다운." 제임슨 선생님이 운을 뗐지만 불쌍한 브로더릭에겐 도움이 되지 못했다. 그러다가 기억이 스르르 사라지고 아무것도 남지 않았다.

애피언 웨이, 그다음엔 모어햄프턴 로드 표지판이 보였다. 개들이 산책중이었는데 다섯 마리가 줄에 묶여 함께 걸었다. "나가서 오래 있지 마." 키티가 말했다. "들판에 도착할 때까진 테리어 목줄 풀어주지 마." 그들은 개를 번식시키는 섀넌스의 드와이어에게 테리어를 샀다. 그는 그 기억이 또렷이 떠올라 꽉 붙잡고 있으려고 애썼다. 드와이어의 길고 긴 얼굴과 생긴 걸 보고 고른 테리어. 하지만 그 기억을 붙잡고 있을 수가 없었다. 마치 뱀처럼 미끄러웠다.

온종일 쏘다녀서 배가 고팠다. 완두콩과 으깬 감자, 소시지 하나를 먹고 아무 맛도 안 나는 연분홍색 코디얼 한 잔을 마셨다. 그는 커린시언영화관 밖에서 사진들을 살펴본 후 호킨스 스트리트로 건너가 어느 문간에 섰다. 어두워지기를 기다렸다가 다시 천천히 걸었다. 그의 머릿속엔 지금 찾고 있는 것밖에 없었다. 그 이름이 기둥과 대문에 새겨져 있었다. 저녁때면 대개 아무것도 없었다.

길을 따라 가로등이 밝혀져 있었다. 하늘에서 색깔들이 번쩍거렸다. '보브릴', 음료나 음식 광고였다. 그는 멜로디언을 연주하는 거리악사에게 동전을 줬다. 그리고 바지 주머니들에 남아 있는 동전을 모두 꺼내 세어보았다. 한쪽 주머니에는 은 동전을, 다른 주머니에는 구리 동전을 넣고 다니는 게 그의 습관이었다. 지금 가진 것이면 된다고 스스로에게 말했지만, 확실히 하기 위해 다시 돈을 꺼내 손바닥에 놓인 은 동전을 바라보았다.

그는 다시 발걸음을 옮겼고, 바쁜 사람들을 붙잡고 길을 물으면 폐가 될까봐 아무에게도 묻지 않았다. 술집에서 맥주 한 잔을 들고 빈 구석 자리로 가서 오랫동안 거기 앉아 있었다. 그가 들어갈 때는 손님들이 가득했던 술집이 비어가는 걸 지켜보았다. 다시 거리로 나서는데 문간에서 한 여자가 말을 걸었다. "잠깐 시간 있어요?"

그녀의 립스틱이 거리의 불빛에 반짝거렸다. 검은 머리는 탐스럽고 고불거렸으며, 단추를 풀어헤친 빨강 코트 차림이었다. 블라우스는 너무 오래 입은 옷의 지친 태가 났고 위쪽 단추들은 풀었거나 떨어진 듯했다. 그녀에게선 향수와 담배 냄새가 났다.

"당신 자주 보네요." 그녀가 말했다.

그는 고개를 저었다. 아마 다른 사람일 거예요, 그가 말했다. 종일 성아르도를 찾아다니느라 낯선 곳까지 왔다고 그가 말했다. 이 동네는 전혀 모른다고.

여자는 아무 말 없이 멍하니 그를 응시했다. 그녀의 얼굴은 무거웠고, 눈은 계산을 하고 있었지만 그것 말고는 무관심했다. 그는 여자에게 혹시 성아르도를 아는지 물었고 여자는 대답하지 않았다. 그녀는 리피 레인으로 가겠느냐고 물었다.

그는 주머니 속 열쇠를 만지작거리며 그걸 꺼내서 보고 싶은 충동을 느꼈다. 가끔은 그렇게 하면 무無의 안개 속에서 기억이 떠오르기도 했던 것이다. 하지만 열쇠를 보고 있는 자신을 여자가 이상하게 여길까 봐 충동을 억눌렀다.

"그래도 당신을 봤는걸요." 그녀가 말했다. "새벽 한시에 거리를 걸어다녔잖아요." 그녀는 리피 레인에 공사장이 있는데 거기 문이 잠기지 않은 가건물이 있다고 말했다. "우리 거기로 갈래요?" 그녀가 제안했다.

그는 다시 고개를 저었다. 그러면서 자신은 리피 레인을 찾고 있는 게 아니라고 말했다. 절대로 그런 데를 찾고 있는 게 아니라고 했다.

"아, 거기예요, 거기, 당신이 찾는 데가."

그녀는 그의 팔을 잡아 팔짱을 꼈다. 그녀의 진지하고 열중한 표정은 변함이 없었다. 그녀는 미소를 보이지 않았다.

"당신은 배운 사람이군요." 그녀가 말했다. "그런 분위기가 있어요."

그녀는 그의 팔꿈치 바로 아래를 꽉 잡았다. 그리고 그녀가 그의 팔을 조금 끌어당기자, 그는 그녀의 한쪽 가슴의 물렁한 감촉을 느낄 수 있었다. "당신은 좋은 사람이에요." 그녀가 속삭였다. 잠긴 목소리가 나오기 시작했다. "어떤 남자들은 상종을 못하겠어요."

그들은 부두로 들어갔다가 거기서 이루어지는 밀거래를 뒤로하고 거의 즉시 쫓겨났다. 멀리서 사이렌소리가 들려왔다. 주위엔 아무도 없었다. 여자는 오 분이면 된다고 말했지만, 리피 레인에 닿기도 전에 이십 분에서 이십오 분 정도가 흘렀고 그들은 계속 걸었다. "여기 오는 사람은 나밖에 없어요." 여자가 말했다.

그는 자신이 어디 있는지 알았다. 늘 그렇게 갑자기 무언가를 알게 되었다. 여자가 몸을 더 밀착해왔지만 그는 여자가 하는 행동에 신경 쓰지 않았다. 여자가 그들이 어디로 가고 있으며 거기선 둘이 조용히 있을 수 있다고 다시 말했지만 그는 귀담아듣지 않았다. 그는 주머니 속 열쇠가 그대로 있는지 만져보았다.

"내가 정신이 없었어요." 그가 말했다. "기억이 오락가락해서."

* * *

그녀는 그가 미친 건 아닐까 생각했다. 남자들을 상대하다보면 정신이 온전치 못한 남자라는 느낌을 받을 때가 많았다. 공사장 가건물에서 관심을 요구한다든가 듣고 싶지도 않은 이야기를 늘어놓는다든가. 그녀는 돈 이야기를 꺼내면서 액수를 말했지만 그는 대꾸가 없었다. 대개의 경우 금액을 깎기 위해 자신에겐 그만한 돈이 없다고 말했지만 그는 그런 말도 하지 않았다. 그는 창고 하나를 가리키더니 다음 창고를 가리켰다. "어머, 저기도 좋겠네." 그녀가 대화를 이어가기 위해 애쓰며 말했다.

데니즈, 그녀의 이름이었다. 그녀는 원래 재봉사로 일했었는데 거리로 나선 건 이 일이 더 좋고 벌이도 나았기 때문이었다. 젊었을 때 결혼한 남편과는 십오 년 전에 연락이 끊겼다. 그녀는 보기보다 나이가 많았다.

* * *

그가 자신이 사는 곳을 기억하지 못한 건 전에도 있었던 일이었다. 그는 그걸 알지 못했다. 그는 괴로울 때 성아르도가 떠오르고, 성아르도가 어디인지, 무엇인지도 모르면서 달리 매달릴 데가 없어서 그것에 매달린다는 것도 몰랐다. "이름이 뭐예요?" 그가 함께 있는 여자에게 묻자 그녀가 대답했다. 데니즈가 본명은 아니라고 했다. "본명은 끔찍해요."

그녀는 본명은 말하지 않았다. 그도 묻지 않았다. 그는 뭔가 잘못될 거라고 생각했다. 괜찮을 거라고 생각해도 그렇지 않을 때가 많다.

그런데 자물쇠에 꽂은 열쇠가 돌아갔다. 그는 검은 문을 어깨로 밀어서 열었다.

* * *

그녀는 남자가 사는 곳으로 간 적이 없었다. 주로 밖에서 일을 치렀고, 공사장 가건물을 이용하거나 운이 좋으면 차에서 했다. 지금 그녀가 있는 곳은 창고였다.

그가 불을 켰고 그녀는 그를 따라갔다. 텅 빈 커다란 공간을 지나, 사다리나 다름없는 계단을 올라갔다. 가정집으로 개조하려고 시도했다가 중단된 것처럼 보였다. "나는 관리인이라고 할 수 있어요." 그가 말했다.

여기서는 다른데, 그녀는 생각했다. 아까는 남자들이 흔히 그렇듯 긴장되어 그랬는지 태도와 목소리에서 공황감이 엿보였는데 이제는 그렇지 않았다. 그녀는 그곳이 아주 좋다고 말했다. 편리하다고.

파이프들이 노출되어 있고, 천장 들보는 울퉁불퉁했으며, 여기저기 거멀쇠로 보강 작업을 해놓았고, 마룻바닥은 깨끗했다. 가구는 침대 하나와 나무의자 세 개, 테이블 하나, 찬장 하나가 다였다. 콘크리트 벽에는 전선들이 지나갔지만, 그림들도 걸려 있었다. 나머지 그림들은 바닥에 쌓여 있고, 칠판 이젤 위에 그림 한 점이 놓여 있었다.

"어머, 정말 좋아요!" 그녀가 말했다. "여기 자리를 잘 잡았네요!"

종종 그림자나 파편, 메아리가 떠올랐다. 키 큰 사람이 윤기 흐르는 머리를 끄덕이고 있었다. 위로 올라간 두 손이 벽에서 그림을 떼어냈다. 검은 블라우스에서 브로치의 붉은 보석이 빛났고, 남자 목소리가 말했다. "이 정도 솜씨면 독립해야지." "우리가 창고 하나를 마련해주는 게 어떨까요?" 브로치를 단 여자가 말했다. "그러는 게 그에게 더

낫지 않겠어요?" 그가 살아가게 해주는 건 일이었다. 그는 그 일을 잘 알았고, 실수를 저지른 적이 결코, 단 한 번도 없었다. 세척 말고도 할 일이 더 있었고, 연기로 손상을 입은 부분을 깨끗이 닦아내기 전에는 어느 정도의 복원 작업이 필요한지 알 수 없었다. 그는 회색 집에서 살 때 캔버스화 열여섯 점을 복원했고 그걸 기록해놓았다. 무엇이든 늘 메모를 해두라고 그들이 말했고, 그는 늘 그렇게 했다. 벨이 울리면 늘 같은 자리에 앉아 양고기 스튜나 생선튀김과 토마토, 혹은 리솔*을 먹었다. 그는 모든 걸 기록했고, 가끔씩만 잊었다. 하지만 그런 상황에서도 그림만은 절대 잊지 않을 터였다.

"우리 맥주나 한잔할래요?" 그와 함께 온 여자가 말했다. "혹시 맥주 있어요?"

* * *

그녀의 말을 들었는지 못 들었는지 이젤 위의 그림만 바라보던 그가 돌아서며 말했다. "조토의 천사들."

그녀는 무슨 소린지 이해를 못했으나, 그림에 가까이 다가가 보니 바위산 위의 하늘에 떠 있는 형상들이 눈에 들어왔다. 잎이 다 떨어진 나무가 한 그루 서 있었다. 그림 속에 또 뭐가 있는지 알아보려면 자세히 들여다보아야 했지만, 그가 똑같은 그림**이 든 채색 엽서를 보여주자 한결 수월해졌다. 처음엔 똑같은 그림처럼 보이지 않았지만, 그 천

---

* 크로켓의 일종.

** 13~14세기 활동한 피렌체 출신 화가 조토의 〈애도〉.

사들은 그림의 일부만 복제한 것이며 기울어진 담과 로브 차림 사람들이 시신을 둘러싸고 있는 장면은 빠졌다고 그가 설명했다. 그는 복제화가 자신에게 맡겨진 건 습기로 손상된 부분을 복원하기 위해서라고 했다. 그가 이미 깨끗이 세척한 곳을 보여줬는데, 오른쪽 하단 귀퉁이 부분이었다. 그는 싱크대에서 주전자에 물을 받고 가스레인지를 켰다. 그녀가 아까 언급한 액수를 다시 말했다.

"아, 아녜요." 그가 말했다. "아, 아녜요."

"아저씨, 지금 뭐하자는 거예요?"

그는 아무 대꾸도 하지 않았다. 그림 있는 곳으로 돌아가서 헝겊으로 꾹꾹 눌러 닦았다. 그가 사용하고 있는 알코올에서 냄새가 흘러나왔다.

"당신은 처음부터 내가 오해하도록 만들었어요." 그녀는 불평하면서도 그를 닦달하진 않았다. 장애물이 무엇이든 남자를 살살 달래면 목적을 이룰 수 있었다. 마음을 느긋하게 먹고 남자가 자신의 속도를 찾을 수 있게 해주면 되는 일이었다.

문틀 전체에 압정으로 고정한 쪽지들이 가득했다. 문에는 그가 그녀에게 보여준 것과 같은 그림엽서들이 붙어 있었다. 낡은 여행 가방 하나가 덮개가 열린 채로 벽의 철제 대들보에 기대어 세워져 있었다. 여행 가방 안쪽과 대들보와 바닥에는 여러 색깔의 물감들이 테스트용으로 조금씩 찍혀 있었다. 붓들이 빈병들에 꽂혀 있었다. 빈 액자들이 벽의 못에 걸려 있었다.

여기 돈이 있어, 그녀는 생각했다.

* * *

물이 끓자 그가 차를 만들었다. 그는 혹시 오해가 있었다면 미안하다고 사과했다. 자신의 고통거리로 인해 그런 일이 자주 일어난다는 것이었다. 그는 찬장에 비스킷이 남아 있나 찾아보았지만, 이미 다 먹어치운 모양이었다. 그는 미안하다고 말했다.

"그런 건 아무 문제도 안 돼요." 그녀가 그에게 가까이 왔고, 말할 때 침이 튀어 그의 얼굴을 적셨다. 그는 길에서는 그녀의 립스틱이 비뚤비뚤하고 군데군데 입술 선에서 벗어나 그로테스크한 인상을 준다는 걸 알아채지 못했었다.

"한 가지 문제는, 내가 그 오해 때문에 곤란해졌다는 거예요." 여자가 말했다.

그는 수중에 있는 돈을 모두 그녀에게 주었다. 안주머니에 있던 지폐 두 장과 은 동전, 구리 동전들이었다.

* * *

그녀는 돈을 세어본 후 그가 받침 접시 위의 찻잔에 자신이 마실 차를 따르는 걸 지켜보았다. 그는 차에 아무것도, 설탕도 우유도 넣지 않았다. 그는 뜨거운 차를 조금씩 마셨다. 그녀는 차는 입에도 안 댄다고 말했다.

그는 찻잔을 받침 접시째 옆 바닥에 내려놓고 다시 그림 작업을 했다. 그는 그녀가 길에서 요구한 액수보다 많은 돈을 주었다. 그 덕에 그녀는 그날 밤 일을 거기서 마감할 수 있었다. 하지만 침대가 안락해 보였다. 더블 침대였고, 그녀의 침대보다 좋았다.

"지폐 한 장 더 있으면 나 맥주 좀 마셔도 될까요?" 그녀가 물었다. "어디 문 연 데 있을까요?"

그는 없을 거라고 말했다. 매클린 스트리트에 오도너휴스 술집이 있지만 밤에는 닫는다는 것이었다.

그는 메모들이 꽂힌 문틀로 가서 자신이 원하는 걸 발견했다. 그녀는 지금 열려 있을 수도 있는 술집을 찾는가보다 했는데 그게 아니었다. "녹멜." 그는 메모를 읽더니 자신이 녹멜에 살았었다고 말했다. "꿈에서 녹멜 여자가 그림 복원하는 법을 알려줬어요. 나는 녹멜에서 오래 살았고, 사람들 말이 그래서 그 기억이 남아 있는 거래요. 그 말을 듣고 종이에 메모해뒀어요. 나는 어렸을 때 녹멜에서 도망쳤어요. 나쁜 짓을 저질렀는데, 그게 무슨 짓이었는지는 모르겠어요."

그는 입에 물고 있다가 말을 하기 위해 뺀 그림 붓을 이 사이에 비스듬히 다시 끼웠다. 그는 더 작은 붓에 물감을 묻혀서 캔버스 한 부분에 댔다. 뒤로 몸을 젖혀 멀리서 그림을 본 다음 다른 부분에 물감을 묻혔다.

"난 다리가 안 좋아요." 그녀가 말했다.

그녀는 지금 다리에 문제가 생겼음을 느낄 수 있었다. 너무 오래 서 있으면 문제가 생긴다는 걸 사람들에게 들어서 알고 있었다. 다리에 생길 수 있는 문제는 많고 무슨 문제가 생긴 건지 절대로 알 수 없다고들 했다. "침대가 참 좋네요." 그녀가 말했다.

그녀는 침대로 가서 누웠다. 그는 다시 붓질로 돌아가서 더이상 말이 없었다. 그녀는 신발을 천천히 벗었고 그는 주의를 기울이지 않았다. 잘 정돈된 침대였다. 그녀는 침대 속으로 들어가며 그걸 알 수 있었다. 시트 위의 모포는 매끄럽고, 베개는 부드러웠다.

그가 말이 없어서 이제 그곳엔 정적만이 감돌았다. 찻잔이 받침 접시에 부딪혀 달그락거리는 소리도 멈췄고, 움직임이라곤 깨끗해진 캔버스에 붓질을 하거나 알코올을 따른 뒤 코르크 마개를 끼우는 동작뿐이었다. 도시의 밤 소음도 들리지 않았고, 그 정적이 침대의 호사스러움으로 느껴졌다. 그녀는 이불 속에서 몸을 꽉 죄는 옷을 풀어헤쳤다.

그녀는 두렵지 않았다. 남자 때문에 겁이 날 때가 많았지만 이 남자의 경우, 지금 그와 함께 있는 곳이 어딘지도 몰랐지만 두렵지 않았다. 그녀는 일이 끝난 후 남자에게 받은 돈을 도로 빼앗긴 적이 두 번 있었는데, 한 번은 남자가 주머니칼로 위협했고, 다른 한 번은 그녀의 팔을 비틀었다.

고요가 이어졌고, 앉아서 작업중인 사람은 그 고요를 전혀 깨지 않았다. 그녀는 그럴 의도는 아니었는데 잠이 들어버렸다.

* * *

그는 그들이 아기 천사라고 생각했고, 음악을 상상했다. 천사들이 연주하는 음악일 수도, 아닐 수도 있었다. 천사는 열 명이었는데, 세월 속에 묻히거나 조토의 복제 화가에게 거부된 천사들이 그늘진 바위들 사이에 더 있을 수도 있었다. 그는 잠시 작업을 쉬면서 엽서를 자세히 들여다보았고 거기서도 천사를 열 명 이상은 볼 수 없었다. 그는 그림을 맡긴 여자의 이름을 기억하려고 애쓰다가 기억이 안 나자 문으로 걸어가서 찾아보았다. 소니아 메이틀랜드 부인, 주소와 전화번호도 적혀 있었는데 그가 아닌 그녀의 필체였다. 내일이면 그림이 완성될 터였다.

그는 싱크대에서 다 마신 찻잔을 닦았다. 그리고 잔과 받침 접시의 물기를 말렸다. 그는 손을 씻고 이를 닦았다. 옷을 벗고 무릎 꿇고 기도를 올린 후 밤에 마실 물을 한 잔 따랐다. 그의 잠옷은 푸른색 바탕에 회색 줄무늬가 그려져 있었다. 그는 침대에 누워 있는 여자를 보았다.

* * *

그녀가 깼을 때 그는 옆에서 자고 있었다. 하나만 켜놓은 전구가 천사들 그림을 비추고 있었고, 그 주위의 어둠은 짙었다. 그녀는 몇시쯤 되었는지 알 수 없었다.

그녀는 만족스럽게 누워 있었고, 그는 미동도 없었다. 돈이 있을 거라고, 그녀는 다시 생각했다. 작업해주고 돈을 받을 거라고. 온갖 단위의 지폐들을 숨겨놓는 곳이 있을 것이다. 그에겐 돈이 필요하지 않았다. 손도 안 대고 쌓아놓은 돈이 어딘가 있을 것이다, 잊힌 채로.

그녀는 그를 깨우지 않고 다른 불도 켜지 않고 방안을 돌아다녔다. 찬장도 열어보고, 개어놓은 옷들 사이도 더듬어보고, 주머니도 뒤져보고, 선반마다 안쪽까지 살펴보았다. 그가 차를 만들었던 곳 근처에 있는 깡통들과 병들을 열어보고, 설탕 봉지와 상자들도 쑤셔보았다. 바닥에 쌓인 캔버스들 사이도 들여다보고, 벽에 걸린 그림들도 떼어본 다음, 모든 걸 원래대로 가지런히 정리해놓았다. 그가 자고 있는 매트리스 밑까지 더듬어보았다. 지폐는 책갈피에 끼워두는 경우가 많아서 책들을 찾아보았다. 책은 없었다. 서랍장도 찾아보았다. 서랍장 역시 없었다. 운에 맡기고 불을 하나 더 켠 다음 바닥을 살펴보았다. 마룻널 하나가 헐거웠다.

그녀는 새로 켠 불을 껐다. 그리고 부엌칼로 그 마룻널을 쉽게 들어올렸다. 자신의 신발 한 짝으로 마룻널을 받친 다음 더 높이 들어올리자 그 안에 있는 물건의 어슴푸레한 윤곽이 보였다. 그녀는 그게 뭔지 단박에 알아채고 그 판지 상자를 향해 손을 뻗었다. 그녀는 거기 있는 돈을 남김없이 챙겼다.

* * *

데니즈는 데빈스 술집에서 버니 라일리와 술을 마셨다. 그녀는 지난밤 일에 대해 말하지 않았고, 프랜시스가 들어왔을 때도 마찬가지였다. "어이, 프랑코, 잘 지내?" 버니가 가득찬 잔을 비우며 말했다.

"치사한 자식." 버니가 떠나자 프랜시스가 말했다.

"프랑코한테 위스키 한 잔." 데니즈가 새로 온 바텐더에게 외쳤다. "나도 같은 걸로."

"이런, 덴!" 프랑코가 아침부터 위스키를 마시는 게 짐짓 못마땅한 척하며 외쳤다.

데니즈는 웃었다. 그녀는 머서 스트리트 화장실에서 지폐를 세어보았다. 처음부터 도둑질로 느껴지지 않았고 얼마를 가져왔는지 알게 된 후에도 마찬가지였다. 지금도 그랬다.

"주머니가 두둑한가봐?" 프랜시스가 물었지만 데니즈는 말해주지 않았다. 그 남자가 그녀 몸에 손가락 하나 대지 않은 것, 밤새 불이 밝혀진 그림 속 천사들, 둘이 함께 잔 것이 괜찮은 이야깃거리가 되었겠지만 말이다.

그건 잊을 수 없는 일이었다. 고통받는 남자의 이야기, 붓과 물감으로 죽은 그림을 살려내는 그 기막힌 솜씨는 잊을 수 없었다. 작은 그림 붓으로 그림의 손상된 부분을 매만져 색깔이 살아나도록 만드는 남자, 단 한 번의 망설임도 없이 그 일을 해내는 그의 모습은 잊을 수가 없었다.

"그런데 어젯밤은 조용하지 않았어?" 프랜시스가 말했다. "그래서 난 일찌감치 일 접었는데."

"확실히 조용했지."

그는 그곳에서 안전했다. 그를 둘러싼 빈 공간이 그를 보호해주는 것처럼. 거기 있으면 그걸 느낄 수 있었다. 줄곧 느낄 수 있었다. 그녀는 사정상 황급히 그곳을 떠났지만 안 그랬다면 좋았으리란 생각이 들었다. 베이컨이라도 굽든가 뭐든 거기 있는 재료를 이용해서 그에게 아침을 차려줄 수도 있었다. 포크와 나이프를 꺼내고 그와 함께 식탁에 앉을 수도 있었다. 그녀는 처음 거리에 나간 날, 목숨이 붙어 있는 한 다시는 절대로 그 짓을 하지 않겠노라고, 남자들 눈에 띄려고 어두운 문간에 서 있으면서도 눈에 띄지 않기를 바라는 그 짓을 다시는 절대로 하지 않겠노라고 신께 맹세했다. 처음에 부두 중간쯤에서 기다릴 때도 그랬고, 남자가 거칠게 굴어서 옷이 찢어진 채 다시 시내 거리로 돌아갈 기운을 차리기 전에도 그랬다.

"뭐가 그렇게 급해?" 프랜시스가 자리를 뜨려 하자 그녀가 말했다. "프랑코 한 잔 더 줘." 그녀가 새 바텐더에게 외쳤다.

"아, 안 돼, 덴." 프랜시스가 거절했다. 그녀는 일어나서 바텐더를 향해 고개를 흔들고 벌써 반쯤 문을 향해 가고 있었다. "또 봐, 덴."

"이미 따랐어요." 바텐더가 주문한 술을 가져오며 말했고, 데니즈는 그 값을 치렀다.

아무도 들어오지 않았다. 데니즈는 창고로 돌아가야겠다고 자신에게 말했다. 갑자기 든 생각이었다. 돌아가서 그에게 돈을 돌려주리라. 그는 자기가 그런 돈을 갖고 있는 줄도 모르고 있었다. 구석 자리에 매일 아침 오는 부부가 앉아 있었는데, 그들은 가끔 그녀에게 고개를 끄덕여주긴 했지만 그게 다였다. 그 창고의 검은 문 옆에 초인종이 달려 있었다. 작고 흰 초인종이 튀어나와 있었다. 빈 공간을 가로질러가 계단으로 쓰는 사다리를 올라간다. "나 운이 좋지 않아요?" 그가 했던 말이 그녀의 귓전에 메아리친다.

* * *

데빈 씨가 일찌감치 점심 손님 맞을 준비를 하기 위해 들어왔다. "좋은 아침이에요, 데니즈." 그가 인사했다. "오늘은 어때요?"

"아주 좋아요." 그녀가 말했다.

그녀는 퀸스워스에 가서 빵과 통조림을 사 오고, 둘이 케언스 맥주를 마셔야겠다고 생각했다. 그는 일에 집중할 테니 그사이에 마룻널을 들어올려 돈을 제자리에 돌려놓으면 된다. 만일 그가 침대를 정돈해놓지 않았으면 그녀가 정돈하고 바닥을 쓸 것이다. "저 마룻널이 헐겁지 않아요?" 그녀가 그렇게 물을 것이고 둘이 함께 그 마룻널을 들어올릴 것이다. 그녀가 "저게 뭐죠?"라고 물으면, 그는 그녀가 가리키는 곳을 볼 것이다. 그리고 그것을 향해 손을 뻗을 것이다.

바에서 데빈 씨가 그녀에게 술을 한 잔 더 따라주었다. 그녀는 다리에 찌릿한 통증을 느꼈고 다리를 쉬려고 앉아 있었다. 그가 창고 문을 열어주면 안으로 들어가서 지난번에 그랬던 것처럼 둘이 함께 빈 공간을 지날 것이다. 그는 마치 처음인 것처럼 그녀에게 그림을 보여줄 것이다. 그녀가 침대를 정돈하고 바닥을 쓸어도 그는 놀라지 않을 것이다. 그녀가 자신에 대한 이야기를 해주지 않았기에 그는 그녀에 대해 아무것도 모를 것이다.

* * *

데니즈는 평소에 자주 그러듯 오후 내내 자고 다섯시에 일어났다. 잠이 덜 깨어 아직 몽롱한 상태에서 서서히 현실로 돌아왔고, 돈을 돌려주기로 한 기억이 제일 먼저 떠올랐다. 그녀는 데빈스에서 술에 취했고, 데빈 씨가 이제 그만 집으로 돌아가라고 말했다. 경찰서에서 나온 키일이 들어서더니 그녀를 보고 히죽거렸고, 그녀는 조심하라고 말했고, 데빈 씨가 다가왔다. "술 더 주지 마." 데빈 씨가 새 바텐더에게 지시했고, 그의 말을 들은 그녀는 그들에게 돈을 보여주고 싶었다. 그녀는 돈을 꺼내려고 핸드백을 열었다가 그래선 안 된다는 걸 깨달았다.

그녀는 안정을 취하려고 기침약을 한 숟가락 먹고 물을 좀 마셨다. 두통이 시작되어 이마 안에서 북을 치는 듯했다. 그녀는 침대에 누웠고, 데빈스에서 했던 생각이 다시 떠올랐다. 천사들이 보였고, 붓끝이 색깔들을 다듬었다. 작업이 끝나자 그가 그녀에게 다가왔고, 그의 체온이 그녀의 몸을 따스하게 해주었다. "나를 떠나지 말아요." 그가 말했다.

그녀는 다시 잠이 들었고, 일곱시 십분에 깨어보니 두통은 그대로였다. 돈은 사람들 눈에 띄지 않는 옷장 위 로지스 초콜릿 깡통 안에 있었다. 데빈스에서 그런 식으로 핸드백을 열다니, 경솔한 짓이었다. 술에 취한 상태라 지폐 몇 장을 흘릴 수도 있었고, 새 바텐더나 키일이 나중에 아무도 안 보는 사이에 슬쩍 챙길 수도 있었다.

그녀는 의자를 밟고 올라가서 로지스 초콜릿 깡통을 내렸다. 다시 천천히, 조심스럽게 돈을 세었다. 돈은 다 있었고 그녀는 공포가 가시는 걸 느끼며 안도감에 눈을 감았다. 그녀는 기분이 나아진 상태로 침대에 걸터앉아 지폐들의 접힌 귀퉁이를 펴고 주름을 최대한 없애 가지런히 한 다발로 모았다. 돈을 도로 로지스 깡통에 넣다가 지폐 한 장이 침대에 떨어져 있는 걸 발견했다. 데빈스에서 아침 시간을 보낸 후 돈이 궁한 상태라 그걸 주워 베개 밑에 넣었다.

그녀는 누워서 눈을 감았고, 생각이 뒤죽박죽 뒤엉켰다. 그는 다른 남자들과 다르다고, 그녀는 생각했었다. 그와 함께 있으면 자신도 다른 사람처럼 느껴졌다. 오해가 그들을 하나로 결합시켰다. 그는 그녀의 구원자, 그녀는 그의 구원자. 그녀는 그런 생각이 들었던 걸 기억하고 있었다. 지금은 술기운 때문에 든 생각으로 여겨졌다.

창고까지 걸어가기엔 너무 멀었다. 아픈 다리를 가진 여자에겐 너무 먼 거리였다. 그녀는 그렇지 않다는 걸 알았고 자신이 왜 스스로에게 거짓말을 하고 있는지, 잠시 가졌던 용기가 왜 사라졌는지 궁금증을 느꼈다. 아득한 갈망이 계속 그녀를 괴롭혔으나, 너무 멀리 있었고, 이제 붙잡기도 어려웠다. 그녀의 손이 베개 밑을 살살 더듬었다. 지폐의 감촉이 좋았다. 그녀는 황혼의 그림자들이 짙어지는 걸 지켜보았다. 또다른 밤이 시작되고 있었다.

* * *

그는 기다렸다. 왜 기다리는지, 무얼 기다리는지도 모르는 채 기다렸다. 그가 붓을 씻고 아침을 위해 물건들을 정리하면서 내는 소리만이 밤의 정적을 깼다. 물감은 말랐고, 그는 전등을 하나만 남기고 다 끈 후 다시 그림에 시선을 돌리고 자신의 천사들의 완전함을 보았다. 그가 침대에 누웠을 때 정적을 깨는 바스락거림은 없었고, 그의 살결을 더듬는 손길도 없었다. 그는 잠을 자면서도 여전히 기다렸지만, 꿈속에서 오직 천사들만이 자신에게 위안이 되어준다는 걸 알았다.

겨울의 목가

메리 벨라는 처음 잠에서 깼을 때는 기억을 못했다가 잠시 후 생각이 났다. 그가 오지 않았다. 역에 나간 우즈에게서 전화가 왔는데 기차가 연착한다고 했다. 그때쯤이 거의 열시였고 그녀는 소파에 앉아 기다리다가 잠이 든 게 분명했다. 침실로 올라간 기억이 없었다.

빛을 보니 너무 이른 시각이었다. 반쯤 열린 창문으로 들어오는 공기가 차가워서 그녀는 이불을 끌어올렸다. 만일 그가 왔다면, 그를 맞이할 준비에 그녀도 한몫 거든 그 방, 그녀가 꺾어 온 프림로즈가 화병에 담겨 화장대에 놓인 그 방에 있을 것이다. 그녀는 그가 왔는지 궁금했다.

그녀가 도로 잠들었다가 꾼 꿈에서는 그가 오지 않았고, 기차 연착은 잘못 알려진 소식이었으며, 역에서 혼자 돌아온 우즈가 그 기차에서는 낯선 사람이 한 명도 내리지 않았다고 말했다. 하지만 아침식사실로 내려가 문간에서 귀기울여보니 모르는 목소리가 들렸다. "누군지

맞혀볼 필요도 없겠지!" 그녀가 안으로 들어서자 그가 손을 내밀어 악수를 청하며 말했다. 여름을 함께 보내게 될 거라고, 나중에 그가 교실에서 말했다. 그들에겐 할일이 많았다.

육아실에서 처음 수업을 받게 되면서 그곳을 교실이라고 부르기 시작한 건 그녀였다. 우즈가 칠판으로 쓸 석판을 구해 왔으나, 과목마다 따로 준비된 연습장을 쓰면 되어서 칠판이 꼭 필요하진 않았다. 메리 벨라는 그 여름에 열두 살이었고, 9월이면 열세 살이 되었다.

그는 푸른 스웨터와 그녀의 어머니가 에어텍스라고 부르는 직물로 된 푸른 셔츠, 트위드 넥타이, 능직 바지를 입었다. 그녀의 어머니는 그가 〈바람과 함께 사라지다〉에 나온 레슬리 하워드를 닮았다고 했고, 아버지는 그 친구가 메리 벨라를 에벌린스코트 학교에 넣어줄 거라고 장담하며 그가 여기 존재하는 목적이 바로 그거라고 했다. "오늘 공부는 이 정도면 충분해." 그는 날마다 정오에 그렇게 말했고, 그다음엔 둘이 농장을 둘러보았다. 그러다 오후에 말을 타고 월리 에지로 갔고, 가끔 스틸 펠까지 가기도 했으며, 그래턴 무덤까지 걷기도 했다. "굉장히 히스클리프적인데." 황무지에서 말을 타고 경주를 벌이는 사람들을 보고 그가 말했다. 그녀는 그 말이 무슨 뜻인지 알아듣지 못했다. 산책을 나갔다가 돌아오는 길에는 그가 책을 읽어주었는데, 무슨 책이냐에 따라 그녀가 읽어주기도 했다. 그녀는 그 여름이 끝날 수밖에 없다는 것이 슬펐다. 그는 그 여름이 결코 끝나지 않을 거라고, 기억이 그걸 허락하지 않을 거라고 말했다.

* * *

당시 스물두 살이었던 앤서니는 특별할 것 없는 대학생활을 마친 후 뭘 해야 할지 모르던 차에, 시골로 내려가 아이를 가르치는 일에 몇 개월을 바치는 것이 아무것도 안 하는 것보다 나으리라고 생각했다. 그가 구인 광고에 답한 뒤 받은 교양 있는 필체의 편지에는 그 일을 맡게 될 경우 직면할 불편이 숨김없이 나열되어 있었다. 우리는 황무지와 가까운 외진 곳에 살고 있습니다. 여기 오시면 고독감에 시달리게 될 수도 있습니다. 하지만 막상 가보니 위치도 편지에서 암시된 것처럼 그렇게 험하진 않을뿐더러 집—올드 그레인지라고 불리는—도 그가 상상했던 것보다 웅장하고, 농장도 번창했다.

앤서니는 그곳에 익숙해지면서 그 집이 좋아졌고, 메리 벨라도 마음에 들었다. 나이에 비해 자그마한 그녀는 재치 있고 즉흥적이었으며, 미소와 웃음이 많고, 벌써 얼굴에 아름다움이 깃들기 시작했으며, 태도에서는 어린아이의 구김살 없는 매력을 보였다. 교실에서 그녀는 따분한 지리학, 기하학의 재미없는 직선들과 사다리꼴의 우스꽝스러운 모양을 싫어했다. 역사는 그녀의 상상력을 사로잡았고, 시는 쉽게 배웠으며, 철자법과 어휘에는 재능이 있었다. 날씨가 따뜻하고 비가 거의 내리지 않은 그 여름에 그녀는 앤서니에게 연정을 품게 되었고, 그녀의 사랑을 거부할 수도 모른 척할 수도 없었던 그는 9월이 왔을 땐 스스로 인정하는 것보다 더 마음이 흔들렸다.

메리 벨라의 열세번째 생일 다음날, 그는 황무지로의 소풍들, 그녀와의 대화들, 그녀가 이름을 알려준 새들, 그가 일손을 보탠 건초 만들기, 한 가족의 친절 외에도 아주 많은 것들을 뒤로하고 올드 그레인지를 떠났다. 그는 자신이 그곳에 남겨두고 떠난 것—이를테면 메리 벨라가 말해온 슬픔, 이윽고 마지막날이 와서 그들이 서로에게 작별을 고할 때 그녀의 눈동자에 어렸던 절박감—을 영원히 잊을 수 없으리라 생각했다. 하지만 앤서니는 잊었다. 그러는 게 낫겠다는 생각으로 억지로 잊었다.

* * *

메리 벨라는 에벌린스코트 입학시험을 무난히 통과했지만, 어머니가 그 학교에 다닐 때처럼 그곳에서 행복한 시간을 보내진 못했다. 집 교실에서의 여름이 자꾸만 떠올랐고, 에벌린스코트에는 그런 게 없었다. 그녀는 그 여름에 대해 아무에게도 이야기하지 않았고 그러고 싶지도 않았다. 방학 동안 집에서 지내며 앤서니와 함께 말을 타고 갔던 곳들에 홀로 다녀오거나 교실에서 잉크 얼룩이 묻은 테이블에 방학 과제용 책이나 다른 책들을 아무렇게나 펼쳐놓고 혼자 앉아 있을 때마다, 자신의 감정을 숨겼다. 그녀는 다시는 앤서니를 볼 수 없다는 건 받아들였지만 잔 다르크, 그가 '고독한 여왕'이라고 불렀던 엘리자베스 튜더, 샤를마뉴대제, 마리 앙투아네트에 대해 이야기하는 그의 목소리만은 여전히 남아 있었고 앞으로도 늘 그럴 것 같았다. 그 목소리는 그녀를 궁정 재판소의 세계로 이끌었고, 돌코트 물방앗간*과 와일드

* 조지 엘리엇의 소설 『플로스강의 물방앗간』에 등장하는 물방앗간 이름.

펠 홀*에 데려다주었으며, 하워스 목사관**을 생생하게 되살렸다.

* * *

앤서니는 지도제작자가 되었는데, 즉시 흥미를 갖고 몰두하게 된 그 일, 알고 보니 그가 기술과 재능을 모두 갖춘 그 일에 더 일찍 매료되지 않았던 것이 스스로도 놀라울 정도였다. 그는 올드 그레인지에서의 여름 몇 년 후 한 파티에서 날씬한 금발 여인 니콜라를 만났고, 둘이 서로에 대해 더 잘 알게 되면서 니콜라는 그의 해외 출장에 동행했다. 그녀는 그를 위해 아브루치***의 지도에 표시되지 않은 지역과 아프리카의 지도에 없는 새 마을들, 재건된 독일, 영국의 고속도로가 옛길을 영원히 바꿔놓은 곳들을 사진에 담았다. 이윽고 두 사람은 결혼했다. 두 아이—딸들—가 태어났고, 런던 근교의 녹음이 우거진 반스에 집을 장만했으며, 만족스러운 엄마 노릇과 앤서니의 헌신에 활짝 피어난 니콜라의 미모는 전에 없던 조용한 자신감을 얻었다. 앤서니는 혼자 출장을 다녔고, 떠날 때보다 돌아올 때 더 기뻤다. 출장에서 돌아올 때마다 아이들은 조금씩 달라진 듯했고 그의 작은 가족이 지닌 또하나의 면이 전보다 더 큰 의미를 지니게 되었다. 그의 부재는 사랑을 계속 생생하게 해주었고, 아이들의 활동에 대한 관심도 늘 함께 지냈더라면 시들해질 수도 있었겠지만 결코 그렇게 되지 않았다. 토요일이면, 그주에

* 앤 브론테의 소설 『와일드펠 홀의 소작인』에 등장하는 저택 이름.

** 브론테 자매의 생가.

*** 이탈리아 중부의 주.

아이들이 말을 잘 들었을 경우, 리치먼드 파크에 놀러갔다가 메이즈 오브 오너에 가서 차를 마셨다. 일요일에는 니콜라의 어머니가 아이들을 데려가서 돌봐줬는데, 니콜라의 어머니는 과도한 애정이 아이들을 그르칠까 조심했기에 아이들은 그런 해를 입지 않은 상태로 집에 돌아왔다. 우리 네 식구는 얼마나 복이 많은지! 앤서니와 니콜라가 자주 하는 말이었다. 그들은 다른 사람과 결혼했더라면 어떤 삶을 살았을지, 아이들은 얼마나 달랐을지 궁금하지 않았다. 서로와 결혼한 것이 그들이 원한 일이었고 둘 다 그 이상은 원하지 않는다는 걸 아는 것으로 충분했다. "아이들에게 올드 그레인지 이야기 들려줘." 니콜라가 종종 졸라댔고, 그러면 앤서니는 딸들을 위해 기억을 되살리곤 했다. 딸들은 늘 귀 기울여 들어주었고, 니콜라도 마찬가지였다. 그건 그 이야기가 너무 아름답기 때문이라고 니콜라는 말했고, 딸들도 동의했다.

* * *

메리 벨라의 어머니가 예순번째 생일 아침에 병도 없이 갑자기 세상을 떠났다. 당시 스물네 살이었던 메리 벨라는 에벌린스코트에서 돌아와 올드 그레인지에 살고 있었고, 그곳 생활에 만족했다. 그녀는 아주 자연스럽게 어머니 자리를 대신했지만, 아버지는 딸의 존재가 주는 안락함과 편리함에도 불구하고 느닷없이 닥친 비극을 받아들이지 못했다. 그는 끝내 쾌활함도, 집과 농장에 대한 애정도 되찾지 못했다. 음울한 기분으로 술을 조금 마시고 빼앗긴 행복을 찾아다니기라도 하듯 말을 타고 무모하게 황무지를 달리는 습관이 생겼다. 그러던 어느 날 그는 돌아오지 않았고 그의 말이 혼자 돌아온 후에야 발견되었다. 심각한 낙마 사고였지만, 어쩌면 원하던 걸 이루었는지도 몰랐다. 그는 영영 의식을 회복하지 못했다.

메리 벨라는 올드 그레인지를 팔고 새 주인에게 말들과 소규모의 농장 일꾼들, 샤롤레종種 소들과 수천 마리 양들을 넘길 수도 있었다. 하지만 그녀는 그곳을 지켰고, 아버지의 죽음 이후 쓸쓸했던 몇 달 동안 어렸을 때처럼 교실에 앉아 이제 노견이 되어 눈이 보이지 않는 유일한 친구 스패니얼과 함께 시간을 보내곤 했다. 그녀는 자신이 과거 속에 살고 있으며 과거는 늘 거기, 그녀 주위에 있고 자신은 과거의 일부로 존재할 것임을 알았다.

* * *

얼마 후 앤서니가 요크셔 황무지를 다시 찾게 된 건 감상에 이끌려서가 아니었다. 우연히 일 때문에 그곳에 가게 되었고, 어느 날 아침 월리 에지에서 멀지 않은 곳에 있는 자신을 발견한 그는 호기심어린 충동에 이끌려 올드 그레인지에서 일 마일도 떨어지지 않은 곳에 차를 세웠다. 그는 담으로 둘러싸인 정원과 농장 건물들을 빙 둘러 걸었다. 그곳엔 정적이 감돌았고, 그 고요함은 그의 기억 속에 살아 있는 농장 마당의 달그락거리는 소리, 서두름, 부산함과 대조를 이루었다. 그는 자신이 그 집을 그냥 지나치는 이유를 알지 못한 채 아직 기억에 남아 있는 통행로를 따라갔다.

4월 초의 그 아침은 화창했다. 황무지에는 양들뿐이었다. 달리는 말들도 없었고, 그래턴 무덤으로 올라가는 고독한 형상—먼 곳에서의 움직임—도 없었다. 앤서니는 계속해서 걸음을 옮기며 자신이 그 형상을 보게 될 걸 기대했음을 깨달았다. 그는 그녀와 함께 걷다가 쉬었던 장소들, 자신이 『폭풍의 언덕』을 읽어주거나 그녀가 『종소리』*의 한 페이지를 읽는 걸 듣거나, 프랑스어로만 대화해야 한다고 주장했던 곳들을 기억했다.

그는 스틸 펠에 이르기 전에 돌아섰다. 그의 기억이 무심한 선택에 따라 그를 잘못 인도한 것이다. 황무지에서 말들이 달리는 광경을 본 건 단 한 번뿐이었다. 오늘 이 시간에 말들이 있을 것 같진 않았고, 오래전에 그가 가르쳤던 아이도 너무 외진 그 집을 분명 떠났을 터였다. 그는 돌아서서 오던 길을 되밟아 걷다가 잠시 망설인 후 집으로 이어지는 가로숫길의 두 회색 기둥 사이를 지났다.

크고 넓은 정문은 늘 그랬던 것처럼 햇볕에 색이 바래서 다시 칠이 필요했다. 그는 문 두드리는 쇠고리나 초인종이 달려 있지 않고 밤에만 잠그는 옆문으로 갔다. 문을 밀어서 열자 여전히 같은 그림—서커스 링 위의 공중그네 곡예사들—이 주방과 식기실로 통하는 길고 추운 복도의 한쪽 벽을 장식하고 있었다. 사람들의 웅얼거림과 함께 간간이 나이프나 포크 내려놓는 소리가 들려왔다. "실례합니다." 앤서니가 외쳤고, 그의 목소리에 모든 소리가 멈췄다.

식탁에 둘러앉은 얼굴들은 첫눈엔 낯이 설었다. 예닐곱 명쯤 되는 남자들과 푸른 원피스 차림의 왜소한 검은 머리 여자가 그를 돌아보았다.

* 찰스 디킨스의 중편소설.

"실례합니다." 그가 다시 말했고, 여자가 일어섰다. 그는 그녀가 메리 벨라임을 단박에 알아보았다.

"어머, 세상에!" 그녀가 그를 반갑게 맞이했고, 나이든 남자 두 명이 일어섰는데 그는 그들도 알아볼 수 있었다. 그들이 그에게 고개를 끄덕여 보였고 그는 그들과 악수를 나눴다.

"점심 먹으러 왔군요!" 메리 벨라는 그가 잊지 않은 태도로 즐거워했고, 그녀의 갑작스러운 웃음이 얼굴에 넘쳐흐르며 이목구비에 생기를 불어넣었다. 전에는 길어서 가끔 땋기도 했던 머리는 단정하게 뒤로 넘긴 모습이었다.

"어떻게 지내셨어요, 선생님?" 일어섰던 두 남자 중 하나가 그를 위해 의자를 빼주었다.

"양 정강잇살이에요." 메리 벨라가 접시에 고기를 담아주며 말했다.

일꾼들이 식사를 마쳤다. 나이든 두 남자가 그와 함께했던 과거를 회고했다. 추억담이 끝난 후 그들은 다시 그와 악수를 나눴고 모든 일꾼들이 동시에 나갔다.

"아이코." 메리 벨라가 역시 그의 기억에 남아 있는 시선을 보내며 말했다.

* * *

앤서니는 런던으로 차를 몰고 돌아가며 자신이 왜 그렇게 오래 머물렀는지 의아하지 않았다. "우리 조금만 걸어요." 메리 벨라가 애원했고, 그러는 게, 전에 거닐었던 곳들을 함께 걷고 그녀가 그를 교실로 데려가고, 그럴 의도는 아니었지만 몇 시간을 머무는 게 자연스러운 일로 느껴졌다.

그는 그녀의 어머니가 죽고 금세 아버지까지 세상을 떠났다는 이야기를 들었다. 거부할 수 없는 걸 물려받는 것이 하나뿐인 자식의 운명이라고 메리 벨라는 말했다. 그건 불평이 아니었다. 그녀의 목소리엔 불만이 들어 있지 않았고, 다른 자식이 없기에 자신이 모든 걸 소유해야만 하는 게 코미디라도 되는 것처럼 미소를 지으며 말했다. 그녀는 예전에 그랬듯이 미소를 자주 지었다. 웃음도.

"궁금했어요." 그녀가 말했다. "과연 선생님이 다시 찾아올지 말이에요."

그녀가 차를 내왔는데 예전과 같은 꽃무늬 도자기 찻잔이었고, 케이크도 그녀의 어머니가 가장 즐겨 만들던 것이었다. 그는 지도제작자가 되었다고 말해주었다.

아까 식탁에 앉아 있지 않았던 남자가 들어왔고, 앤서니는 기차가 너무 늦게 도착했던 그날 밤 플랫폼의 흐릿한 불빛 아래 자신을 기다리고 있던 남자의 그 야위고 어리둥절한 얼굴을 알아보았다.

"차를 봤어요." 우즈가 변함없는 어리둥절한 목소리로 말했다. "혼잣말로 이건 누구 차야, 그랬다니까요."

고속도로가 싫증난 앤서니는 샛길로 빠졌다. 멜턴 모브레이 근처 마을에 들러 호텔 바에서 한 잔 마셨다. 한 잔을 더 마시자 운전을 하고 싶지 않아서 거기서 하룻밤 묵었다. 그는 창문들이 덜컹거리지 않도록 쐐기로 고정하고 벽난로 안의 불을 붙이지 않은 불쏘시개에 검댕 얼룩들이 있는, 예전 모습을 그대로 간직한 교실 꿈을 꾸었다. 버드나무 새

하얘지고, 사시나무 몸을 떠네, 산들바람 어스름에 몸서리치네.* 메리 벨라가 그를 위해 시를 낭송해주었다. 어느 날 밤 그녀의 아버지가 밤에 자고 있는 그를 깨워, 소가 새끼를 낳고 있는데 도움이 필요하다고 말했다. 송아지가 태어난 후, 그들은 새벽까지 위스키를 마셨다. 현관 테이블 위에는 늘 뜯지 않은 편지들이 흩어져 있었다. 맞지 않는 시계들이 곳곳에 걸려 있었다.

아침에 앤서니는 그곳에 다시 가보지 말았어야 했다는 걸 알았다.

* * *

편지 한 통이 왔는데, 봉투 글씨가 그의 필체였다. 그녀는 혼자 있을 때 읽으려고 편지를 경대 위에 기대어 세워두었다. 그가 돌아온 날 그녀는 그에게 이렇게 고백했다. "전 선생님이 인내심이 강한 분이라고 생각하지 않았었는데, 그게 아니었던 모양이에요."

그녀는 언젠가 그가 인내심은 가치 있는 것이라고 말했던 걸 기억하고 있었고, 그의 편지를 그 자리에 두고 저녁때까지 기다리면서 그 말이 옳은 것 같다고 생각했다. 이윽고 그녀는 편지를 읽었다. 너를 다시 보니 기분이 얼마나 묘한지. 난 과거의 시간은 과거로 남아 있어야 하는 건지도 모른다고 생각하며 그 집을 지나쳐갔어. 하지만 다시 마음을 바꾸지 않았더라면 나 자신을 용서할 수 없었을 거야.

그녀가 친절했다고, 편지에 쓰여 있었다. 네 가족의 친절함이 고스란히

* 앨프리드 테니슨의 시 「샬럿의 여인」의 일부.

남아 있었지. 그녀는 그가 어디 사는지 궁금했다. 그가 말해주지 않았고, 편지 주소도 런던으로만 되어 있었다. 그는 누군가와 결혼했다. 그는 그 말 역시 하지 않았지만, 그녀는 알 수 있었다. 그녀는 그에게 아이들이 있는지 궁금했다.

그 편지는 소중했고, 그녀는 편지를 그가 접은 그대로 다시 접어서 간직해두었다. 그녀가 답장을 할 수 없는 건 문제가 되지 않았다. 그가 돌아왔던 것이다.

* * *

앤서니가 벌인 일이 아니었다. 그 일은 다른 일, 그동안 불가능했으나 이제 불가능하지 않게 된 일의 일부였기에 벌어진 것이었다. 그는 자신에게 그렇게 말했으나, 달라질 건 없었다. 그 모든 걸 밀어내고 싶었지만 그럴 수가 없었다. 이미 너무 많은 것들이 존재했다. 그녀와 함께 다시 황무지를 걸은 이후로, 그다음에 주방에서 그녀가 차를 끓인 이후로, 그들의 교실에서 그가 그녀를 원한 이후로 너무 많은 것들이 너무 많은 순간들을 물들인 것이다.

황무지는 넓다, 그는 그 사실을 상기했다. 거기 가서 홀로 걸으며 먼 발치에서 집을, 농장을, 그리고 이따금 혼자 말을 타고 달리는 사람을 보면 된다. 있을 수 있는 일이었다.

하지만 그곳으로 돌아간 앤서니는 곧장 집으로 갔고, 그후론 늘 그렇게 했다.

* * *

니콜라는 당혹감을 안고 살았고, 당혹감을 안고 사는 것이 대단한 일은 아님을 알고 있었다. 그런데도 아침에 잠이 깨면 마음이 불안했고 생각을 하고 싶지가 않았다. 낮에 혼자 있을 때면—청소를 하거나, 요리를 하거나, 쇼핑을 하면서—늘 쉽게 찾을 수 있었던 평온을 찾으려 했지만 뜻대로 되지 않았다. 그녀는 자신이 두려워하는 것이 그저 의혹일 뿐이라고 믿으려 애썼지만, 그런 노력도 수포로 돌아갔다. 불안감은 물러나지 않았고, 두려움도 여전히 남아 있었다.

* * *

그래턴 무덤은 길고 판판한 돌로 표시되어 있었다. 한때 작은 언덕을 이루었으나 이제는 주위의 잔디밭과 거의 비슷한 높이가 된 무덤 위에 반쯤 쓰러지다시피 비스듬히 서 있는 그 돌에는 글자가 새겨져 있지 않았다. 황무지에서 반갑지 않은 무시무시한 모습으로 고독한 광기를 내뿜는 이 주인 모를 무덤은 전설에 따르면 어느 고대 족장의 것이었다.

"과거는 남아 있지." 앤서니가 말했고, 메리 벨라는 그가 비문이 새겨지지 않은 돌이 주는 영감이 아니라 그들의 과거에 대해 이야기하고 있다는 걸 알았다. 그들의 생각은 말로 표현되기 전에 서로에게 전해지곤 했다. 그가 아닌 다른 사람이 그의 다른 삶을 살아온 것이다. 그들은 침묵 속에서 그런 환상을 나눴다.

8월의 연파랑 하늘엔 구름 한 점 없었고, 그날은 메리 벨라가 아는 그 어느 날보다 아름다웠다. 무덤 주위의 풀은 양들에게 뜯겨 짧고 탄력적인 모습이었고, 양들이 남기고 간 이질풀 덤불이 다시 무성해져 있었다. "올여름도 얼마나 좋은지 몰라요." 메리 벨라가 말했다. "선생님이 오늘 다시 와서 얼마나 좋은지 몰라요."

목가, 언젠가 그가 그녀에게 써준 그 단어를 그녀는 늘 사랑했었고, 지금은 그 어느 때보다 더 사랑했다. 그는 행복이라는 단어도 써주었다. 그가 다시 온 후로 그들은 그 집에서 함께 살게 될 거라는 말을 하지 않았고 지금도 그런 말은 없었다. 그러나 그들은 그렇게 될 것임을 알았다. 그 집, 그 황무지는 그들이 함께 속한 곳이었으니까.

* * *

죽음 같은 정적이 흐르던 어느 일요일 오후에 앤서니는 한때 사랑했던 아내에게, 그녀에겐 변함이 없는 그들의 결혼생활이 이제 그에겐 실수가 되었노라고 말했다. 그는 정원에서, 아이들이 할머니 댁에 가서 한 시간 이상 지나야 돌아올 이 시간을 골라 그녀에게 조용히 말했다. 정원의 포장된 부분이 좁아서, 그들이 앉아 있는 덱체어들은 가까이 붙어 있었다.

"충격이겠지." 그가 말했다. "나도 알아." 그가 손을 내밀었고 그녀가 그 손을 잡았는데, 그녀는 자신이 무얼 하고 있는지 깨닫지 못하는 듯했다.

가을이 왔고, 가을 햇살은 실망스러운 여름을 견딘 후의 보상과도 같았다. 교외 지역의 나뭇잎들은 아직 시들지는 않고 생기와 초록빛이 약해진 상태였다. 이제 곧 오후에 저녁 어스름이 찾아들 거라고, 니콜라가 그날 그 시간에 앞서 말했었다.

그녀의 무릎 위에 책이 펼쳐져 있었고, 그녀는 떨어뜨린 서표를 찾아 책갈피에 끼웠다. 그녀는 앤서니의 고백에 아무 대답도 하지 않았고 지금도 말이 없었다. 그는 그녀가 작은 화단들 사이를 돌아다니며 여기저기서 잡초도 뽑고 어제까지만 해도 꽃이 피지 않았던 갯개미취를 내려다보는 모습을 지켜보았다. 덱체어로 돌아온 그녀가 자신도 이미 알고 있었다고 말했다. 자신이 틀렸기를 바라는 것처럼 가장했지만 그런 희망을 가져선 안 된다는 걸 알고 있었다고.

"지금은 더이상 아무 말 마." 그녀가 애원했다. "제발. 아직은."

그녀는 방금 꺾어 온 개밀 잎사귀를 손가락에 감았다. 자신이 시간을 너무 오래 끌었다고 앤서니는 생각했다. 시간을 너무 오래 끄는 바람에 상황이 더 나빠졌다고.

개밀 잎사귀를 부주의하게 만지다가 손가락을 베인 그녀는 잎사귀를 던져버렸다. 그녀가 베인 손가락을 입술에 댔고 그가 뭘 좀 가져다주겠다고 했다. 그녀는 고개를 저었다.

"미안해." 그가 말했다.

그녀는 다시 책을 펼쳤다. 그는 그녀가 떠나지 말라고 애원할 줄 알았는데, 그녀는 그러지 않았다. 그녀는 어떤 식으로도 애원하지 않았고, 눈물을 보이지도 않았다. "미안해, 니콜라." 그가 다시 말했다.

그에게 요구한 침묵을 아직 얻지 못한 그녀는 페이지가 넘어가지 않은 책에서 시선도 들지 않은 채 고개를 저었다. 자동차 문이 요란하게 닫히는 소리가 들리더니 아이들이 엄마 아빠를 소리쳐 부르며 정원으로 달려들어왔다. 어밀리아 아홉 살, 수지 다섯 살.

* * *

가을은 해마다 그랬듯이 황무지를 가로질러 부는 매서운 바람과 함께 왔다. 양들은 옹송그리며 모여들고, 개울들과 소택지는 얼어붙었다. 눈이 왔다.

하지만 햇살과 함께 시작된 목가는 여전히 그곳에 머물렀다. 한가로운 날들은, 이제 날이 짧아지긴 했지만, 그 즐거움을 고스란히 간직하고 있었다. 앤서니는 이제 익숙해져서 흥미가 반감된 여행을 시작하기 위해 굳이 차를 몰고 올드 그레인지를 떠나지 않았다. 그의 책들이 반쯤 비어 있던 책장들을 채웠고, 컬러 잉크들과 펜들은 교실 테이블 위에 그의 기호에 맞게 정리되었다. 그의 첫 작품인 키시너우* 지도가 액자에 담겨 벽을 장식했고, 그의 옷들은 전에는 그녀의 것이었다가 이제 그들의 것이 된 옷장에 그녀의 옷들과 나란히 걸렸다.

그녀의 삶은 그의 삶보다 변화가 적었다. 여전히 매주 일꾼들 임금을 줘야 했고, 그들의 점심식사를 차려줘야 했으며, 어머니의 로스트와 스튜 속성 요리법을 활용했다. 그녀는 농장 회계도 여전히 스스로 관리했다. 농장을 책임지고 맡아서 일이 제대로 돌아가게 하고 달라진 시대에 꼭 필요한 변화들을 이루었다. 설거짓거리가 너무 많이 나

* 동유럽에 위치한 몰도바공화국의 수도.

오는 점심때 사용하는 식기세척기는 다른 현대적 도구들처럼 바쁜 일손을 덜어주었다. 아가*도 이제 전자식으로 바뀌어 집이 한결 따뜻해졌다. 메리 벨라가 고독했던 시기에 동무가 되어주었던 개는 또다른 존재를 의심했지만, 그건 문제가 되지 않았다. 아무것도 문제될 게 없었고, 날들이 주로, 달로 물 흐르듯 바뀌어가는 동안 앤서니나 메리 벨라는 전에는 경험하지 못했던 시간을 보냈다. 그리고 둘 다 그들이 함께 누리고 있는 그 만족감을 깨뜨릴 수 있는 건 아무것도 없다고 믿었다.

하지만 11월이 끝났을 때, 메리 벨라는 아침 식탁에서 푸른색의 깔끔한 필체로 주소가 적힌 편지 한 통을 앤서니에게 건넸다. 처음 보는 필체였지만, 그녀는 그의 아내가 보낸 편지임을 단박에 알 수 있었다. 그녀는 앤서니가 단정한 글씨로 채워진 한 장짜리 편지를 읽는 걸 지켜보았다. 그는 편지를 두 번 읽은 후 그녀에게 건넸다. "할 수 있는 게 없어." 그가 한 말은 그게 다였다.

그의 두 아이 중 맏이가 음식을 거부하고 있다는 것이었다. 그 이유는 따로 밝혀져 있지 않았지만, 메리 벨라는 충분히 짐작이 갔고 앤서니 역시 그렇다는 걸 알 수 있었다.

그들은 그날 아침, 그리고 종일 그 편지 이야기는 하지 않았다. 앤서니가 편지를 챙겨 갔고, 메리 벨라는 그가 응접실 벽난로 불을 피우면서 태워버렸으리라 생각했다. 그녀는 다시는 그 편지를 볼 수 없었다.

편지 내용은 그렇게 쉽게 회피할 수가 없었다. 둘 다 그걸 알았고, 다음날 아침 우편물이 도착했을 때 거기 또 푸른색 글씨가 있었다.

---

* 영국산 레인지 겸 히터의 상표명.

"병원에 입원시켰다는군." 앤서니가 편지를 읽으며 말했다. "지켜보기 위해서, 라네."

메리 벨라는 그에게서 편지를 건네받았다. 그가 말해준 것보다 많은 내용이 들어 있었지만 별건 없었다. 그녀는 아침 먹은 식기들을 치웠다. 그는 커피를 더 따랐다. 그가 말했다. "지켜볼 게 뭐 있어. 새롭게 밝혀질 것도 없는데. 이미 다 아는 일인데."

아이가 아버지의 부재로 인한 고통을 견딜 수 없었던 것이다. 그래서 처음엔 침묵했다가, 그다음 며칠 동안은 종일 울었고, 그다음엔 굶기 시작했다. 병원에서 당신에게 즉시 알려야 한다고 해서. 그 깔끔하고 둥근 글씨체가 그렇게 기록하고 있었다.

그가 가족을 떠나던 날, 수지는 그의 책들을 차로 나르는 걸 도왔다. 몇 분마다 현관에서 책을 한 무더기씩 들고 그를 따라왔다. 어밀리아는 아무 말도 하지 않았다. 방에서 나오지도 않았다. 하지만 시간이 지나면 괜찮아질 거라고, 그는 생각했다.

* * *

병원에서는 아이가 극단적인 고통에 대해 보이는 반응의 하나로 특별히 이례적인 일은 아니라고 했다. 의료진은 낙관적이고 용기를 북돋워주었으며, 앤서니가 아이 곁으로 가면서 그전에는 나아지는 것 같다가 도로 나빠졌던 데 반해 이번에는 안정적으로 회복되었다. 결국 어밀리아를 차에 태워 집으로 데려간 건 그였고, 애초에 의도했던 것보다 오래 집에 머물게 되었다. 그는 아래층 소파에서 자면서 밤에는 사랑하는 딸의 졸린 얼굴을 보기 위해 딸의 방에 자주 올라갔다. 딸은 노인처럼 지친 얼굴을 하고 있었지만 그의 입술이 이마에 닿을 때마다 눈을 떴고 가끔 미소를 짓기도 했다. 어밀리아는 힘들게 태어나긴 했지만 자라면서 애를 먹인 적은 없었다. 그는 일주일 넘게 집에 머물렀고, 그동안 어밀리아는 문제를 일으킨 것에 대한 충분한 보상을 해주었다. 어밀리아는 지도제작자가 되고 싶다고 말해서 앤서니를 기쁘게 해주었다. 그는 이해했고 용서하고 있었다. 아이와 함께 있을 때 화가 나지 않았다.

하지만 그가 차를 몰고 올드 그레인지의 뜰로 들어선 지 사흘 만에 어밀리아가 다시 단식을 시작했다는 소식이 전해졌다.

* * *

메리 벨라는 지금 벌어지고 있는 일에 대해 곱씹어 생각하지 않으려고 애썼다. 그녀는 훈수를 둘 처지도 아니었거니와 아무런 대책도 생각나지 않았다. 그들에게 닥친 상황의 영향하에 있으면서도 외부자로 머물러야 했기에 마음이 불편하고 혼란스러웠다. 자신이 버린 가족에 대해 거의 아무 말도 하지 않았던 앤서니는 이제 그 이야기를 해도 자신의 처지에서는 그래야만 한다고 여기는 듯 냉정한 목소리를 냈다. 아직 그와 혼인 관계에 있는 그의 아내에 대해 메리 벨라가 아는 건 이름과 푸른색 잉크로 편지를 쓴다는 것, 볼펜이 아닌 만년필을 사용한다는 것 정도였다. 올드 그레인지에는 그녀의 사진이 없었고, 메리 벨라는 그들 사이에서 태어난 두 아이의 사진도 본 적이 없었다. 집에 대해서는 몇 번 언급되었지만 어디에 있다는 이야기가 다였다.

그렇듯 거의 아는 게 없는데도, 이미지들이 떠오르고 목소리들이 들려왔다. 예전에 교실에서 잔 다르크가 말을 타고 전장으로 달려갔던 것처럼, 엘리자베스 튜더의 높이 솟은 멋진 목깃에서 귀한 보석들이 반짝였던 것처럼, 그렇게 이제 그림자들은 그림자 이상의 것이 되었다. 너무도 잔혹하게 너무도 자주 내리쳤던 검, 피의 수렁 속으로 굴러간 머리들, 배반의 음모들이 그들 자신의 드라마를 통해 현실이 되었다.

그의 것이었던 방은 이제 누구의 것도 아니다. 책꽂이들은 비고, 서랍들은 가벼워지고, 그의 의자는 구석에 있다. 그 가정은 버려졌지만, 벽의 그림들과 카펫의 무늬들은 변함이 없고, 테이블 위 물건들도 마찬가지다. 아이가 다시 입원한다.

* * *

바람이 윙윙대며 흐느꼈고, 돌풍이 거세게 휘몰아쳤다. 황무지에서는 대화가 사라졌다가, 다시 시작되었다가, 다시 사라졌다. 메리 벨라는 추위를 막기 위해 투박한 농장 옷을 입고 있었는데, 거친 트위드와 허름한 코듀로이가 앤서니에겐 여전히 어린애 얼굴처럼 보일 때가 많은 섬세한 이목구비를 더 돋보이게 했다. 메리 벨라를—그녀의 정신, 본성, 웃음, 그리고 슬픔까지—두 번 알게 된 그는 다시금 그녀가 아주 특별하다고 생각했고, 두번째는 연인들이 서로에게 느끼는 감정이었다.

하지만 이 모든 것 안에는 늘 그랬듯이 앤서니의 본능이 들어 있었다. 메리 벨라를 괴롭히는 그런 수난을 그 자신은 스스로에게 절대 허용하지 않았다. 그의 방식은 억누르고, 감추고, 보호받는 것이었다. 그가 이끌린 지도제작자의 세계는 합리적이고 이해 가능했으며, 상상력의 방해를 받지 않았다. 그는 그 일의 정확성과 정밀성을 즐겼으며, 그 일이 그에게 원하는 대로 만들고, 목적이 없는 건 버렸다.

"우리는 여기 있어, 우리는 함께 있어." 그가 혹독한 추위에 시달리며 말했다. "우린 결과들과 함께 살고 있어. 그래야만 하고, 그럴 수 있어."

* * *

메리 벨라는 그들이 그럴 수 있을지 의아했다. 그가 돌아왔을 때, 그가 그녀를 소리쳐 부르고 그녀가, 다른 모든 사랑은 거부한 채, 변함없는 모습으로 거기 있었을 때, 완전함은 시작되었다. 그런데도 그 기억은 이제 두려움처럼 느껴지는 불안을 불러왔다.

풍경에 흰 얼룩들을 만들던 눈이 폭설로 변했다. 멀리 있는 월리 에지의 형체가 희미해졌고 그들은 그곳을 향해 더이상 나아가지 않았다.

"선생님이 상상하는 법을 가르쳐줘서 얼마나 좋은지 몰라요." 메리 벨라가 속삭였다. 그녀의 부드러운 어조는 그녀의 의견에 담긴 아이러니를 제대로 전달하지 못했다. 하지만 자신의 말이 바람에 흩어져도 그녀는 그 말을 되풀이하지 않았다. 그녀에게 더 강하게 요구된 건 먼 길을 걸어 돌아올 때의 조용한 메아리, 아직은 제 존재를 공표하지 않을 암시였다.

그들이 도착했을 때 농장 마당은 고요했고, 일꾼들은 이미 집으로 돌아간 뒤였다. 빈집은 따뜻했고, 눈먼 개가 기다리고 있었다.

* * *

며칠 동안 내린 눈은 바람에 날려 눈더미들을 이루고, 헛간들 지붕과 창턱과 얼어붙은 유리창을 덮었으며, 빗물통과 디딤대의 모양을 바꾸었다. 그리고 사람들을 가두었다.

앤서니는 교실 테이블 위에 디종의 도로 변화를 담은 미완성 지도를 펼쳐놓은 다음 문진 네 개로 눌러 고정시키고, 그 옆에는 잉크들과 펜들을 질서 있게 줄지어 배치했다. 그 테이블은 그와 메리 벨라가 수업할 때 함께 쓴 이후로 다른 용도로 사용되고 있었다—그 위에서 씨감자 싹을 틔우고, 사과들을 서로 닿지 않게 보관했으며, 놋쇠와 은식기의 광을 내고, 도자기를 수선했다. 오늘 아침엔 다시 둘이 함께 테이블을 썼다. 메리 벨라는 그의 맞은편에 앉아 농장 회계를 점검했다.

그녀는 커튼 없는 창문들에 커튼을 만들어 달기로 조금 전에 결심했다. 그리고 햇볕에 심하게 색이 바래고 얼룩진 데이지 무늬 벽지도 갈아야 했다. 굽도리널과 액자걸이용 레일의 흰 페인트도 다시 칠해야 하고, 문과 창틀의 페인트칠도 필요했다. 그들은 교실을 그들의 방이라고 불렀고, 앞으로도 언제나 그럴 터였다.

"괜찮아?" 그녀는 앤서니가 묻는 소리를 들었다. 그는 그렇게 묻고는 고개를 들어 그녀에게 미소를 보내고 하던 일로 돌아갔다.

그녀는 상상하지 않으려 해도 자꾸만 머리에 떠오르는 한 가정의 꿈을 자주 꾸었다. 밤에 잠을 이루지 못하고 누워서 그의 말이 옳다고, 사람들은 자신에게 일어난 일들을 받아들이고 살아야 한다고, 그 사람들도 마찬가지라고 스스로에게 되뇌었다. 결혼은 깨질 수도 있어, 그가 말했다. 그건 특별한 일도 아니야. 자신의 딸은 현명한 아이라고도 말했다. 다시 분별을 되찾을 거라고. 그들은 언젠가는 어려움을 잘 견뎌낸 걸 기뻐하게 될 거라고.

하지만 밤이면, 앤서니가 자고 있는 동안, 혼란이 텅 빈 어둠 속으로 기어들어 지친 기분을 느끼게 했고, 메리 벨라는 상처 입은 아이, 그리고 상처 입은 여자에 대해 이야기하는 자신의 가냘픈 속삭임을 들었다. 그녀는 오래전 농장 일꾼 하나가 사고로 팔을 잃었을 때 연민을 느꼈던 기억이 났다. 자신의 어머니가 고통스러워할 때도 연민을 느꼈고, 에벌린스코트에서 친구들의 멸시를 받던 여학생, 집안에서 자신을 졸졸 따라다니는 눈먼 스패니얼 개도 불쌍히 여겼다. 밤이 되면 연민이 그녀를 침묵하게 만드는 사랑에 도전장을 내밀며 예전처럼 예상된 방식에 머물러 있지 않고 주제넘게 나섰다. 그래도 연민을 버릴 수가 없었다.

"응, 괜찮아요." 그녀는 그렇게 대답하고 자신도 살짝 미소를 지어 보였다. 자꾸 반복되는 꿈에서 그의 아이가 죽어 그가 무덤가에 홀로 서 있었다. 무덤을 덮은 진흙 위에 꽃들이 펼쳐져 있었다. 그녀는 그와 헤어지고 싶지 않아 나무 뒤에 서서 지켜보았다.

* * *

"불행해 보여." 어느 날 저녁식사가 끝난 후 앤서니가 주방에서 말했다.

메리 벨라는 접시들을 싱크대로 옮기며 고개를 저었지만 대답은 하지 않았다. 그녀는 돌아보지 않고, 물을 부어 건조대 위에 얹어놓고 불린 냄비를 문질러 닦았다.

앤서니는 잠자코 기다리다가, 김이 피어오르는 물을 거쳐 따뜻해진 접시를 하나씩 건네받아 물기를 닦았다. 늙은 개는 구석에서 평화로이 잠들어 있었다.

"어밀리아는 원상태로 돌아왔어." 앤서니가 말했다. "알고 있어?"

"응, 알아요."

"왜 그래, 메리 벨라?"

"어리석어서 그래요."

그녀는 이 순간이 올 거라고 스스로에게 말하면서도 오지 않을 수도 있다고 믿으며 지내왔다. 자신을 괴롭히는 생각들이 아무리 끈질겨도 언젠가는 슬그머니 사라질 거라고, 날이 갈수록, 밤이 갈수록 고통을 견디기가 쉬워질 거라고.

"이제 다 끝났어." 앤서니가 말했다. "끔찍한 시간은 지나갔어."

끝나지 않았다. 기억이 허락하지 않을 테니 영원히 끝나지 않을 것이다. 상처받은 사람들은 점잖게 사라지지 않고 악마들을 풀어놓는다. 반드시 그렇게 될 것이고, 그녀는 안 그럴 거라고 생각할 수가 없었다.

마음을 달래주는 그의 목소리가 끈기 있게 이어졌다. 그의 미소는 다정했다. 그녀는 그의 연푸른 눈동자를, 그의 손, 입술, 서 있는 자세, 동작, 조용한 웃음을 사랑했다. 그런데도 그의 말들은 의미가 없었다. 그는 이해하지 못했다.

그녀는 한 줌 의혹이 불길한 예감으로 커졌다는 말을 하려고 애썼지만, 머릿속에서 생각이 온통 뒤죽박죽되고 연결되지 않으면서 소통을 거부했다. 그들은 그들 자신을 바꿀 수가 없었고, 단지 안 그런 척할 수 있을 뿐이었다.

그렇듯 단순하게 메리 벨라에게 고독이 시작되었고, 과거에 그녀가 겪었던 그 어떤 고독보다 지독했다. 그녀가 살아오면서 너무도 자주 접한 고독들을 작아 보이게 만드는 그 무시무시한 고독은 불가사의한 것이기도 한 게, 그녀가 그 누구보다 소중히 여기는 사람이 아직 곁에 있는데도 찾아왔던 것이다. "어리석은 일이야, 모든 게." 앤서니가 말했다.

그의 목소리에는 분노도, 신랄한 짜증도 실려 있지 않았다. 하지만 인내심이 바닥나면 그 두 가지가 다 찾아올 터였다. 그다음엔 무관심, 경멸, 멸시가 이어질 터였다. 그녀는 왜 그걸 알까? 그는 왜 알지 못할까? 한때는 그가 선생님이었는데.

* * *

밤은 느렸다. 밤의 느림은 그들의 희망이었고, 창턱 위에 놓인 시곗바늘의 굼뜬 움직임은 헝클어진 실타래를 풀 수 있도록 그들에게 주어진 기회였다. 시간은 그들의 수호신이라고, 앤서니가 말했다. 시간은 공허하게 흘러가면서, 그들의 사랑이 고귀한 로맨스로 완성될 때까지 그 사랑을 지켜줬으니까.

"우린 행복해, 그렇지?" 그는 자신의 확신을 조금 강요했다. "그러니 우리, 분별을 지녀야 하지 않을까?"

하지만 헝클어진 실타래는 좀처럼 풀리지 않았다.

* * *

일꾼들이 마당에서 이른아침의 활기찬 목소리로 서로를 불러댔다. 그들은 젖을 짜기 위해 들판에서 소떼를 몰고 왔다. 양동이들이 덜거덕거렸다. 트랜지스터라디오 소리가 조용히 흘러나왔다. 주방에서는 대화가 너덜너덜한 피로를 헤치고 비틀거리며 이어졌다.

"우린 무슨 일이 생기기 전에는 자신을 잘 몰라요." 메리 벨라가 긴 침묵을 깼다. "우리가 뭘 할 수 있고 결국 할 수 없는지, 무엇이 우리를 계속 괴롭히고 무엇이 그렇지 않은지, 경계가 너무 모호해요."

앤서니는 그녀의 머리를 쓰다듬고 품에 안으며 영원을 바랐다. "넌 비범한 용기를 지녔어." 그가 말했다.

* * *

일꾼 하나가 아침에 짠 우유와 달걀들을 갖고 들어왔다. 앤서니가 그에게서 우유 깡통을 받아 푸른색과 흰색 주전자 두 개에 가득 채운 다음 남은 우유는 커피에 넣기 위해 냄비에 따랐다. "날씨가 더 좋아졌나요?" 그가 묻자 일꾼이 지난 며칠보다 화창하다고 대답했다. 메리 벨라는 토스트용 빵을 썰었다.

* * *

봄이 올 듯하다가 오지 않고 있었고, 어느 아침에 앤서니가 모습을 감췄다. 아침 일찍 잠이 깬 메리 벨라는 차 소리를 들었다.

일꾼들은 더 많은 걸 알고 있었다. 그들은 그의 짐이 집에서 나오는 걸 보았다. 그는 그들에게 작별인사를 하고 악수를 나눴다. 그가 차를 몰고 떠나자 그들은 손을 흔들었고, 차가 멀리 황무지에서 점이 되어 사라질 때까지 지켜보았다.

그의 옷, 잉크, 펜, 미완성의 디종 지도, 책, 이 모든 것이 사라졌다. 오직 키시너우 지도만이 그가 의도한 대로 그의 일부로 거기 남아 있었다.

* * *

그녀는 그의 여정을 안다, 그가 어디서 멈출지. 언젠가 그가 하룻밤 묵은 곳, 하지만 그후로는 묵은 적이 없고 이번에도 그럴 것이다.

그녀는 훈제 햄을 얇게 썰어 접시마다 두 장씩 담는다. 일꾼들이 차례로 음식을 가지러 온다. 햇살이 주방 안으로 들어온다. 봄에는 이 시간에, 여름이면 종일 볕이 든다. 가끔 그는 교실 커튼을 쳤다. 그는 어스름에야 도착할 것이다.

그녀는 자신의 접시를 식탁으로 가져가고 그곳에서 경의의 대상이 된다. 그는 친절한 사람이니까 친절하게 핑계와 거짓말을 지어낼 것이다. 다시 돌아간 아내에게 해줄 수 있는 건 자비로운 거짓말뿐이니까. 그는 사랑을 오래 지속되지 않는, 이제는 끝나버린 사나운 열병으로 만들 것이다.

식탁에서의 대화는 늘 그러듯, 일부는 끝나고 일부는 아직 끝나지 않은 오전 작업, 날씨, 내일 예보로 이루어진다. 메리 벨라도 언제나 그랬던 것처럼 대화에 낀다. 피곤하겠지만, 그래도 그는 해낼 것이다. 그것 또한 그의 방식이니까. 그의 아내는 고마워하며 그를 받아들이고, 산산이 깨진 조각들은 도로 맞춰질 것이다.

들판의 울타리 개조가 마무리되어 새 문이 달리고 전에는 없었던 층계형 출입구도 생겼다는 말을, 그녀는 듣는다. 그는 돌아오지 않을 것이다, 다시는, 영원히. 관계를 회복해보려는 저속한 시도는 없을 것이며, 거짓 속에서 없는 것보다 나을지도 모를 무언가를 찾기 위한 노력도 하지 않을 것이다.

일꾼들이 의자를 뒤로 밀치고 일어선다. 붉은 타일이 깔린 바닥에서 그들의 장홧발소리가 시끄럽게 울린다. 메리 벨라는 불안감을, 그리고 어쩌면 연민을 감지한다. 그녀는 그것들을 웃어넘기려는 시도는 하지 않고, 변함없는 사랑이 그대로 남아 있음을, 그에게는 그 사랑이 그녀의 그림자들 사이에 존재하고 그녀에게는 그와 함께했던 방들과 장소에 있음을 일꾼들이 알아주기를 바랄 뿐이다. 그 사랑이 시들지 않을 것임을, 길고 느린 죽음이나 평범해진 사랑은 없을 것임을 일꾼들이 알 수 있기를 바란다.

# 여자들

서실리아 노먼턴은 아버지에 대해선 잘 알았지만, 어머니에 대해선 전혀 몰랐다. 노먼턴 씨는 키 큰 미남이었고, 강철 느낌의 은발을 날마다 자신이 원하는 스타일로 세심하게 빗고 다녔다. 그의 셔츠와 정장은 그의 일부 같은 인상을 주었고, 버킹엄 스트리트에 있는 그의 집도 마찬가지였으며, 그의 이름이 붙은 가업 역시 그랬다. 노먼턴의 깊은 우울만이 온전히 그의 것이었다. 그를 잘 아는 사람들 말로는 원래부터 우울이 그를 지배했던 건 아니고, 과거엔 태평하고 좀 자유분방한 편이었는데 아내를 잃고서—이른 죽음이라는 잔인한 운명 때문이 아니라 그녀가 다른 남자를 선택하는 바람에—치유될 수 없는 상처를 입었다는 것이었다.

노먼턴 부부를 아는 사람들의 회고에 따르면, 그들의 결혼생활엔 웃음이 메아리쳤고, 파티와 돈 쓰는 즐거움이 있었으며, 부부가 서로에게서 기쁨을 느끼는 것처럼 보였다. 하지만 그 결혼생활은 이 년도 안 되어 끝났고, 버킹엄 스트리트의 집에서 자란 서실리아는 다른 이야기는 전혀 듣지 못했다. "네 엄마는 이제 여기 없어." 아버지가 그렇게 말했고, 서실리아는 엄마가 죽었다는 말을 아버지가 그런 식으로 한 것인지 알 수 없었지만, 왠지 물어선 안 될 것 같은 기분을 느꼈다. 그녀는 그 불확실함을 안고 살았지만, 아버지가 도저히 극복할 수도 없고 말할 수도 없는 죽음이 있었다는 믿음이 점점 더 강해져갔다. 서랍 안 깊숙이 든 노란색 포켓형 서류철에 웃고 있는 여자의 사진들이 있었는데 자그마하고 아름다웠으며 해변에서 그리고 정원에서, 그리고 기차에서 손을 흔들고 있었다. 서실리아의 아버지도 웃는 얼굴로 가끔 그녀와 함께 있었고, 서실리아는 그들의 행복과 모험, 함께 있는 기쁨을 상상했다. 그녀는 지금의 아버지에게 연민을 느꼈다. 그의 추억들은 상실로 인해 어둠에 잠기고 만 것이다.

검은 머리에, 또래보다 키가 크고, 검은 학생용 스타킹을 우아하게 신은 다리가 드러나는 서실리아는 나이보다 성숙해 보였다. 길에서 그녀의 아름다움에 반해 흘끔거리는 소년들과 남자들은 그녀가 열여덟이나 열아홉쯤 되었을 거라고 여겼지만, 사실은 열네 살이었다. 그녀는 자신이 길거리에서 시선을 끄는 이유를 몰랐는데, 아직 자신의 아름다움을 인식하지 못했기 때문이었다. 그녀의 아버지도, 딸을 근처 학교에 보내기보다 가정교사를 들이는 걸 선호해 그가 고용한 퇴직 교사 그레이스 선생님도 그녀에게 그런 말은 안 했던 것이다. 날마다 집에 와서 청소와 요리를 해주는 맬트래버스 부부 역시 마찬가지였다.

버킹엄 스트리트에서 서실리아는 이 어른들 사이에서 외로웠고, 친구도 없었다. 주말이면 그녀의 아버지는 딸을 데리고 인적 없는 시티 지구 거리들—스트랜드와 러드게이트 힐, 칩사이드와 폴트리, 스레드니들 스트리트, 콘힐—을 산책하며 딸을 즐겁게 해주려고 애썼다. 그는 영란은행과 증권거래소를 가리키면서 런던의 시티 지구는 하나의 마을과도 같다고 말했다. 가끔 기분전환삼아 서퍽의 작은 호텔에 방 두 개를 예약하기도 했는데, 주로 힌틀셤이나 오퍼드호텔이었다.

서실리아는 이런 주말 나들이를 좋아했지만, 그레이스 선생님은 오전에만 오고 맬트래버스 부부는 말이 없는 사람들이다보니 주중의 날들은 천천히 흘러갔다. 오후에 숙제를 끝내면 혼자 집안의 넓은 방들을 다 차지하고서 서랍들을 뒤지거나, 텔레비전을 보거나, 노란 서류철을 열어 어머니 사진을 다시 보았다. 돈이 있을 때는 감초 사탕이나 킷캣 초콜릿을 사러 나갔다.

그녀는 행운아였고, 자신도 그걸 알았다. 아무도 그녀에게 불친절하게 굴거나 화를 내지 않았다. 그녀는 아무것도 변하지 않으리라고, 그레이스 선생님은 늘 오고, 맬트래버스 부부는 늘 너무 바빠서 대화를 못 나누고, 오후의 고요한 집과 서랍들과 혼자 있는 시간도 변함이 없으리라고 생각했다. 하지만 딸과 관련된 의무에 매우 민감한 그녀의 아버지는, 그녀를 기숙학교에 보내어 친구들과 어울리게 할 때가 왔다는 조언에 이의를 제기하지 않았다.

* * *

"네 화단을 갖게 될 거야." 왓슨 선생님이 말했다.

마네킹처럼 맵시 있는 그녀는 여러 면에서 우아한 매력을 지니고 있었다. 목소리, 날씬한 몸매, 온화한 눈빛. 그리고 부드럽게 짠 스카프—회색 원피스에 대비되는 빨간색과 적갈색 은하계가 펼쳐진—를 거의 땅에 끌릴 정도로 느슨하게 휘감고 있었다.

"우린 여기서 행복하단다." 그녀가 서실리아에게 장담했다. "너도 그럴 거야."

학교 이름은 애머스트, 교장인 미스 왓슨은 학교 이름이 어디서 유래했는지 설명하고, 넓은 땅을 소유한 어느 가문의 저택에 학교가 들어선 것이며, 별채들은 음악실과 실험실, 미술실, 직조실로 개조되고 교실이 있는 건물들만 새로 지었다고 말해주었다. 그녀는 서실리아를 벽돌담으로 둘러싸인 작은 정원으로 데려갔는데 그곳은 오래전부터 교장의 정원이었다고 했다. 그녀는 아치 아래 아름답게 장식된 철문을 열고 들어가서 학교의 모든 것들을 차단하듯 도로 문을 잠갔다. 그녀가 비어 있는 화단을 가리키며 서실리아의 것이라고, 제일 좋아하는 꽃들을 심으라고 말했다. 학교 정원사인 트리골 영감은 친해지면 좋은 사람이라고 했다.

서실리아는 그곳이 너무 싫었고, 버킹엄 스트리트에 살 때보다 더 외롭고 혼자인 기분이 들었다. 그녀는 아버지에게 자신을 도로 데려가 달라고 애원하는 편지를 써 보냈다. 그 학기 신입생은 그녀뿐이었고 미스 왓슨의 지시를 받은 상급생 한 명을 제외하곤 아무도 그녀에게 신경쓰지 않았다. "너 기도하니?" 그 상급생이 그렇게 묻더니 함께 기도하자고 제안했다. 식사 때마다 도저히 먹을 수 없는 음식이 나와요. 노먼턴 씨는 딸의 편지를 읽었다. 어떤 애는 정어리를 먹고 토했어요.

하지만 시간이 지나면서 서실리아의 편지들은 덜 비참해졌다. 그녀는 모차르트와 세관원 루소*를 발견했고, 그 신앙심 깊은 상급생에게 리지외의 성녀 테레사를 추천받았다. 『달과 6펜스』를 읽고, 그다음엔 『영원의 처녀』**를 읽었다. 데이지와 어맨다라는 두 여학생하고는 친구가 되었다. 신앙심 깊은 상급생은 미스 왓슨에게 서실리아가 학교에 적응하기 시작했다고 보고했다.

그 첫 학기에 노먼턴 씨는 학교에 자주 찾아왔다. 서실리아를 데리고 주말 외박을 나가서 캐슬타워호텔에서 점심을 먹고 강가의 찻집에서 차를 마셨다. 그는 데이지와 어맨다를 만났고, 학기가 끝나기 전에는 그들도 데리고 나갔다. 그는 다른 사람들의 조언에 귀기울여 혼자서는 알 수 없었던 것, 딸이 다른 아이들과 어울리면서 많은 걸 얻고 행복해지리란 것을 깨닫게 되어 기뻤다.

서실리아는 은방울꽃을 제일 좋아하는 꽃으로 정해서 자신의 화단에 심었다. 그리고 자신의 열다섯번째 생일에 처음 꽃을 꺾어 왓슨 선생님에게 선물했다.

"서실리아, 넌 우리가 자랑스러워하는 학생이다." 왓슨 선생님이 말했다.

* * *

홈경기는 의무적으로 관람해야 한다는 학교 규칙에 따라 서실리아는 데이지, 어맨다와 함께 하키 경기장에 있었는데, 그들의 맞은편 터

---

* 프랑스 화가 앙리 루소의 별명.

** 영국 작가 마거릿 무어 케네디의 1924년 소설.

치라인에서 두 여자가 경기를 구경하고 있었다. 서실리아는 그 여자들이 전에도 터치라인에 있었던 걸 기억했는데, 그날 하키 경기가 끝나고 그녀가 데이지, 어맨다와 함께 어맨다가 손목에 차고 있다가 잃어버린 시계를 찾고 있을 때 그들이 가까이 지나갔기 때문이었다. "누가 밟으면 어떡해!" 어맨다가 울먹거렸고, 두 여자는 시계를 함께 찾아주기라도 하려는 듯 멈칫거렸다. 데이지가 풀밭에 고이 떨어져 있는 시계를 발견했고, 두 여자는 가던 길을 갔다. 하지만 그들이 멈칫거릴 때 서실리아를 쳐다봤는데 사람을 민망하게 하는 그런 시선이었다.

갑자기 환호와 박수가 터져나왔다. 애머스트가 득점한 것이다. 세인트힐다스 팀—애머스트의 경쾌한 빨간색과 파란색 유니폼과 침울한 대비를 이루며 어울리지도 않는 갈색 유니폼 차림의—은 이미 패색이 짙었고, 애머스트는 경기에 져본 적이 없었기에 아마 그렇게 될 터였다. 서실리아는 엘리자베스 스테이섬이 득점한 것일 수도 있다고 생각하며 그렇지 않기를 바랐다. 그녀가 득점한 거라면 나중에 어지간히도 으스댈 테니까. 하지만 어맨다가 그녀의 득점이라고 말했다. "재수없는 스테이섬." 데이지가 투덜거렸다.

그들은 세인트힐다스가 이기기를 바랐다. 상대 팀을 응원하니 겨울 오후 한 시간 반을 추위에 떨며 서 있어야 하는 것에 대한 분이 풀렸다. 그들은 하키 경기를 지켜보는 게 다른 무엇보다도 싫었다.

"『젊은이들을 위하여』*를 읽어보려고 애썼는데, 끔찍해." 어맨다가 말했다.

* 한국에서는 『게으른 자를 위한 변명』으로 소개된 로버트 루이스 스티븐슨의 산문집.

데이지가 동의하며 『왜 에번스를 부르지 않았지?』*를 추천했다. 서실리아는 몇 주 만에 다시 이곳에 찾아온 그 여자들이 누굴까 궁금했다. 졸업생은 아닌 듯한 것이, 졸업생들은 늘 왓슨 선생님이나 스미스 선생님에게 달라붙어 있는데 그들은 그러지 않았던 것이다. 세인트힐다스 응원단도 아닐 것이, 지난번 원정팀은 세인트힐다스가 아니었다. 그녀는 그들이 모종의 이유로 하키 구경을 좋아하는 사람들일 수도 있겠다고 생각했다. 크리켓 구경을 좋아해서 여름 학기에 토요일마다 찾아왔던 포브스 대령처럼 말이다. 트리골 영감의 경우 체육대회 날 오후에는 정원 일을 쉴 수 있었는데, 칠십대인 지금의 모습으로 보아선 쉽게 상상되지 않았지만 왕년에 높이뛰기 챔피언이었던 것이다.

지난번에 두 여자가 서실리아를 쳐다봤을 때, 키 작은 여자가 미소를 보냈었다. 서실리아는 예의상 미소로 답했지만, 데이지와 어맨다는 여자들이 서실리아를 쳐다보는 것도, 미소가 오가는 것도 보지 못했다. 서실리아는 당황스러운 일인데다 그 일에 대해 떠드는 것도 우스꽝스러워서 아무 말도 하지 않았다.

차머스 선생님이 경기 종료를 알리는 휘슬을 불었고, 세인트힐다스 팀을 위한 만세삼창과 애머스트 팀을 위한 만세삼창이 이어진 후 양 팀 선수들은 박수를 받으며 경기장 밖으로 나갔다. 경기를 구경하던 사람들도 따라 나갔고, 모두 학교 건물로 돌아가면서 기존의 무리들이 흩어지고 새 무리들이 만들어졌다. 두 여자가 군중 속으로 사라지자 서실리아는 안도감이 밀려드는 걸 느꼈다. 하지만 경기가 있는 날이면

* 애거사 크리스티의 추리소설.

주차장으로 사용되는 곳의 캐틀 그리드* 옆에서 그들이 다시 나타났다. 세인트힐다스 버스도 거기 있었는데, 운전기사가 읽고 있던 신문을 접어 옆으로 치웠다. 두 여자는 서실리아의 예상과 달리, 차를 몰고 떠나지 않았다. 무슨 이유라도 있는 것처럼 그곳에서 서성였고, 서실리아는 그쪽으로 시선을 보내지 않았다.

* * *

그들은 나무들 사이로 난 오솔길로 들어섰고, 작은 숲을 지나 넓은 땅이 나오자 전에 2월의 햇살에 감탄했던 것처럼—안개가 끼긴 했지만—또다시 감탄했다. 비 같은 지겨운 것도 그들이 기차역에서 걸어온 시간을, 그리고 지금 다시 기차역으로 걸어 돌아가는 시간을 망쳐놓지 못했다.

"이런 오후를 보낼 수만 있다면 백만 마일이라도 여행할 수 있어." 그들이 탄 기차가 도시 외곽의 첫 단층집을 향해 달려갈 때 미스 키블이 그들의 외출에 대한 결론을 내렸다.

미스 코텔—친구만큼 과장이 심하지 않은—은 아무 말도 하지 않았지만, 그녀의 과묵함에는 그 오후가 즐거웠음에 대한 부정은 들어 있지 않았다. 어떻게 안 즐거웠겠어, 그녀는 생각했다. 거기 두 번이나 갔는데 아무 의심도 사지 않았고, 다시 가길 잘했다는 기분도 느꼈잖아? 어떻게 이 모든 게 큰 기쁨이 아닐 수 있겠어?

* 소나 양이 지나가지 못하도록 도로에 구덩이를 파고 그 위에 쳐놓은 쇠막대기 판.

미스 키블은 친구의 그런 생각을 감지하고 그 이야기를 계속 이어가며, 이룬 게 별로 없는데도 그만큼 뿌듯한 기분이 드는 것에 놀라움을 표하고는 그래도 다 이해가 된다고 말했다. 그녀는 그 여학생들 얼굴을, 그리고 목소리를, 낯선 사람들을 존중해주며 공손히 뒤로 물러서던 모습을 쉽게 잊을 수 없을 거라고 했다. 그 모든 걸 잊지 못할 터였다.

미스 코텔은 다시 침묵을 지켰지만 그녀 역시 깊은 감명을 받은 상태였는데, 갑자기, 다른 식으로 마음이 동해 억눌린 울음을 토해내고 싶은 충동에 젖었다. 기차 안에서, 이제야 허용된 그녀의 눈물은 슬픔이나 고통에서 나온 것이 아니라 친구가 자신을 너무도 잘 이해해줘서, 친구와의 합의가 오늘 다른 어떤 날보다 흔들림 없이 잘 지켜져서 나온 것이었다.

그 모든 걸 짐작한 미스 키블은 미스 코텔이 평정을 되찾는 걸 지켜보았다. 두 사람은 몇 분 동안 창밖을 내다보았는데, 인상적일 것 없는 풍경이 이어지다가 먼 산의 석회암에 새겨진 선사시대 동물의 형상이 눈에 들어왔다.

"미안해." 미스 코텔이 사과했다. "바보같이 굴어서."

"절대 그렇지 않아."

미스 키블이 차茶를 찾아 나섰지만 찾을 수가 없었다. 미스 코텔은 잠이 들었다.

두 여자—쉰여덟 동갑인—는 정부의 한 부서에서 일하다가 일찍 은퇴했다. 그들은 삼십여 년 전에 그곳에서 처음 만났고, 그들의 우정은 직장생활의 관습 속에서 꽃을 피웠다. 미스 키블은 보조금(가족) 부서에 남아 있었고, 미스 코텔은 잠깐 연금 부서로 갔다가 보조금 부서로 돌아왔다. 그후로 둘이 다시 만났고, 은퇴 후에도 여전히 사이가 좋았다.

미스 코텔이 즉시 잊히는 꿈들을 꾸느라 보지 못한 풍경은 겨울의 어스름 속으로 희미하게 사라져갔다. 미스 키블은 누군가 두고 간 신문에 흥미가 동하지 않자, 그들이 지금 돌아가고 있는 집에 대해, 지난 세월 둘이 함께 가구를 하나하나 고르고 어린 시절 추억을 나눈, 두 사람의 삶이 하나로 뒤얽힌 방들에 대해 생각했다. 미스 키블은 평소보다 오래 집을 비울 때 가끔 그러듯, 그 집에 간직된 둘이 함께 휴가를 보낸 해외여행지 사진들을 떠올렸다. 코스타델솔 해안, 리미니의 해변, 모네의 정원을 찾아갔을 때 묵었던 베르농, 어느 친절한 여행객 덕에 미스 코텔의 코닥 카메라에 둘이 함께 담길 수 있었던 이름 모를 배경. 집과 방들, 그들이 함께 다녀온 장소에서 만들어진 그들의 이런 이미지들은 미스 키블에게 삶의 전부를 의미했고, 미스 코텔에게도 마찬가지였다.

테라스식 주택가에 위치한 그들의 집은 작고 정원도 없었다. 집 뒤편의 콘크리트 마당에는 크림색 수성페인트를 칠한 벽 아래 화분들이 줄지어 놓여 있었다. 아래층 전면의 두 개 창문에는 행인들의 시야를 가리는 고운 망사 커튼이 달려 있었고, 밤이면 그 위로 꽃무늬 친츠* 커튼을 쳤다. 위층에는 블라인드가 설치되어 있었다. 모든 것들이—마당까지도—미스 코텔과 미스 키블이 원하는 대로 꾸며졌고, 그런 합

* 꽃이나 식물무늬를 날염한 광택 있는 면직물.

의는 그들의 관계에서 또하나의 중요한 요소였다. 서로의 동의 없이는 그 어떤 일도 도모되지 않았고 그 어떤 변화도 이루어지지 않았다.

이 집은 그들이 기차 여행을 끝내고 돌아왔을 때 어둠 속에서 다시 그들의 것이 되었다. 집이 추워서 전기히터를 켰다. 그들은 어떤 음식을 요리할 것인지 말 것인지, 오늘 저녁에 연어 캔을 딸 것인지 아니면 그냥 샌드위치와 차로 때울 것인지를 의논했다. 그러다가 수란을 얹은 토스트를 먹기로 결정했다.

"키블, 오늘 고마웠어." 난방이 되어 포근해진 주방에서 저녁을 먹기 위해 식탁에 앉았을 때 미스 코텔이 말했다. "인사는 해야지."

서로 성을 부르는 건 직장생활이 남긴 습관일 뿐이며, 그들은 일찍 은퇴한 걸 후회하진 않았지만 예전 생활에서 쉽게 벗어나지 못했다. 다른 사무직을 찾아볼까 했었지만 적당한 일자리를 구하기가 쉽지 않았고 결국 불가능해졌다. 둘이 헤어질 수 없다는 조건이 붙어 있어서 특히 더 그랬다.

"난 두 번 다 너와 함께 가고 싶었어." 미스 키블이 말했다. "다음에도 그럴 거고."

미스 코텔이 자신의 포크와 나이프를 빈 접시에 가지런히 내려놓았다. "글쎄," 그녀가 말했다. "내가 거기 다시 갈 용기를 낼 수 있을까?"

"별소리를 다 하네, 코텔! 당연히 낼 수 있지!"

"무얼 더 얻을 수 있을까?" 그들 사이엔 사생활이 없었지만, 미스 코텔은 은밀한 이야기라도 하듯 그렇게 속삭인 후 조용히 되뇌었다. "무얼 더?"

미스 키블은 무얼 더 얻을 수 있을지 알았지만 말하지 않았다. 그녀는 따스하고 쾌적한 상태에서 그날이 가져다준 행복감에 아직도 도취되어 있었고, 그건 친구보다는 평범한 반응이었다. 그녀는 미스 코텔에게 전혀 악의가 없었고 친구가 세상의 모든 평화를 누리기를 바랐지만, 자신이 경험한 희열을 자신에게 자연스러운 방식으로 맞이하지 않을 수 없었다. 그녀는 강요하거나 부추기지 않았다. 둘 다 그런 사람들이 아니었다. 그녀는 가물거리는 만족감에 표정이 흐트러질 것 같은 위기감을 느끼며 컵들과 받침 접시들을 치웠다.

미스 코텔은 식탁보를 접고 소금과 후추를 치웠다. "너무 어려워," 그녀가 웅얼거렸다. "무엇이 옳은 일인지 아는 게."

"당연하지." 미스 키블이 말했다.

* * *

서실리아가 두 여자를 다시 본 건 다음 학기 때였다. 여름이 왔다. 길고 밝은 저녁들, 갓 베어낸 풀 냄새, 크로커스미아와 스위트피, 에키움과 상귀네움으로 환해진, 벽돌담으로 둘러싸인 왓슨 선생님의 정원 화단들. 서실리아는 어렸을 때는 겨울의 아늑함이 더 좋았으나 이제는 그렇지 않았다. 햇살과 그 열기가 좋았다. 그녀의 지나치게 창백한 피부는 엷은 갈색이 되었고 팔에 주근깨도 생겼다.

그녀는 오후 우편물을 우편함에 넣고 돌아오는 길에 그 여자들을 보았다. 우편물 심부름은 4학년 이상 학생들에게 맡겨졌고 보름 간격으로 당번이 돌아왔다. 그녀는 우편물을 처리한 후 리들리스에 들러 데이지가 부탁한 벌집 모양의 마드무아젤 봉봉 초콜릿을 샀다. 그 여자들이 나무들 사이의 오솔길에서 그녀를 향해 다가왔다.

이 근처에 사는 사람들인 모양이라고, 서실리아는 생각했다. 산책을 나왔다가 우연히 하키 경기장까지 오게 됐나보다고. 하지만 이제 하키 시즌은 끝났고 9월이 되어야 다시 시작된다.

나무들 사이로 햇살이 빛줄기를 이루고, 새로 돋은 너도밤나무 잎사귀들이 여자들 옷에 얼룩덜룩한 그림자를 만들었다. 정말 칙칙한 옷이야, 서실리아는 생각했다. 키 큰 여자는 얼마나 못생겼는지. 움푹 꺼진 뺨, 비뚤비뚤한 치아, 귀퉁이가 깨진 치아도 하나 보였다. 그 친구는 땅딸막했다.

그들이 걸음을 멈췄고, 서실리아는 내키진 않았지만 자신도 멈춰야만 할 것 같았다.

"날씨가 참 좋네, 드디어!" 땅딸막한 여자가 말했다.

그들은 서실리아에게 이름을 물었고 서실리아가 대답하자 정말 사랑스러운 이름이라고 말했다. 그들이 서실리아에게 제비꽃다발을 내밀며 향기를 맡아보라고 했다. 그리고 그 꽃을 어디서 꺾었는지 말했다. 그들은 그곳을 작은 골짜기라고 불렀는데, 손가락 모양의 표지판 근처였다. 그들은 꽃을 한 아름 꺾을 수도 있었다고 말했다.

"만났으면 했어요." 키 큰 여자가 말했다. "받아요."

그들은 다시 제비꽃다발을 서실리아에게 내밀었는데, 이번엔 가지라는 뜻이었다.

"저희는 꽃을 꺾으면 안 돼요."

두 여자는 동시에 미소를 지었다. "학생이 꺾은 게 아니잖아요, 그렇게 설명하면 되지. 선물이라고."

“이쪽을 봐요, 서실리아.” 땅딸막한 여자가 간청했다.

그녀는 카메라를 들고 있었다. 하지만 멀리서 오후 점호 종이 울리고 있었고, 서실리아는 빨리 가봐야 한다고 말했다.

“얼른 찍을게요.” 두 여자가 동시에 말하며 오래 걸리지 않을 거라고 했다. 서실리아는 급히 떠나면서 뒤에서 목소리들이 이어지는 걸 들었는데, 작게 낮춘 단조로운 목소리가 다른 목소리로 거의 바뀌지 않았다. 서실리아는 그 여자들이 가던 길을 가지 않고 계속 그 자리에서서 자신을 지켜보고 있다는 걸 알 수 있었다.

“누구야?” 엘리자베스 스테이섬은 운동복 차림이었는데, 그녀가 뛰어난 실력을 보여주고 있는 경기들에 대비한 훈련으로 오후 달리기를 하고 돌아오는 길이었다. “네 친구들이야?” 그녀가 물었다.

“전혀 모르는 사람들이야.”

“네 사진을 찍다니, 웃기잖아.”

서실리아는 대꾸할 엄두도 내지 못했다. 엘리자베스 스테이섬을 두려워하는데다 최악의 순간에 맞닥뜨린 터라 무슨 말을 해야 할지 도무지 생각이 나지 않았다.

“너한테 꽃을 주려고 하는 게, 웃기잖아.”

서실리아는 어깨를 으쓱하려 했지만 그 동작이 어설프게 느껴졌고, 엘리자베스 스테이섬이 킬킬거렸다.

“가난한 친척들이구나, 맞지?”

“모르는 사람들이라니까.”

여자들의 목소리가 더이상 들려오지 않아서, 서실리아는 그들이 이미 가버렸을 거라고 생각했다. 그녀는 돌아보지 않았다. 엘리자베스 스테이섬은 평소 행동으로 보아 그 일을 계속 물고늘어질 것이고, 밤에 불이 다 꺼졌을 때 그녀의 침대에 앉아 다정한 척하며 그 이야기를 꺼낼 터였다.

"네 이름을 알다니, 웃기잖아." 엘리자베스 스테이섬은 그렇게 말하고 다시 달려갔다.

* * *

"진정해." 그날 저녁 그들이 늦은 시각에 집에 돌아왔을 때 미스 키블이 말했다.

미스 코텔은 처음엔 대답이 없다가 침묵이 길게 이어지자 입을 열었다. "난 무슨 생각을 하려고만 하면 멍해져. '잘 좀 생각해봐야겠어'라고 속으로 말하고 나면 생각을 할 수가 없어. 내가 불러내기라도 한 것처럼 멍함이 찾아오거든."

"그런 걸 두고 마음의 갈피를 잡을 수 없는 상태라고 하지." 미스 키블이 활기차게 의견을 말했다.

"난 마음이란 게 아예 없는 것 같아."

"또 그런다!" 미스 키블은 미소 지으며 단호히 고개를 저었다.

"키블, 넌 나한테 너무 잘해줘." 미스 코텔은 위층으로 올라가기 전에 친구에게 고마움을 표했다.

미스 키블은 부인하지 않았다.

* * *

미스 코텔은 옷을 벗은 뒤 잠옷 쪽으로 손을 뻗기 전에 잠시 가만히 서서 거울에 비친 자신의 알몸을 바라보았다. 얼마나 늙어 보이는지, 목에는 둥근 테와 주름살이 가득했고, 두 팔은 앙상했다. 브로턴이 그녀의 더없는 영광이라고 불렀던 머리칼은 나이보다 더 하얘지고 숱도 많이 줄었다. 그녀는 자신을 탓했지만, 자책은 도움이 되지 않았다. “내가 어떻게!” 브로턴이 그녀에게 몸을 보여줄 수 있는지 물었을 때 그녀는 거의 웃다시피 하며 거부했었다.

“제발,” 그가 애원했다. “제발.” 이제 그는 그러지 않으리라. 그가 그녀를 안았을 때, 그의 재킷 단추들이 차가웠었다.

그녀가 듣기로는 그가 새처럼 수줍은 사람이라고들 했지만, 오, 그렇지 않았다. 그녀와 함께 있으면 그렇지 않다고, 그가 말했다.

미스 코텔은 천천히 잠옷을 입고 차가운 시트와 베개의 감촉을 느꼈다. 그는 그녀의 몸을 따뜻하게 해주었었고, 오늘밤에도 그럴 터였다. 애무와도 같은 그의 속삭임이 그렇게 해주었고, 그의 손길은 견딜 수 없이 황홀했으며, 그의 손은 평생 육체노동은 해본 적이 없는 것처럼 부드러웠다. 그의 푸른 눈은 그녀가 평생 보았던 눈들 중에서 가장 옅은 푸른색이었고, 솜털 같은 밀 색깔의 머리칼은 사랑스러웠다. 지금 어둠 속에서, 그가 그때처럼 속삭였고 그녀도 속삭였다. 그게 그들이 늘 원하던 것이었으니까. 그녀는 그의 부끄러움의 눈물을 닦아주었다. 그녀는 그의 몸이 지닌 온기를 사랑했다. 그는 그녀를 선택했다. 그녀도 다른 사람은 원하지 않았다.

* * *

이런 쪽의 삶은 경험해보지 못한 미스 키블은 자신이 간접적인 삶을 살았음을 억울한 마음 없이 받아들였다. 그녀의 친구는 경험을 갖고 있었다. 그들이 숱하게 주고받는 회고담이 그걸 의심할 수 없게 했다. 하지만 앞장설 것 같던 미스 코텔은 그렇게 하지 않았다. 이야기를 듣고 어떻게 해야 할지 알게 된 미스 키블이 몇 년 전에 지휘를 맡았다. "나 혼자였으면 얼마나 한심했을까." 미스 코텔은 습관처럼 그렇게 말했고, 미스 키블은 그 말이 듣기 좋았다. 그녀는 자신이 비록 조연을 맡았을지언정 결국 두 사람의 삶을 지휘하고 힘을 행사하게 되리란 걸 알았다.

그녀는 오랫동안 버리지 않고 간직해서 이제는 내용을 외우다시피 하는 낡은 소설책 『닥터 브래들리의 회고』*를 읽고 있었다. 하지만 그녀의 생각은 소설 속 인물들과 연결되지 않았다. 그 여학생의 순수한 눈빛! 눈을 감고서 아직 어린애 같은 그 손상되지 않은 예쁜 이목구비, 검디검은 머리칼, 푸른색과 빨간색 재킷과 회색 주름치마를 떠올렸다. 미스 키블에게 그날 있었던 일들의 기억이 생생히 되살아났고, 친구의 것이었어야 할 기쁨이 그녀의 것이 되었다.

* * *

미스 코텔은 꿈을 꾸었다. 초인종소리에 문을 열자 험프리 신부가

* 영국 소설가 프랜시스 브렛 영의 1938년 소설.

거기 등을 돌린 채 서 있었다. “다 됐어요.” 그가 말했다. 그의 목소리는 엄격했고, 악수는 단호했다.

“고마워요.” 그는 그녀가 준 봉투를 열어보지도 않고 말했다.

* * *

서실리아가 티스베 역을 맡았기에, 노먼턴 씨는 객석 맨 앞줄에 앉게 되었다. 나중에 배우가 되겠다는 딸의 야심은 오직 그만이 아는 비밀이었다. 서실리아가 애머스트로 떠난 후, 작별과 반가운 상봉이 거듭될 때마다 전에는 확실하지 않거나 느껴지지 않았던 부녀 사이의 친밀감이 돈독해지기라도 한 듯 아버지와 딸은 아주 가까워졌다. 그는 딸이 친구들에게는 아직 추정에 불과한 자신의 재능을 밝히기를 꺼리고, 영어 선생님이 그녀에게 언젠가는 오필리어를, 맥베스 부인을 연기하게 될 거라고 예언한 사실을 비밀에 부치고 싶은 마음을 이해했다. 노먼턴 씨는 지금의 결과를, 외롭게 자란 딸이 그가 발견할 수 없었던 재능을 발휘하고 아버지 노릇이 서툰 자신에게 비밀을 털어놓게 된 걸 기쁘게 받아들였다.

왓슨 선생님이 그의 옆자리에 앉아 그가 알아들을 수 없는 말을 속삭였다. 객석의 조명이 어두워지고 잡담이 멎었다.

* * *

미스 코텔과 미스 키블은 그 저녁에 대해 이야기했다. 그들이 공연

티켓을 구한 건, 친구나 부모라는 요건만 충족시키면 누구든 티켓을 구매할 수 있다는 사실을 미스 키블이 알아낸 덕이었다. 뒤쪽 자리였고 상당히 비좁긴 했지만 그런 건 아무래도 좋았다. 그들은 노먼턴 씨가 특별한 예우로 교장 옆에 앉은 걸 보았고, 누군가 미스 키블에게 그가 누군지 물었을 때 그녀는 티스베 역을 맡아 열렬한 박수갈채를 받은 여학생의 아버지라고 말해줄 수 있었다.

이제 자정이 가까운 시각이었고 아침식사가 나오는 여관에 투숙한 그들의 침대는 목소리를 낮추어도 대화에 지장이 없을 정도로 가까이 붙어 있었다. 미스 코텔은 오늘밤 그들이 바랄 수 있는 정점에 이른 것 같은 느낌이었다고 생각했다. 지금으로부터 오래전인 어느 쌀쌀한 4월 오후에 험프리 신부가 사제관이라고 부른 곳에 그녀 혼자 찾아가면서 시작된 일이 마침내 끝이 난 것이다. "신부님은 준비가 되면 오실 거예요." 지저분한 여자가 무뚝뚝하게 알려줬고, 미스 코텔이 날씨 이야기를 꺼냈지만 그 여자는 아무 대꾸도 하지 않았다.

"자, 그러면?" 키와 몸집이 큰 험프리 신부가 들어와서 그녀를 맞이했다. 신부는 자신에 대해 어떻게 알았는지 물었고, 그녀는 연금 부서 동료 여직원에게 들었다고 설명했다.

미스 키블도 잠 못 이루며 그 오후로 돌아갔다. 미스 코텔은 그 이야기를 들려줄 때 그 지저분한 여자의 헝클어진 흰머리가 얼굴로 마구 흘러내리고 손톱 밑이 까맸던 것, 자신이 험프리 신부를 기다리는 동안 사제들이 그 방을 조용히 지나갔던 것에 대해 자세히 묘사했었다. 두 여자는 오늘밤 다시 그 이야기를 하게 될 거라 생각했지만 그렇게 되진 않았다. 화물트럭 한 대가 바깥 도로에서 멈추고 차문 닫히는 소리가 들리더니 남자 목소리가 말했다. "여기가 좋겠어." 개 한 마리가 짖기 시작했지만 오래 짖진 않았다.

그다음에 미스 코텔과 미스 키블은 잠이 들었다. 고대 그리스 복장들이 그들의 의식을 물들였고, 그 시대 음악의 리듬이 다시 희미하게 들렸으며, 노먼턴 씨의 진청색 양복과 물방울무늬 넥타이, 그가 코트와 함께 들고 다니던 모자도 보였다.

"못 떠나겠어." 미스 코텔이 아침식사 시간에 고백했다. "얼마나 멋진 공연이었는지 말해주기 전에는 못 가겠어. 난 못 가, 키블."

두 사람은 각자 선물을 준비했다. 미스 코텔은 은 플레이트에 색깔 있는 보석들이 박힌 가느다란 팔찌를, 미스 키블은 자신이 특별하다고 확신하는 초콜릿을 골라 담은 초콜릿 세트를 샀다. 그들은 학교 종소리에 익숙해져서 수업시간이 끝났을 때, 점심시간에 학생들을 소집할 때, 네시 반 점호 때, 그리고 오 분 후 학생들을 재촉할 때 어떤 종이 울리는지 알았다. 그들은 숲속 빈터를 알고 있어서 손수 만든 샌드위치를 들고 그곳으로 갔다. 그들은 그곳에서 오솔길을 살폈지만 종일 아무도 나타나지 않았다.

그 말을 꼭 해야 해, 미스 키블은 기다리는 동안 초조하게 마음속으로 다짐했다. 하지만 코텔은 그 말을 할 사람이 아니야. 그런 성격이 아니니까. 코텔은 스스로를 밀어붙이지 않았다. 과거에도 그랬었고 앞으로도 그럴 것이다. 그녀는 너무 쉽게 소심해졌다. 하지만 그럼에도 미스 키블은 자신들이 처음 여기 오기 시작했을 때 이후로 친구의 눈에 숱하게 어렸던 갈망이 지금 그 어느 때보다 강렬하다는 걸 알 수 있었다. 그녀는 오늘 친구의 몸짓과 암시, 눈을 깜짝이며 억누르는 눈물에서 그걸 감지할 수 있었다.

네시 이십분에 그들은 학교를 향해 걸어갔다.

* * *

서실리아는 두 여자를 얼핏 보고 시선을 피했다. 오후 당직자가 누군지는 몰라도 그들에게 무슨 목적으로 왔는지 물을 터였다. 외부인은 특별한 이유 없이는 파운더스 쿼드*에 출입할 수 없으니까. 반장이 그들이 누군지 묻고, 누군가 자기도 모르겠다고 대답하는 소리가 들렸다. 엘리자베스 스테이섬이 이제 매일 오후 체육대회에 대비하는 훈련을 해야 해서 점호에서 면제된 게 그나마 다행이었다.

"어젯밤 공연이 얼마나 좋았는지 말해주고 싶어서 왔어요." 키 큰 여자가 그렇게 말하자, 땅딸막한 여자는 자기들이 그 말을 하러 오는 걸 야생마도 막을 수 없었을 거라고 덧붙였다.

"우리가 주는 거예요." 키 큰 여자가 말했다.

그들은 서로 다른 색깔 포장지에 싼 꾸러미를 내밀었고, 서실리아는 그들이 억지로 주는 바람에 결국 버려야만 했던 꽃다발을 떠올렸다. 스미스 선생님이 당직자였는데, 그 여자들이 학교에 들어온 것에 신경쓰지 않는 듯했고, 어젯밤에 본 기억이 나는 듯 그들을 향해 친절하게 고개를 끄덕여 알은체까지 했다. 점호가 끝나고 스미스 선생님이 두 가지 공지 사항을 간략히 전달하는 동안 그 여자들은 조용히 대화

---

* Founder's Quad. founder는 학교 설립자를, quad는 사방이 건물들로 둘러싸인 사각형 안뜰을 의미한다.

를 나눴다.

"서실리아, 우리집에 놀러오면," 그다음에 땅딸막한 여자가 말했다. "집이 마음에 들 거야. 여기서 그리 멀지 않아요." 그녀는 서실리아가 받지 않은 그 꾸러미들은 선물이라고, 그 안에 그들의 집 주소와 전화번호가 들어 있다고 말했다.

학생들은 이미 그 두 여자에 대한 호기심이 사라진 뒤였고 가까이에서 그들의 대화를 듣는 사람도 없었다. 점호를 마친 학생들은 이미 그곳을 뜨고 있었다.

"우리가 주는 거예요." 키 큰 여자가 되풀이했다.

서실리아는 그 꾸러미들을 받았다가 마음이 바뀌어 의자에 내려놓았다. "모르는 분들이잖아요. 저에게 선물을 주는 건 고맙지만 왜 그러는 건지 모르겠어요."

"서실리아," 땅딸막한 여자가 말했다. "험프리 신부님이라고 들어봤죠?"

"저를 다른 사람으로 착각하신 것 같아요."

키 큰 여자가 고개를 저었다. 험프리 신부의 이름이 언급되었을 때 그녀는 깜짝 놀라는 표정으로 그래선 안 된다고 저지하듯 한 손을 내밀었으며, 눈빛에 불안이 가득했다.

"험프리 신부님이 돌아가셨어요." 다른 여자가 아랑곳하지 않고 말을 이었다. "미스 코텔이 그 소식을 들었어요. 그녀는 사제관으로 다시 찾아갈 때 나에게 같이 가서 도와달라고 부탁했어요. 전에 봤던 가정부가 그대로 있었고, 나는 미스 코텔에 대한 서류가 남아 있는지 보여달라고 했어요. 가정부는 안 된다고 했지만 결국 오 분만 서류를 볼 수 있게 해주었고, 사실 오 분으로 충분했어요. 험프리 신부님은 모든 걸 기록해놓는 분이셨죠."

서실리아는 그 여자들이 정신적으로 문제가 있는 건 아닌지, 혹시 정신병원 같은 데서 도망친 건 아닌지 의심했다. 잠시 그들이 불쌍하다는 생각이 들었지만, 이내 키 작은 여자가 자기들 집에 대해, 래글스라는 이름을 가진 고양이와 꽃 화분들에 대해 이야기하기 시작했고, 키 큰 여자도 잠시 망설이더니 가담했다. 그러자 미친 사람이 하는 이야기처럼 들리지 않았고 그들에 대한 연민도 사라졌다. 고양이는 새끼 때 길을 잃고 그들의 뒷마당으로 들어왔다고 했다. 그들의 집은 '상 수시'*라 불린다고 했다. 서실리아가 놀러오면 하룻밤 자고 가도 된다고 했다. 그들은 서실리아가 자주 와야 하는 것처럼 말하면서 그녀가 쓰게 될 침실에 대해 묘사하고 도배도 그들이 직접 했다고 덧붙였다.

"네가 와준다면 얼마나 좋을까!" 키 큰 여자는 그렇게 말하면서 아직 사라지지 않은 불안감 사이로 미소를 보냈고, 비뚤고 변색된 치아들 사이로 깨진 이가 튀어나와 있었다.

"얘야, 미스 코텔은 네 엄마야." 미스 키블이 말했다.

* * *

서실리아는 두 개의 꾸러미를 의자에 놔둔 채 그 자리를 떴지만, 몇 야드 못 가서 여자들의 목소리가 들려왔고, 전에 없이 격앙되고 성난

* 프랑스어로 '근심 걱정 없다'는 뜻. 독일에 있는 상수시궁전도 같은 뜻을 지닌다.

목소리였다. 그녀는 단 한 번, 잠시 뒤돌아보았다.

그들은 그녀가 떠나올 때의 모습이 아니었다. 둘이 마주서 있었고, 목소리를 낮추려 애썼지만 잘되지 않았다. "난 맹세했어." 그녀의 엄마라는 여자가 격렬하게 외쳤다.

두 목소리가 비난과 부인, 경멸과 멸시 속에 충돌했고, 박탈당했다고 느끼는 여자의 흐느낌이 이어졌다. 그녀는 그저 자식 가까이 있고 싶었고, 그녀에게 주어진 자격은 그것뿐이었다. "그것뿐이었는데," 서실리아는 목이 메어 간신히 나오는 그 목소리를 들었다. "넌 그 끔찍한 질투심으로 내가 가질 수도 있었던 그 알량한 걸 잘도 망쳐버렸어."

서실리아는 발걸음을 재촉했다. "우린 다시 못 와." 그녀가 마지막으로 겨우 알아들은 말이었다. "다시는. 영원히."

격렬한 항의가 이어졌고, 그뒤론 무슨 소린지 알아들을 수 없었다. 서실리아는 다시 그 여자들을 정신병자로 여기려 애썼고, 그러다 그 여자들 생각을 아예 지우려고 애썼다. 그후로 그녀는 그 일에 대해 아무에게도, 당연히 관심을 보였을 데이지와 어맨다에게조차 이야기하지 않았다.

* * *

그해 여름에 노먼턴 씨는 딸을 포르크롤섬*에 데려갔다. 그전에는 여름이면 카프페라, 베네치아와 볼로냐, 스위스에 데려갔었고 그때마

---

* 프랑스 남부의 섬.

다 시간을 내어 파리에 들렀다. 서실리아는 이 여행들을 통해 처음으로 아버지를 더 잘 알게 되었다. 그의 삶의 더 많은 부분이, 그가 딸은 관심이 없으리라 여겼던 과거의 일들이 드러났다. 그의 어린 시절은 고독한 아버지 역할에 중요성을 더했고, 청년 시절의 세계 또한 마찬가지였다. 서실리아는 학교에서 버킹엄 스트리트의 집으로 돌아올 때마다 그의 우울증이 전보다 나아진 걸 느꼈다. 둘이 함께 휴가를 보낼 때는 거의 우울증이 나타나지 않았다.

포르크롤섬에서 크고 작은 모든 만들을, 수영할 곳을 찾아다니는 동안 서실리아는 아버지가 자신과의 동행을 즐기는 걸 느꼈고 그녀에게도 아버지의 조용한 존재가 기쁨이 되어주었다. 전에는 항상 그렇진 않았었다. 둘 사이의 침묵이, 대화를 이어가기 위해 할말을 찾으려고 애쓰는 어색함이, 불확실성과 의심이 뭔가 잘못된 것만 같은 조바심으로 이어지기 십상이었던 것이다.

8월 날씨는 더웠지만 바람이 시원해서 걷기에 좋았고, 부녀는 많이 걸었다. 이야기도 많이 나눴는데, 특히 서실리아의 이야깃거리가 넘쳤다—학교 친구들, 지난 학기 동안 읽었던 책들, 엘리자베스 스테이섬의 은근한 괴롭힘. 그녀는 자신에게 성가시게 군 여자들 이야기는 하지 않을 작정이었기에 무심코 그 이야기가 나오자 즉시 후회했다.

"그들이 돈을 요구했니?" 아버지가 물었다. 그들은 절벽을 따라 걷고 있었는데 아래쪽의 바위가 많은 해변으로 내려가는 길이 있는지 찾아보기 위해 잠시 멈췄다가 그런 길이 보이지 않자 다시 걸음을 옮겼다.

"아뇨, 전혀요." 서실리아가 대답했다. "그냥 특이한 여자들이었어요."

"가끔 그런 식으로 접근해서 돈을 요구하는 사람들이 있어."

그는 런던에서는 볼 수 없었던 캐주얼한 차림으로 재킷 없이 흰 여름 바지를 입고, 목 단추를 푼 셔츠 속에 그녀가 준 컬러 스카프를 매고 있었다. 옷차림에 관심이 많은 서실리아는 딱딱한 정장보다 캐주얼한 차림이 훨씬 마음에 들었다. 그 자리에서 아버지에게 그렇게 말해주었다. 그 여자들은 다시 화제에 오르지 않았다.

하지만 그날 저녁 호텔 테라스로 위스키를 갖다달라고 해서 마시며 그가 말했다. "그 여자들 얘기 좀더 해보렴."

서실리아는 다시 자신에게 화가 나서 올리브를 하나 깨물었다. 그는 호기심도 동하고 혼란스럽기도 한 것 같았다. 그녀가 너무 많은 걸 말해버렸으니까—하키 경기 때 두 번 본 여자들이 숲속 오솔길에 다시 나타난 일, 그들이 정신질환을 앓고 있을지도 모른다고 생각한 것. 그녀는 아버지에게 그들의 옷차림과 둘이 동시에 말하면서 각자 다른 이야기를 했던 것, 그들의 집에 대해 자세히 묘사하고 고양이 이야기까지 했던 것에 대해서도 말해주었다. 아버지는 간간이 고개를 끄덕이고 미소를 지으며 귀기울여 들었다. 그녀는 아버지에게 모든 걸 말하진 않았다.

테라스에 천천히 사람들이 들어차고 새로운 대화들이 시작되는 동안 갈가리 찢긴 낮의 열기가 화려한 노을이 되어 저녁 하늘을 물들이고 있었다. 개 한 마리가 얌전하게 의자 밑에 엎드려 있었는데, 주인 커플이 술을 다 마시고 개를 그대로 내버려둔 채 레스토랑 안으로 들어가버린 후에도 아무 말썽도 일으키지 않았다. 한 프랑스 남자가 최근에 겪은 일에 대해 이야기했고, 그가 이야기를 마치자 조용한 웃음이 보답으로 주어졌다. 서실리아는 몇 번이나 들린 '죄 블랑jeu blanc'이라는 말이 무슨 뜻인지 몰라서 거기에 신경쓰느라 이야기의 골자를 놓쳤다.

"나도 예전엔 테니스를 많이 쳤었지." 레스토랑 안의 테이블로 안내받아 가는 동안 그녀의 아버지가 말했다. "너한테 그 얘기는 한 적이 없을 거야."

"잘 쳤어요?"

"아니, 전혀. 하지만 테니스 치는 걸 좋아하긴 했지. '죄 블랑'은 러브게임*이라는 뜻이야."

* * *

마지막날 아침, 그곳에서 머무는 동안 매일 그랬던 것처럼 항구로 걸어가는 길에 서실리아는 배우가 되는 것에 대해 이야기했고 아버지의 일과 직장 동료들, 그가 처음 버킹엄 스트리트에 있는 집에 대해 알게 되고 그곳에서 결혼한 일에 대해 전보다 많은 이야기를 들었다. 그는 마을 초입에 있는 농장을 지나며 말했다. "그 결혼생활은 엉망이 되어버렸지. 우린 다시 잘해보려고 애썼지만 뜻대로 되지 않았어. 내가 너에게 그렇게 믿도록 만든 건 그게 더 쉬워서였고, 또 가끔은 나 자신도 그게 진실인 것처럼 가장하고 살았기 때문이지. 버림받은 게 수치스러웠으니까."

* 테니스에서 패자가 1점도 얻지 못한 게임.

부겐빌레아가 정원 담장 너머로 늘어져 있었다. 혼잡한 과일 가판대 쪽에서 길을 건너면 그들이 제일 좋아하는 카페가 있었는데, 아직 손님이 많은 시간이 아니라 그들이 즐겨 앉는 테이블이 비어 있었다. 이미 다른 사람들이 차지하고 있을 때가 많았던 자리였다. 그들이 주문하기도 전에 커피가 나왔다.

"어쩌면 너도 짐작하고 있을지도 모른다고 생각했다." 아버지가 말했다. "그 결혼생활에 대해서."

노인들이 구석에서 도미노게임을 하고 있었고, 웨이터들은 우두커니 서 있었다. 한 여자와 아이가 황급히 뛰어들어왔다. 커피머신 앞에서 일하던 웨이트리스가 문 하나를 가리켰다.

"너와 처음 만난 순간부터 지금까지," 서실리아의 아버지가 말했다. "넌 내 삶의 잘못된 부분에 대한 보상이 되어주었지."

* * *

그들은 부두에서 천천히 다가오는 연락선을 바라보았다. 배에 타려고 기다리고 있던 사람들이 짐을 한데 모으고 배낭을 둘러메며 승선 준비를 했다. 검표원 두 명이 도착하자 비뚤비뚤한 줄이 만들어졌다. 연락선에서 내린 새 여행객들이 호텔에서 마중나온 회색 미니버스가 주차된 곳을 향해 여행 가방을 끌고 갔다.

"관광안내소에 잠깐 들러야겠다." 서실리아의 아버지가 말했다. 관광안내소에 가보니 안으로 들어가볼 필요도 없이, 그들이 내일 아침 일찍 탈 육지행 배 시간표가 창구에 게시되어 있었다.

그들은 마을에서 바게트빵과 슬라이스 햄을 샀고 복숭아와 신문도 샀다. 그리고 카페에 가서 커피를 한 잔 더 마셨다.

"미안하구나." 아버지가 말했다. "진실을 너무 많이, 너무 오래 증오해서."

* * *

호텔로 걸어 돌아오는 길에 서실리아는 할 수도 있는 말을 하지 않았고, 물을 수도 있는 말을 묻지 않았다. 그녀는 알고 싶지 않았다.

그들은 메마르고 먼지 낀 나무들 그늘에서 잠시 쉬었다. 자전거 탄 사람들이 지나가며 그들에게 미소를 보내고 손을 흔들었다. 멀리서 항구로 돌아가는 미니버스의 덜컹거리는 소리가 희미하게 들려왔다.

"이제 갈까?" 아버지가 그녀에게 두 손을 내밀며 말했다.

* * *

그녀는 객실 커튼을 쳐서 오후의 환한 실내를 어둡게 만들었다. 침대에 누우면 울지도 모른다는 생각에 미리 베개 위에 수건을 깔았다. 퍼즐 조각들이 맞춰졌다. 거짓말이 된 사진들, 깨진 결혼. 아이는 태어나지 않았고, 그들은 아이가 갖고 싶었다. 그걸 만회하기 위해 최선을 다했지만, 그들의 관계는 끝나고 말았다. 현관에 여행 가방들이 놓이고 코트와 원피스가 옷걸이에 걸린 채 수북이 쌓였다. 택시가 떠났다. 그는 택시가 떠나는 걸 지켜보았다. 공교롭게도 어디에도 속하지 못해 이제 그의 차지가 된 아이와 단둘이.

객실 청소부들이 침대를 정리하러 왔다. 서실리아는 그냥 두라고 말한 후 그들이 침대 옆 탁자에 가져다두었던 초콜릿에 대해 고맙다고 인사했다. 아버지가 와서 조용히 문을 노크하자, 두통이 있어서 오늘 밤엔 못 내려간다고 안에서 외쳤다. 아버지는 안달하지 않았다. 그는 안달하는 법이 없었다. 그의 발걸음소리가 멀어져갔다.

* * *

밤은 서둘러 지나가지 않았다. 그녀는 밤이 서두르기를 원하지 않았다. 내일 아버지는 시작한 말을 마무리할 터였다. 그녀가 거기까지 알게 되었으니, 그는 "이 얘기도 해야겠구나"라고 조용히 말할 것이고, 진실을 고백하면서 용서를 구할 터였다. 그녀는 아버지가 진실을 숨긴 걸 원망하지 않았다. 그녀는 이해했다. 아버지가 이미 설명했으니까. 하지만 아버지는 아직 다 하지 못한 말을 할 것이다. 그래야만 한다고 느낄 테니까.

* * *

그들은 파리행 기차를 타기엔 너무 일찍 툴롱에 도착했고, 한 사람은 남아서 짐을 지켜야 했기에 교대로 툴롱의 거리들을 둘러보았다. 서실리아는 침울하게 쇼윈도 안을 들여다보았고, 거기 있는 물건들이 눈에 제대로 들어오지도 않았다. 다시 그 여자들이, 현실에서 그랬던 것처럼 주위에서 얼쩡거렸다. 그들의 목소리, 옷차림, 그들이 이야기한 성직자, 그들의 집, 고양이. 아버지는 끝까지 침묵을 지키진 않을 터였다. 그걸 원하진 않을 테니까. 기차에서 그녀에게 말할 터였다.

심지어 지금 말할 수도 있어, 서실리아는 플랫폼에서 아버지와 함께 기차를 기다리며 생각했다. 낯선 곳에서, 분주히 오가는 사람들 틈에서, 바로 지금이라고 느껴지는 순간이 올 수도 있으며 그는 신중하게 말을 꺼낼 터였다. 그녀가 집에서 함께 살면서 그곳에서의 그의 불행을 보상해줬다는 말을 다시 하고 나서 그녀가 알아야만 할 것에 대해 이야기할 터였다.

하지만 그녀의 아버지가 입을 연 건 그들이 기다리고 있는 기차에 대해 찬양하기 위해서였다. 그 특급열차는 마르세유와 몽펠리에, 리옹과 디종을 거만하게 무시해버리고 단 두 번만 정차했다. "세계 최고의 기차지." 그가 말했다. "그리고 점심으로 크로크*를 먹을 수 있단다."

그들은 스낵바 카운터 자리에 서서 크로크를 먹으며 언제라도 다시 가고 싶은 그 작은 만들, 맑고 깊은 물, 날마다 했던 탐사, 즐겨 찾았던 카페에 대해 이야기했다. 서실리아의 공포는 조금씩 누그러졌고, 딸의 음울한 기분을 눈치채고 이해한 듯 아버지의 정중함은 신중하고 확고했다. 그는 대화를 끌어내어 이어갔다. 그녀는 아버지의 얼굴을 보고 아버지가 마음을 바꿨음을 알 수 있었다.

나중에 거의 빈 객차 안에서 그들은 독립된 좌석에 마주앉아 있었고, 조용했다. 그녀의 아버지는 즐겨 읽는 『블리크 하우스』**를 읽었고,

---

* 햄과 치즈를 넣은 프랑스식 샌드위치.

** 찰스 디킨스가 1852~1853년 연재한 장편소설.

그녀는 여느 여행에서는 아버지가 독서에 몰입할 때 가끔 소외감을 느꼈었지만 지금은 그렇지 않았다. 그의 얼굴에 간간이 떠오르는 즐거운 미소, 책장을 넘기는 섬세한 손, 여행중에도 구겨지지 않은 여름옷이 그가 긴 세월을 두고 서서히 얻게 된 마음의 평안을 나타냈다. 그는 자신의 비통함을 잘 견뎌냈다. 어딘가에서, 오늘 그리고 모든 날에, 그가 끝까지 사랑했던 아내는 그가 주지 못한 만족감을 즐겼다. 그는 잔인한 인내심을 발휘해 그가 없는 그녀의 삶에 대해 곱씹으며 살 수도 있었지만, 그 대신 비우기를 택했고, 그것이 진실보다 낫다고 생각했다.

서실리아는 그걸 알고 있었으며, 그가 고통을 안고 살아가는 기술을 모방했다. 그리고 더이상 밝혀질 게 없었기에 그의 계속되는 침묵을 허용했다. 그 고독한 여자들은 삶을 조금은 멋지게 꾸며주는 환상을 키웠다. 외로움을 달래기 위해 어머니 없는 소녀들을 찾아내어 친구가 되려 했다. 있었을지도 모르는 일들의 모호한 세계, 허세 섞인 감행과 가장, 이야깃거리가 되는 드라마에는 짜릿한 흥분이 있었다.

그런 허술한 가정과 짐작이 서실리아의 머릿속으로 슬그머니 들어와 자리를 차지하고 떠나지 않았다. 분명하고 거의 확실한 것에 불안하게 도전하는 그 추정들은 애매하고 미숙했다. 하지만 그것들은 엄연히 존재했고, 서실리아는 마음에 위안을 주는 그 의혹의 속삭임에 귀를 기울였다.

# 거장이 남긴 마지막 위안

## 순간을 포착하는 예술

안톤 체호프와 기 드 모파상, 제임스 조이스의 뒤를 잇는 단편소설의 거장 윌리엄 트레버는 〈파리 리뷰〉와의 인터뷰에서 단편소설을 "순간을 포착하는 예술art of the glimpse"이라고 정의했다. 그는 장편소설이 복잡한 르네상스시대 그림이라면 단편소설은 화가에게 깊은 인상을 준 찰나의 장면을 주관적인 방식으로 화폭에 담는 인상파 그림이라고 덧붙여 설명했다. 자연이나 일상 속에서 "진실이 폭발하는" 순간을 포착해내고 그것을 살아 있는 붓 터치로 강렬하게 묘사해낸 인상파 그림을 닮은 짧은 이야기들, 그것이 이 시대의 가장 위대한 단편소설 작가 윌리엄 트레버가 글로 구현해낸 예술이었다.

윌리엄 트레버는 모름지기 작가는 관찰자로서 삶의 무대에서 조명이 닿지 않는 어두운 곳에 자리해야 한다면서, 자신이 아웃사이더로 태어나고 살았던 건 작가로서 특혜나 다름없다고 말했다. 1928년 아일랜드 코크 카운티의 미첼스타운이라는 마을에서 태어난 그는 태생부터 아웃사이더일 수밖에 없었는데, 가톨릭의 나라 아일랜드에서 작은 섬처럼 존재하는 프로테스탄트 가정 출신이었기 때문이다. 성장기에는 은행원인 아버지의 근무지를 따라 아일랜드의 지방 도시들을 옮겨 다니며 학교를 무려 열세 군데나 다녔다. "중산층 집시"였다는 그의 회고대로 뿌리 없는 떠돌이의 삶이었다. 부모님의 긴 불화로 집안 분위기는 어둡고 냉랭했다. 예술가의 감수성을 지닌 조용한 소년 윌리엄 트레버는 열 살 무렵부터 탐정소설을 탐독하며 스릴러 작가의 꿈을 키웠다. 그러다 더블린의 기숙학교 세인트컬럼바스 칼리지에서 만난 미술 교사의 영향으로 조각에 심취하기도 했다. 더블린 트리니티 칼리지에 입학하여 역사학을 전공했고, 그곳에서 평생의 반려자가 될 제인 라이언을 만나 결혼했다. 대학 졸업 후 이 년간 북아일랜드에 있는 작은 학교에서 역사를 가르치며 조각가로 활동하기도 했다. 그 무렵 아일랜드가 경제 불황의 늪에 빠져들면서 많은 사람들이 일자리를 찾아 영국으로, 미국으로 떠나기 시작했고, 윌리엄 트레버 역시 재직중이던 학교가 문을 닫자 1954년 아내 제인과 함께 그 대열에 합류했다.

영국으로 건너간 그는 미들랜드와 웨스트카운티 지역에서 미술 교사로, 무명 조각가로 살았고, 1958년 첫 소설 『행동 규범』을 발표했지만 주목을 받지 못했다. 아이가 태어나면서 가족을 안정적으로 부양하기 위해 런던의 광고회사에서 카피라이터로 일하기 시작했다. 그는 서른여섯이 되던 1964년 두번째 소설 『동창생들』이 호평을 받고 호손덴상을 수상하면서 생계 수단에 불과했던 광고 일을 과감히 접고 전업 작가의 길로 들어섰다. 그는 가족과 함께 런던을 떠나 데번의 시골 마을에 정착하여 그곳에서 푸른 종이에 수동 타자기로 글을 쓰는 한결같은 일상을 이어가다가 2016년 팔십팔 년의 생애를 마감했다.

글을 쓰지 않으면 우울해지기에 날마다 써야만 한다고 고백한 윌리엄 트레버는 육십 년 가까이 소설, 극본, 논픽션 등 다양한 분야의 글들을 무수히 써냈으며, 특히 소설가로서 장편소설 열여덟 편, 중편소설 두 편, 단편소설 수백 편을 발표했다. 장편소설로는 『딘머스의 아이들』 『운명의 장난감』 『펠리시아의 여정』으로 휫브레드상을 세 차례 수상하고, 부커상 후보에도 다섯 번(네 번은 최종후보에까지) 올랐다. 단편의 경우 오 헨리 상을 네 차례나 거머쥐었는데, 미국인 작가에게만 수상자격을 부여했던 오 헨리 상이 비미국인 작가에게도 기회를 준 결과였다. 1976년에 그를 회원으로 선정한 왕립문학협회 작가 소개 글에는 영국에도 단편소설에 주는 상이 있었다면 해마다 그의 차지가 되었으리란 아쉬움 섞인 견해가 피력되어 있다.

그의 단편들은 1967년에 첫 단편집 『우리가 케이크를 먹고 취한 날』이 나오면서부터 뜨거운 호응을 받았고, 1975년 왕립문학협회상을 수상한 단편집 『리츠호텔의 천사』에 대해 그레이엄 그린은 "제임스 조이스의 『더블린 사람들』 이후 최고의 단편집 가운데 하나"라고 격찬했다. 윌리엄 트레버는 작가로서 국가에 기여한 공로를 인정받아 1977년에는 대영제국 커맨더 훈장을, 1994년에는 문학 훈위 칭호를, 1999년에는 데이비드 코언 상을, 2002년에는 엘리자베스 2세 여왕으로부터 명예 기사 작위를 받았으며, 고국 아일랜드에서도 2001년 아일랜드 문학상, 2002년 아일랜드 펜 어워드를 수상했다.

늘 단편소설 작가임을 자랑스럽게 내세웠던 윌리엄 트레버는 단편의 아름다움은 하나의 순간을 포착하여 그것을 영원하게 만드는 데 있다고 말했다. 삶의 진실이 폭발하는 순간을 글에 담을 때는 불필요한 군더더기를 모두 없애고 가능한 한 분명하고 간결하게 서술해야 한다. 단편소설 작가의 미덕은 되도록 적게 이야기하는 것이다. 함축적이고 절제된 글로 깊고 강렬한 울림을 만들어내는 것이다. 그는 BBC와의 인터뷰에서 마치 영화의 편집 작업처럼 자신이 쓴 글을 다듬고 또 다듬는다고 밝혔다. 가장 예술적인 산문 장르라고 할 수 있는 단편소설 분야에서 그가 압축의 경이를 이루어낸 것은 무엇보다도 완전함을 향한 끊임없는 노력 덕이었다고 할 수 있다.

윌리엄 트레버는 왜 영웅을 그리지 않느냐는 질문에 영웅은 단편소설에 맞지 않는다며 "단편소설은 소시민들의 이야기"라는 프랭크 오코너의 말을 인용했다. 그는 인물들의 비영웅적 측면이 훨씬 더 다채롭고 흥미진진하며 삶의 진실을 더 잘 보여준다고 믿었다. 실제로 그의 단편들은 평범한 사람들의 고독과 작은 비극들을 다루고 있다. 〈뉴욕 타임스〉는 그의 인물들에 대해 "변덕스러운 운명과 불공평한 싸움을 벌이는 영국과 아일랜드 중하위 계층의 제일 아랫단에 매달린 사람들이 대부분"이라고 언급했다. 그는 늘 슬픔에 이끌린다고 고백했으며 사람들은 누구나 슬픔을 지니고 산다고 말했다. 그래서 멜랑콜리한 시선을 지닌 비관적인 작가로 오인되기도 했다. 하지만 그는 삶의 슬픔 그 자체보다 그것에 대한 인물들의 반응에 주목했다. 그들이 어떤 식으로 슬픔을 극복해내고 새 삶을 얻거나 영영 비극의 희생자로 남는지에 초점을 맞추었다. 그는 삶에서 슬픔은 불가피한 고통이지만 새롭게 거듭날 기회를 주는 좋은 것이기도 하다며, 삶의 균형이 무너졌을 때 온 힘을 다해 다시 중심을 잡고 자신의 길을 나아가는 것은 매우 중요한 성취라고 말했다. 인생을 살다보면 예고도 없이 찾아오는 비극이 삶을 송두리째 뒤흔들고 영원히 지울 수 없는 깊은 상처를 남기기도 하지만 꿋꿋하고 의연하게 하루하루를 견디며 더욱더 단단해지는 사람들, 윌리엄 트레버의 단편들에서는 그런 인물들의 이야기가 다양한 형태로 변주되고 있다.

### 마지막 이야기들

윌리엄 트레버가 세상을 떠나고 이 년이 지난 2018년, 그가 말년에 쓴 단편들을 모은 『마지막 이야기들』이 출간되었다. 노작가가 더욱 깊어진 시선으로 삶을 관조하며 절제된 목소리로 전하는 이 열 편의 마지막 이야기들 전체를 관통하는 지배적 정서는 초연함이다. 윌리엄 트레버의 단편들이 거의 그러하듯 이 마지막 이야기들에서도 어김없이 운명의 폭풍우는 휘몰아치지만, 화자들은 벽난로 불이 활활 타오르고 클래식 음악이 흐르는 아늑한 실내에서 안락의자에 앉아 책을 읽다가 시선을 들어 창밖의 폭풍우를 바라보는 듯한 느낌을 준다. 그건 무엇보다도 그들이 이미 크고 작은 시련들을 통해 여간해서는 무너지지 않는 균형감각을 지니게 되었기 때문이다. 「피아노 선생님의 제자」에서 미스 나이팅게일은 평생 독신으로 산 오십대 초반의 여성으로 아버지에게 유산으로 물려받은 집에서 아이들에게 피아노를 가르치며 평온한 삶을 누리고 있다. 어느 날 천재성을 지닌 조용한 소년이 그녀의 제자로 들어오고 소년의 아름다운 연주는 미스 나이팅게일을 파라다이스로 이끈다. 하지만 그녀는 소년이 다녀간 후면 작은 물건들이 하나씩 사라진다는 걸 알게 된 후 괴로움과 당혹감에 시달린다. 견고했던 삶의 기반이 흔들리고, 미스 나이팅게일은 홀몸으로 하나뿐인 딸을 헌신적으로 키워준 아버지가 혹 딸의 애정을 이용하여 평생 곁에 붙잡아둔 것은 아닌지, 십육 년 동안 그녀와 밀회를 나누다 결국 떠나버린 남자, 아내와 헤어지고 돌아오겠다는 약속을 지키지 않았지만 아름다운 사랑의 추억으로 간직했던 그 남자가 자신의 아내를 기만한 것처럼 그녀 또한 기만한 건 아닌지 의심한다. 그리고 인간의 나약함이 사랑과 예술에 남기는 오점들을 고통스럽게 바라본다. 그러나 소년이 떠나면서 평온을 되찾고, 세월이 흘러 소년이 다시 찾아왔을 때 그녀는 불완전하고 이해할 수 없는 삶 자체가 하나의 경이임을 깨닫는다. 「다리아 카페에서」에서 애니타 라이드에게 친구 클레어의 갑작스러운 등장은 희미한 여진처럼 다가온다. 한때 텔레비전 인기 댄스 그룹 멤버였던 그녀는 열아홉 살에 사랑에 빠져 결혼하지만 남편이 그녀의 둘도 없는 친구 클레어와 불륜 관계를 맺으면서 사랑과 우정을 한꺼번에 잃는다. 그 일은 그녀에게 세상이 무너지는 지진과도 같은 참사였지만 긴 세월이 흘러 이제 중년에 접어든 그녀는 출판사 원고 검토자로 만족스럽게 살고 있다. 다른 남자는 만나지 못했고 사람들과 깊은 교류도 할 수 없지만 상처는 거의 아물었고 혼자 사는 삶이 쓸쓸하지도 않다. 어느 날 갑자기 클레어가 나타나 남편의 죽음을 알리면서 그녀의 삶에 다시 파문이 일지만 그녀를 흔들어놓진 못한다. 이미 사랑도, 우정도 오래전 일이니까. 그녀는 새로 태어났으니까. 「조토의 천사들」에서 그림 복원가 콘스탄틴 네일러는 기억상실증에 걸려 산산조각난 기억들 사이를 표류하고 있기에 현실의 어떤 사건도 그에게 타격을 주지 못한다. 「겨울의 목가」에서 메리 벨라의 사랑은 느린 죽음을 맞이하거나 평범해지지 않는 영원하고 고귀한 것이기에 현실의 고통을 견뎌낼 비범한 용기를 준다. 「여자들」에서 노먼턴 씨는 사랑하는 아내가 다른 남자에게 떠난 후 오랜 세월 진실을 외면하면서 우울에 빠져 살지만 딸 서실리아를 위해 굳건히 버티며 서서히 마음의 평안을 얻게 되고 돌연 폭풍우에 휘말리게 된 서실리아를 깊은 이해와 사랑으로 지켜준다.

화자가 한 걸음 떨어진 곳에서 다른 인물에게 일어난 사건을 서술하고 있기에 감정적 거리가 전제된 이야기들도 있다. 「장애인」에서 마티나와 장애인 사이에 벌어진 사건은 영어가 서툴러 의사소통이 자유롭지 못한 떠돌이 칠장이 형제들의 추정에 맡겨진다. 「레이븐스우드 씨 붙잡기」에서도 사랑하는 아내와 다툰 후 화가 나서 과속운전을 하다가 사고를 일으켜 아내를 죽게 만든 레이븐스우드 씨의 죄책감이 그를 유혹하여 돈을 뜯어내려는 젊은 은행원 로잰의 어렴풋한 회상으로 짧게 처리된다. 「크래스소프 부인」에서는 돈을 보고 결혼한 늙은 남편이 죽자 과부의 삶을 즐기기로 결심한 크래스소프 부인이 맞이한 파국이, 길에서 우연히 만나 겨우 안면만 있는 남자의 호기심을 자극하는 미스터리로 남을 뿐이다. 「모르는 여자」는 화자인 해리엇 밸푸어가 자신의 집에서 청소부로 일하던 말없는 여자 에밀리 밴스가 자살로 추정되는 끔찍한 교통사고로 삶을 마감했다는 소식을 듣는 장면부터 이야기가 시작되는데, 에밀리 밴스의 신분이나 가족, 과거는 끝내 알려지지 않고 자살의 이유 또한 해리엇 밸푸어가 짐작하고 두려워하던 그것이 아니었다는 사실만 밝혀질 뿐이다. 「대화를 이어가기 위해」에서는 길거리에서 우연히 만난 여자를 짝사랑하면서 중년의 위기를 겪게 된 비니콤 씨의 이야기가 짝사랑 상대인 올리비아와 비니콤의 아내를 통해 간접적으로 전달된다. 이 화자들은 타인의 고통과 슬픔을 연민과 공감의 눈길로 바라보면서도 외부에서 지켜보는 자에 머문다.

이렇듯 『마지막 이야기들』은 담담한 목소리로 전해지지만 그 안의 인물들은 강렬한 인상을 남긴다. 삶의 가혹한 비바람에 무참히 휘고 뒤틀렸을지언정 홀로 묵묵히 그 자리에 서 있는 나무들처럼 조용한 위엄을 지닌 우아하고 아름다운 인물들, 그들은 거장 윌리엄 트레버가 우리 독자들에게 마지막으로 전하는 따뜻한 위안이다. 달콤한 희망, 빛나는 용기다.

민승남

# 윌리엄 트레버 연보

1928년 5월 24일 아일랜드 코크 카운티 미첼스타운에서 출생. 원래 이름은 윌리엄 트레버 콕스. 아일랜드에서는 소수에 속하는 프로테스탄트 가정에서 성장함. 은행 간부였던 아버지의 근무지를 따라 자주 이사하며 학교를 열세 번 옮김.

1942~1946년 더블린의 기숙학교 세인트컬럼바스 칼리지에서 교육받음. 이곳의 교사인 조각가 오신 켈리에게 조형예술을 배움.

1950년 더블린 트리니티 칼리지에서 역사학 학사를 취득함. 대학 시절, 후에 아내가 될 제인 라이언을 만남.

1950~1952년 졸업 후 역사 교사로 재직하는 한편 트레버 콕스라는 이름으로 조각가로 활동함.

1952년 제인과 결혼함.

1954년 아일랜드의 전반적인 경기 침체로 영국으로 이주한 뒤 몇 년간 미술 교사로 일하며 조각 작업을 함. 수상도 하고 전시회도 개최했지만 자신의 조각작품에 만족하지 못하고 글쓰기로 관심을 돌림.

1958년 첫번째 소설 『행동 규범*A Standard of Behaviour*』을 출간하나 관심을 받지 못함.

1960~1965년 광고 회사에서 카피라이터로 일하며 1964년 두번째 소설 『동창생들*The Old Boys*』을 출간함. 평단과 대중의 좋은 평가를 받음. 이듬해 이 작품으로 호손덴상을 수상한 뒤 광고 회사를 그만두고 전업 작가의 길로 들어섬. 영국 남서부의 작은 마을 데번으로 이사해 사망할 때까지 평생 그곳에서

아내 제인과 함께 지냄. 세번째 소설 『하숙집*The Boarding House*』 출간.

1966년 소설 『사랑 부서*The Love Department*』 출간.

1967년 단편집 『우리가 케이크를 먹고 취한 날*The Day We Got Drunk on Cake and Other Stories*』 출간.

1969년 소설 『오닐호텔의 에크도르프 부인*Mrs Eckdorf in O'Neill's Hotel*』 출간. 이 작품은 1970년 부커상 최종 후보에 오름.

1971년 소설 『고메즈 양과 형제의 교회*Miss Gomez and the Brethren*』 출간.

1972년 단편집 『로맨스 볼룸*The Ballroom of Romance and Other Stories*』 출간.

1973년 소설 『엘리자베스 홀로*Elizabeth Alone*』, 단편집 『계절의 마지막 오찬*The Last Lunch of the Season*』 출간.

1975년 단편집 『리츠호텔의 천사*Angels at the Ritz and Other Stories*』 출간. 왕립문학협회상을 받음.

1976년 소설 『딘머스의 아이들*The Children of Dynmouth*』 출간. 휫브레드상 수상, 부커상 최종 후보에 오름.

1977년 대영제국 커맨더 훈장(CBE) 수훈.

1978년 단편집 『그 시절의 연인들*Lovers of their Time*』 출간.

1979년 소설 『멀고 먼 옛날*The Distant Past*』 출간.

1980년 소설 『다른 사람들의 세상*Other People's Worlds*』 출간.

1981년 단편집 『도리를 벗어난*Beyond the Pale*』 출간.

1983년 소설 『운명의 장난감*Fools of Fortune*』 출간, 휫브레드상 수상. 『윌리엄 트레버 단편집*The Stories of William Trevor*』 출간.

1987년 소설 『알렉산드라극장의 밤*Nights at the Alexandra*』 출간.

1988년 소설 『정원의 침묵*The Silence in the Garden*』 출간.

1989년 단편집 『가족의 죄*Family Sins and Other Stories*』 출간.

1991년 중편 『투르게네프 읽기*Reading Turgenev*』와 『움브리아의 나의 집*My House in Umbria*』을 묶어 『두 가지 삶*Two Lives*』으로 출간.

1992년 단편선 『아일랜드 밖에서*Outside Ireland: Selected Stories*』 『윌리엄 트레버 단편집*The Collected Stories*』 출간.

1994년 소설 『펠리시아의 여정*Felicia's Journey*』 출간. 휫브레드상 수상, 〈선데이 익스프레스〉 올해의 책으로 선정됨. 문학 훈위 칭호를 얻음.

1996년 단편집 『비 온 뒤*After Rain*』 『도니스에서 마시는 칵테일*Cocktails at Doney's*』 출간.

1998년 소설 『여름의 죽음*Death in Summer*』 출간.

1999년 데이비드 코언 상을 수상함.

2000년 단편집 『언덕의 독신 남자*The Hill Bachelors*』 출간.

2001년 아일랜드 문학상을 수상함.

2002년 소설 『루시 골트 이야기*The Story of Lucy Gault*』 출간. 휫브레드상 수상, 부커상 최종 후보에 오름. 아일랜드 펜 어워드 수상. 엘리자베스 2세 영국 여왕으로부터 명예 기사 작위(KBE)를 수여받음.

2004년 단편집 『밀회*A Bit On the Side*』 출간.

2005년 소설 『재봉사의 아이*The Dressmaker's Child*』 출간.

2007년 단편집 『그의 옛 연인*Cheating at Canasta*』 출간. 기출간 단편을 새로 엮어 『육체의 비밀*Bodily Secrets*』 출간.

2008년 밥 휴스 평생공로상을 받음.

2009년 『윌리엄 트레버 단편집*The Collected Stories*』, 소설 『여름의 끝*Love and Summer*』 출간.

2010년 『윌리엄 트레버 단편선*Selected Stories*』 출간.

2016년 11월 20일 여든여덟의 나이로 세상을 떠남.

2018년 사후, 단편집 『마지막 이야기들*Last Stories*』이 출간됨.

## 문학동네 세계문학전집 발간에 부쳐

세계문학은 국민문학 혹은 지역문학을 떠나 존재하는 문학이 아니지만 그것들의 총합도 아니다. 세계문학이라는 용어에는 그 나름의 언어와 전통을 갖고 있는 국민문학이나 지역문학의 존재를 인정하면서 그것을 넘어서는 문학의 보편적 질서에 대한 관념이 새겨져 있다. 그 용어를 처음 고안한 19세기 유럽인들은 유럽문학을 중심으로 그 질서를 구축했지만 풍부한 국민문학의 전통을 가지고 있는 현대의 문학 강국들은 나름의 방식으로 세계문학을 이해하면서 정전(正典)의 목록을 작성하고 또 수정한다.

한국에서도 세계문학 관념은 우리 사회와 문화의 변화 속에서 거듭 수정돼왔다. 어느 시기에는 제국 일본의 교양주의를 반영한 세계문학 관념이, 어느 시기에는 제3세계 민족주의에 동조한 세계문학 관념이 출현했고, 그러한 관념을 실천한 전집물이 출판됐다. 21세기 한국에 새로운 세계문학전집이 필요하다는 것은 명백하다. 우리의 지성과 감성의 기준에 부합하는 세계문학을 다시 구상할 때가 되었다.

문학동네 세계문학전집은 범세계적으로 통용되는 고전에 대한 상식을 존중하면서도 지난 반세기 동안 해외 주요 언어권에서 창작과 연구의 진전에 따라 일어난 정전의 변동을 고려하여 편성되었다. 그래서 불멸의 명작은 물론 동시대 세계의 중요한 정치·문화적 실천에 영감을 준 새로운 작품들을 두루 포함시켰다.

창립 이후 지금까지 한국문학 및 번역문학 출판에서 가장 전문적이고 생산적인 그룹을 대표해온 문학동네가 그간 축적한 문학 출판 경험을 바탕으로 새로운 세계문학전집을 펴낸다. 인류가 무지와 몽매의 어둠 속을 방황하면서도 끝내 길을 잃지 않은 것은 세계문학사의 하늘에 떠 있는 빛나는 별들이 길잡이가 되어주었기 때문이다. 우리가 자부심과 사명감 속에서 그리게 될 이 새로운 별자리가 독자들의 관심과 애정에 힘입어 우리 모두의 뿌듯한 자산이 되기를 소망한다.

문학동네 세계문학전집 편집위원

민은경, 박유하, 변현태, 송병선, 이재룡, 홍길표, 남진우, 황종연

세계문학전집 230
마지막 이야기들

1판 1쇄 2023년 5월 24일
1판 3쇄 2023년 10월 10일

지은이 윌리엄 트레버 | 옮긴이 민승남

책임편집 김수연 | 편집 신선영 오동규
디자인 김문비 유현아 | 저작권 박지영 형소진 최은진 서연주 오서영
마케팅 정민호 서지화 한민아 이민경 안남영 왕지경 황승현 김혜원 김하연
브랜딩 함유지 함근아 고보미 박민재 김희숙 정승민 배진성
제작 강신은 김동욱 이순호 | 제작처 영신사

펴낸곳 (주)문학동네 | 펴낸이 김소영
출판등록 1993년 10월 22일 제2003-000045호
주소 10881 경기도 파주시 회동길 210
전자우편 editor@munhak.com | 대표전화 031)955-8888 | 팩스 031)955-8855
문의전화 031)955-1927(마케팅), 031)955-3560(편집)
문학동네카페 http://cafe.naver.com/mhdn
인스타그램 @munhakdongne | 트위터 @munhakdongne
북클럽문학동네 http://bookclubmunhak.com

ISBN 978-89-546-9258-8 04840
978-89-546-0901-2 (세트)

1, 2, 3 안나 카레니나 레프 톨스토이 | 박형규 옮김
4 판탈레온과 특별봉사대 마리오 바르가스 요사 | 송병선 옮김
5 황금 물고기 르 클레지오 | 최수철 옮김
6 템페스트 윌리엄 셰익스피어 | 이경식 옮김
7 위대한 개츠비 F. 스콧 피츠제럴드 | 김영하 옮김
8 아름다운 애너벨 리 싸늘하게 죽다 오에 겐자부로 | 박유하 옮김
9, 10 파우스트 요한 볼프강 폰 괴테 | 이인웅 옮김
11 가면의 고백 미시마 유키오 | 양윤옥 옮김
12 킴 러디어드 키플링 | 하창수 옮김
13 나귀 가죽 오노레 드 발자크 | 이철의 옮김
14 피아노 치는 여자 엘프리데 옐리네크 | 이병애 옮김
15 1984 조지 오웰 | 김기혁 옮김
16 벤야멘타 하인학교 - 야콥 폰 군텐 이야기 로베르트 발저 | 홍길표 옮김
17, 18 적과 흑 스탕달 | 이규식 옮김
19, 20 휴먼 스테인 필립 로스 | 박범수 옮김
21 체스 이야기·낯선 여인의 편지 슈테판 츠바이크 | 김연수 옮김
22 왼손잡이 니콜라이 레스코프 | 이상훈 옮김
23 소송 프란츠 카프카 | 권혁준 옮김
24 마크롤 가비에로의 모험 알바로 무티스 | 송병선 옮김
25 파계 시마자키 도손 | 노영희 옮김
26 내 생명 앗아가주오 앙헬레스 마스트레타 | 강성식 옮김
27 여명 시도니가브리엘 콜레트 | 송기정 옮김
28 한때 흑인이었던 남자의 자서전 제임스 웰든 존슨 | 천승걸 옮김
29 슬픈 짐승 모니카 마론 | 김미선 옮김
30 피로 물든 방 앤절라 카터 | 이귀우 옮김
31 숨그네 헤르타 뮐러 | 박경희 옮김
32 우리 시대의 영웅 미하일 레르몬토프 | 김연경 옮김
33, 34 실낙원 존 밀턴 | 조신권 옮김
35 복낙원 존 밀턴 | 조신권 옮김
36 포로기 오오카 쇼헤이 | 허호 옮김
37 동물농장·파리와 런던의 따라지 인생 조지 오웰 | 김기혁 옮김
38 루이 랑베르 오노레 드 발자크 | 송기정 옮김
39 코틀로반 안드레이 플라토노프 | 김철균 옮김
40 어두운 상점들의 거리 파트릭 모디아노 | 김화영 옮김
41 순교자 김은국 | 도정일 옮김
42 젊은 베르테르의 슬픔 요한 볼프강 폰 괴테 | 안장혁 옮김
43 더블린 사람들 제임스 조이스 | 진선주 옮김
44 설득 제인 오스틴 | 원영선, 전신화 옮김
45 인공호흡 리카르도 피글리아 | 엄지영 옮김
46 정글북 러디어드 키플링 | 손향숙 옮김
47 외로운 남자 외젠 이오네스코 | 이재룡 옮김
48 에피 브리스트 테오도어 폰타네 | 한미희 옮김
49 둔황 이노우에 야스시 | 임용택 옮김
50 미크로메가스·캉디드 혹은 낙관주의 볼테르 | 이병애 옮김

51, 52 염소의 축제 마리오 바르가스 요사 | 송병선 옮김
53 고야산 스님 · 초롱불 노래 이즈미 교카 | 임태균 옮김
54 다니엘서 E. L. 닥터로 | 정상준 옮김
55 이날을 위한 우산 빌헬름 게나치노 | 박교진 옮김
56 톰 소여의 모험 마크 트웨인 | 강미경 옮김
57 카사노바의 귀향 · 꿈의 노벨레 아르투어 슈니츨러 | 모명숙 옮김
58 바보들을 위한 학교 사샤 소콜로프 | 권정임 옮김
59 어느 어릿광대의 견해 하인리히 뵐 | 신동도 옮김
60 웃는 늑대 쓰시마 유코 | 김훈아 옮김
61 팔코너 존 치버 | 박영원 옮김
62 한눈팔기 나쓰메 소세키 | 조영석 옮김
63, 64 톰 아저씨의 오두막 해리엇 비처 스토 | 이종인 옮김
65 아버지와 아들 이반 투르게네프 | 이항재 옮김
66 베니스의 상인 윌리엄 셰익스피어 | 이경식 옮김
67 해부학자 페데리코 안다아시 | 조구호 옮김
68 긴 이별을 위한 짧은 편지 페터 한트케 | 안장혁 옮김
69 호텔 뒤락 애니타 브루크너 | 김정 옮김
70 잔해 쥘리앵 그린 | 김종우 옮김
71 절망 블라디미르 나보코프 | 최종술 옮김
72 더버빌가의 테스 토머스 하디 | 유명숙 옮김
73 감상소설 미하일 조셴코 | 백용식 옮김
74 빙하와 어둠의 공포 크리스토프 란스마이어 | 진일상 옮김
75 쓰가루 · 석별 · 옛날이야기 다자이 오사무 | 서재곤 옮김
76 이인 알베르 카뮈 | 이기언 옮김
77 달려라, 토끼 존 업다이크 | 정영목 옮김
78 몰락하는 자 토마스 베른하르트 | 박인원 옮김
79, 80 한밤의 아이들 살만 루슈디 | 김진준 옮김
81 죽은 군대의 장군 이스마일 카다레 | 이창실 옮김
82 페레이라가 주장하다 안토니오 타부키 | 이승수 옮김
83, 84 목로주점 에밀 졸라 | 박명숙 옮김
85 아베 일족 모리 오가이 | 권태민 옮김
86 폭풍의 언덕 에밀리 브론테 | 김정아 옮김
87, 88 늦여름 아달베르트 슈티프터 | 박종대 옮김
89 클레브 공작부인 라파예트 부인 | 류재화 옮김
90 P세대 빅토르 펠레빈 | 박혜경 옮김
91 노인과 바다 어니스트 헤밍웨이 | 이인규 옮김
92 물방울 메도루마 슌 | 유은경 옮김
93 도깨비불 피에르 드리외라로셸 | 이재룡 옮김
94 프랑켄슈타인 메리 셸리 | 김선형 옮김
95 래그타임 E. L. 닥터로 | 최용준 옮김
96 캔터빌의 유령 오스카 와일드 | 김미나 옮김
97 만(卍) · 시게모토 소장의 어머니 다니자키 준이치로 | 김춘미, 이호철 옮김
98 맨해튼 트랜스퍼 존 더스패서스 | 박경희 옮김
99 단순한 열정 아니 에르노 | 최정수 옮김

100 열세 걸음 모옌 | 임홍빈 옮김
101 데미안 헤르만 헤세 | 안인희 옮김
102 수레바퀴 아래서 헤르만 헤세 | 한미희 옮김
103 소리와 분노 윌리엄 포크너 | 공진호 옮김
104 곰 윌리엄 포크너 | 민은영 옮김
105 롤리타 블라디미르 나보코프 | 김진준 옮김
106, 107 부활 레프 톨스토이 | 박형규 옮김
108, 109 모래그릇 마쓰모토 세이초 | 이병진 옮김
110 은둔자 막심 고리키 | 이강은 옮김
111 불타버린 지도 아베 고보 | 이영미 옮김
112 말라볼리아가의 사람들 조반니 베르가 | 김운찬 옮김
113 디어 라이프 앨리스 먼로 | 정연희 옮김
114 돈 카를로스 프리드리히 실러 | 안인희 옮김
115 인간 짐승 에밀 졸라 | 이철의 옮김
116 빌러비드 토니 모리슨 | 최인자 옮김
117, 118 미국의 목가 필립 로스 | 정영목 옮김
119 대성당 레이먼드 카버 | 김연수 옮김
120 나나 에밀 졸라 | 김치수 옮김
121, 122 제르미날 에밀 졸라 | 박명숙 옮김
123 현기증. 감정들 W. G. 제발트 | 배수아 옮김
124 강 동쪽의 기담 나가이 가후 | 정병호 옮김
125 붉은 밤의 도시들 윌리엄 버로스 | 박인찬 옮김
126 수고양이 무어의 인생관 E. T. A. 호프만 | 박은경 옮김
127 맘브루 R. H. 모레노 두란 | 송병선 옮김
128 익사 오에 겐자부로 | 박유하 옮김
129 땅의 혜택 크누트 함순 | 안미란 옮김
130 불안의 책 페르난두 페소아 | 오진영 옮김
131, 132 사랑과 어둠의 이야기 아모스 오즈 | 최창모 옮김
133 페스트 알베르 카뮈 | 유호식 옮김
134 다마세누 몬테이루의 잃어버린 머리 안토니오 타부키 | 이현경 옮김
135 작은 것들의 신 아룬다티 로이 | 박찬원 옮김
136 시스터 캐리 시어도어 드라이저 | 송은주 옮김
137 고독한 산책자의 몽상 장자크 루소 | 문경자 옮김
138 용의자의 야간열차 다와다 요코 | 이영미 옮김
139 세기아의 고백 알프레드 드 뮈세 | 김미성 옮김
140 햄릿 윌리엄 셰익스피어 | 이경식 옮김
141 카산드라 크리스타 볼프 | 한미희 옮김
142 이 글을 읽는 사람에게 영원한 저주를 마누엘 푸익 | 송병선 옮김
143 마음 나쓰메 소세키 | 유은경 옮김
144 바다 존 밴빌 | 정영목 옮김
145, 146, 147, 148 전쟁과 평화 레프 톨스토이 | 박형규 옮김
149 세 가지 이야기 귀스타브 플로베르 | 고봉만 옮김
150 제5도살장 커트 보니것 | 정영목 옮김
151 알렉시·은총의 일격 마르그리트 유르스나르 | 윤진 옮김

152 말라 온다 알베르토 푸겟 | 엄지영 옮김
153 아르세니예프의 인생 이반 부닌 | 이항재 옮김
154 오만과 편견 제인 오스틴 | 류경희 옮김
155 돈 에밀 졸라 | 유기환 옮김
156 젊은 예술가의 초상 제임스 조이스 | 진선주 옮김
157, 158, 159 카라마조프가의 형제들 표도르 도스토옙스키 | 김희숙 옮김
160 진 브로디 선생의 전성기 뮤리얼 스파크 | 서정은 옮김
161 13인당 이야기 오노레 드 발자크 | 송기정 옮김
162 하지 무라트 레프 톨스토이 | 박형규 옮김
163 희망 앙드레 말로 | 김웅권 옮김
164 임멘 호수·백마의 기사·프시케 테오도어 슈토름 | 배정희 옮김
165 밤은 부드러워라 F. 스콧 피츠제럴드 | 정영목 옮김
166 야간비행 앙투안 드 생텍쥐페리 | 용경식 옮김
167 나이트우드 주나 반스 | 이예원 옮김
168 소년들 앙리 드 몽테를랑 | 유정애 옮김
169, 170 독립기념일 리처드 포드 | 박영원 옮김
171, 172 닥터 지바고 보리스 파스테르나크 | 박형규 옮김
173 싯다르타 헤르만 헤세 | 권혁준 옮김
174 야만인을 기다리며 J. M. 쿳시 | 왕은철 옮김
175 철학편지 볼테르 | 이봉지 옮김
176 거지 소녀 앨리스 먼로 | 민은영 옮김
177 창백한 불꽃 블라디미르 나보코프 | 김윤아 옮김
178 슈틸러 막스 프리슈 | 김인순 옮김
179 시핑 뉴스 애니 프루 | 민승남 옮김
180 이 세상의 왕국 알레호 카르펜티에르 | 조구호 옮김
181 철의 시대 J. M. 쿳시 | 왕은철 옮김
182 카시지 조이스 캐럴 오츠 | 공경희 옮김
183, 184 모비 딕 허먼 멜빌 | 황유원 옮김
185 솔로몬의 노래 토니 모리슨 | 김선형 옮김
186 무기여 잘 있거라 어니스트 헤밍웨이 | 권진아 옮김
187 컬러 퍼플 앨리스 워커 | 고정아 옮김
188, 189 죄와 벌 표도르 도스토옙스키 | 이문영 옮김
190 사랑 광기 그리고 죽음의 이야기 오라시오 키로가 | 엄지영 옮김
191 빅 슬립 레이먼드 챈들러 | 김진준 옮김
192 시간은 밤 류드밀라 페트루솁스카야 | 김혜란 옮김
193 타타르인의 사막 디노 부차티 | 한리나 옮김
194 고양이와 쥐 귄터 그라스 | 박경희 옮김
195 펠리시아의 여정 윌리엄 트레버 | 박찬원 옮김
196 마이클 K의 삶과 시대 J. M. 쿳시 | 왕은철 옮김
197, 198 오스카와 루신다 피터 케리 | 김시현 옮김
199 패싱 넬라 라슨 | 박경희 옮김
200 마담 보바리 귀스타브 플로베르 | 김남주 옮김
201 패주 에밀 졸라 | 유기환 옮김
202 도시와 개들 마리오 바르가스 요사 | 송병선 옮김

203 루시 저메이카 킨케이드 | 정소영 옮김
204 대지 에밀 졸라 | 조성애 옮김
205, 206 백치 표도르 도스토옙스키 | 김희숙 옮김
207 백야 표도르 도스토옙스키 | 박은정 옮김
208 순수의 시대 이디스 워턴 | 손영미 옮김
209 단순한 이야기 엘리자베스 인치볼드 | 이혜수 옮김
210 바닷가에서 압둘라자크 구르나 | 황유원 옮김
211 낙원 압둘라자크 구르나 | 왕은철 옮김
212 피라미드 이스마일 카다레 | 이창실 옮김
213 애니 존 저메이카 킨케이드 | 정소영 옮김
214 지고 말 것을 가와바타 야스나리 | 박혜성 옮김
215 부서진 사월 이스마일 카다레 | 유정희 옮김
216 사람은 무엇으로 사는가 레프 톨스토이 | 이항재 옮김
217, 218 악마의 시 살만 루슈디 | 김진준 옮김
219 오늘을 잡아라 솔 벨로 | 김진준 옮김
220 배반 압둘라자크 구르나 | 황가한 옮김
221 어두운 밤 나는 적막한 집을 나섰다 페터 한트케 | 윤시향 옮김
222 무어의 마지막 한숨 살만 루슈디 | 김진준 옮김
223 속죄 이언 매큐언 | 한정아 옮김
224 암스테르담 이언 매큐언 | 박경희 옮김
225, 226, 227 특성 없는 남자 로베르트 무질 | 박종대 옮김
228 앨프리드와 에밀리 도리스 레싱 | 민은영 옮김
229 북과 남 엘리자베스 개스켈 | 민승남 옮김
230 마지막 이야기들 윌리엄 트레버 | 민승남 옮김
231 벤저민 프랭클린 자서전 벤저민 프랭클린 | 이종인 옮김
232 만년양식집 오에 겐자부로 | 박유하 옮김
233 이상한 나라의 앨리스 루이스 캐럴 | 존 테니얼 그림 | 김희진 옮김
234 소네치카·스페이드의 여왕 류드밀라 울리츠카야 | 박종소 옮김
235 메데야와 그녀의 아이들 류드밀라 울리츠카야 | 최종술 옮김

● 문학동네 세계문학전집은 계속 출간됩니다